COLLECTION FOLIO

Louis Pergaud

Le roman de Miraut

Chien de chasse

Mercure de France

Louis Pergaud est né à Belmont, dans le Doubs, en 1882. Il a été instituteur, puis rédacteur à la direction des Beaux-Arts de la Ville de Paris. Il a été tué devant Marchéville-en-Woëvre, près de Verdun, en 1915.

Il a débuté par des poèmes. Beaucoup de ses livres, ensuite, l'ont révélé comme l'un des meilleurs observateurs du monde animal. *De Goupil à Margot* (1910) reçoit le prix Goncourt. Louis Pergaud publie successivement *La Revanche du Corbeau,* puis la célèbre *Guerre des boutons,* enfin *Le Roman de Miraut.* Des nouvelles, *Les Rustiques,* ont été éditées après sa mort.

JE DÉDIE CE LIVRE

A TOUS CEUX QUI AIMENT LES CHIENS

ET PARTICULIÈREMENT

A MON EXCELLENT AMI

PAUL LÉAUTAUD

ROMANCIER RARISSIME

CHRONIQUEUR SAVOUREUX

PROVIDENCE DES CHATS PERDUS

DES CHIENS ERRANTS

ET DES GEAIS BORGNES

BIEN CORDIALEMENT

L.P.

PREMIÈRE PARTIE

CHAPITRE PREMIER

C'était à la Côte de Longeverne, chez Lisée le braconnier. Dans la chambre du poêle donnant sur le revers du coteau dominant le village que la route neuve de Rocfontaine enlace de ses contours, la Guélotte, la ménagère, venait d'allumer sa vieille lampe. La nuit était déjà tombée, mais, afin de ménager un peu sa provision d'huile, elle avait attendu la pleine obscurité, se contentant, pour vaquer aux menus soins du ménage, de la clarté brasillante qui sortait par les soupiraux du poêle et laissait flotter par toute la pièce un grand mystère paisible et calme où les choses semblaient sommeiller.

Dans le brûleur de cuivre, se balançant sur ses charnières, la mèche de coton rougeoya, s'enflamma doucement ; une lumière jaune, faible, comme hésitante, imprécisa les arêtes des meubles, et la femme, brandissant son flambeau devant la caisse historiée de la grande horloge comtoise, qui battait dans un coin son tic-tac régulier, ne put s'empêcher de dire tout haut, bien qu'elle fût seule :

— Huit heures ! grand Dieu ! et il n'est pas là ! Le goûilland[1] !... Je gagerais qu'il s'est saoulé ! Pourvu qu'il ne soit pas arrivé malheur au petit cochon !

Elle se tut un instant, ruminant encore, cherchant les causes de ce retard, s'arrêtant aux suspicions fâcheuses :

— S'il s'est mis à boire en arrivant là-bas, avant d'avoir fait le marché, je le connais, il est bien capable de laper complètement les sous et de ne rien acheter du tout.

« Ah ! j'aurais bien dû aller avec lui !

« Pourvu qu'il ne fasse pas d'autres bêtises !

« Un homme plein, ça fait n'importe quoi ! S'il s'était battu, des fois, et que les gendarmes l'aient ramassé ! Qu'est-ce que deviendrait le petit cochon ?

« Avec ça qu'il est déjà si bien vu depuis son dernier procès-verbal !

« Je lui ai toujours dit aussi qu'avec sa sacrée sale chasse, il arriverait bien un jour ou l'autre à se faire foutre en prison et à nous mettre sur la paille.

« Pourtant, depuis que ces canailles de cognes l'ont pincé à l'affût, il avait bien juré que c'était fini et qu'il ne recommencerait jamais plus !

« Oh ! oui, sûrement que de ça il doit être guéri, sans quoi il n'aurait pas vendu le fusil, le chien, les munitions et tout le saint-frusquin. Au moins maintenant il est tranquille et ne sera plus comme chat sur braise quand on lui aura " enseigné un lièvre ".

« Dire que nous en avons été pour plus de cinquante francs avec les frais ! Dix beaux écus de cinq livres qu'il

1. Goûilland : débauché et ivrogne.

a fallu donner à ce bouffe-tout de percepteur et qu'on a dû manger du pain sec et des pommes de terre pendant deux mois.

« Mon Dieu ! pourvu qu'il n'ait pas bu les sous du cochon ! Si j'allais voir chez Philomen ? Lui, était à la foire avec sa femme, ils sont sûrement rentrés ; peut-être pourraient-ils me dire quelque chose. »

Mais la Guélotte, prête à sortir, ayant réfléchi que si, d'aventure, Lisée rentrait durant son absence, il trouverait fort mauvaise cette démarche, mènerait le « raffut », jurerait les milliards de dieux et peut-être ferait de la casse, elle jugea plus prudent d'attendre son retour qui ne saurait tarder, pensait-elle.

Les soupiraux du poêle de fonte rougeoyaient comme des yeux malades, lançant leurs rayons sur les ventres des buffets et jouant avec les moulures des pieds du lit. Le couvercle d'une marmite où cuisait le lécher des vaches, soulevé par la vapeur, se mit à battre un roulement semi-métallique, comme un appel infernal. La chatte, Mique, s'étira sur son coussin au bout du canapé, fit un énorme dos bossu, bâilla en ouvrant une gueule immense qui projeta ses moustaches en avant, s'étira du devant puis du derrière, et s'assit enfin, les yeux mi-clos, la queue soigneusement ramenée devant ses pattes.

La Guélotte retira la soupière placée sur l'avance du fourneau et dont le ventre, chaud et poli, luisait comme une joue d'enfant.

La colère grandissait et s'enflait en elle avec l'appréhension et le doute.

— Grand goûilland ! grand salaud ! grand cochon ! monologuait-elle à mi-voix.

L'attente vaine l'énervait de plus en plus, lui faisait oublier toute prudence, et, quitte à écoper d'une ou deux paires de gifles, elle se préparait à accueillir le retour de son mari par une bonne scène dans laquelle elle ne lui mâcherait pas ce qu'elle avait à lui dire. Neuf heures sonnèrent à la vieille horloge. La large lentille de cuivre, comme une face ronde et hilare, semblait jouer à cache-cache avec l'insaisissable présent, tandis qu'au-dessus du nombril de verre de la caisse pansue, le profil impassible de Gambetta se découpait dans une couronne de larges lettres : « Le cléricalisme, voilà l'ennemi ! » Ainsi en avait voulu Lisée qui, bon républicain, avait mis ce portrait là, bien en évidence, pour faire enrager le curé lorsque d'aventure ce vieux brave homme, avec qui il était d'ailleurs au mieux, venait l'engager à ne pas négliger son salut, à accomplir ses devoirs de chrétien et à faire ses pâques comme tout le monde.

Les aiguilles tournaient ! Neuf heures et demie ! Tous les foiriers étaient rentrés !

Pas de Lisée !

La Guélotte ouvrit la porte de dehors, mit la main en cornet derrière son oreille, écouta et regarda. Mais, dans la nuit calme, aucun pas ne s'entendait et le blanc lacet de la route se déroulait désert entre les grands jalons des peupliers bruissants.

Elle rentra, referma l'huis avec violence et, de colère, poussa même, dans l'évidement de mur qui servait de gâche, le lourd verrou d'acier.

— Si tu t'amènes maintenant, tu poseras un peu, grande charogne ! ragea-t-elle. Ça t'apprendra à arriver à l'heure !

Le couvercle de la marmite grondait plus violemment, comme énervé lui aussi. Des souris, avec un bruit de charge, galopant entre le plafond et le plancher de la chambre haute, détournèrent la Mique de sa rêverie et l'immobilisèrent un instant, les yeux ronds et flamboyants, dans une attitude d'affût. Mais, reconnaissant ce bruit familier et sachant par expérience que celles-là étaient, pour l'heure du moins, hors de portée de sa griffe, elle reprit sa pose nonchalante et son air de sphinx.

Sur un sac, insoucieux, les petits chats dormaient derrière le poêle.

— Il va faire du temps demain, pour sûr, prophétisa la Guélotte, un instant distraite, elle aussi, de la pluie ou de la bise : chaque fois que nos « rattes » bougent, ça ne manque jamais.

« Et ce grand goûilland qui ne revient toujours pas. Jésus ! Qu'il y a pitié aux pauvres femmes qui ont des maris ivrognes. Pourvu tout de même qu'il ne lui soit pas arrivé malheur ! S'il fallait encore le soigner !... aller au médecin, au pharmacien, dépenser des sous !...

« Et s'il s'est laissé enfiler un mauvais cochon, une “ murie ” qui ait mauvaise bouche. C'est qu'on tombe quelquefois sur des sales bêtes qui ne savent sur quoi mordre et qui ne profitent pas. »

Un coup de poing dans la porte interrompit son soliloque et la fit tressauter.

— Mon Dieu ! et moi qui ai mis le verrou ! S'il

entend quand je le retirerai, qu'est-ce qu'il va dire, surtout s'il est saoul ? Je vais gueuler avant lui.

Elle ne fit qu'un saut jusqu'à l'entrée, tira silencieusement la targette et ouvrit vivement la porte.

Philomen le chasseur entra avec sa femme. Ils apportaient un sac de sel que Lisée, au moment du départ, avait fait charger sur leur voiture et, par la même occasion, venaient voir le petit cochon que le patron devait ramener.

— Comment, Lisée n'est pas rentré ! s'exclama l'homme !

— Non, répondit la Guélotte, très inquiète ; mais où l'as-tu laissé là-bas à Rocfontaine ? Quand l'avez-vous quitté ?

— Ma foi, reprit Philomen, si je ne me trompe, je crois bien que c'était au café Terminus, oui, sûrement, nous avons bu un litre ou deux avec Pépé de Velrans et on a un peu parlé de la chasse, naturellement. Il a tué dix-neuf lièvres dans sa saison, ce sacré Pépé, et il compte bien aller jusqu'aux deux douzaines. Ah ! on a beau dire, c'est lui le doyen. Avec Lisée et moi, sans nous vanter, on est bien les trois plus fameux fusils du canton. Il ne voulait pas croire que Lisée ne chassait plus.

« — Si c'était pas toi qui me le dises, là, en chair et en os, que t'as vendu ton flingot et ton vieux Taïaut, je pourrais pas me le figurer.

« — Qu'est-ce que tu veux ! s'excusait Lisée. J'étais pris ; les gendarmes et le brigadier forestier Martet m'avaient à l'œil ; je me connais, j'aurais pas pu me tenir et ils m'auraient sûrement repincé. Alors, tu vois le tableau, nouveau procès-verbal, plus trente francs à verser pour conserver la “ kisse ” et la vieille à la maison qui râle que je nous ficherais sur la paille. J'ai tout bazardé.

« — Sacré nom de Dieu ! reprenait Pépé, j'aurais jamais eu ce courage-là, moi ! C'est les lièvres de Longeverne qui doivent bien rigoler !

« — Ah ! mon vieux, m'en reparle pas, ça me fait trop mal au cœur.

« Là-dessus, la bourgeoise est venue me prendre, je les ai quittés et nous sommes partis sur le champ de foire acheter une mère brebis avec ses deux moutons pour les hiverner.

« Vers deux heures je suis repassé à l'auberge pour charger le sac de sel que ton homme y avait entreposé, mais on m'a dit que Lisée n'était plus là et qu'il était allé chez quelqu'un avec Pépé. J'ai pensé que c'était pour le cochon ; mais j'avais plus le temps d'attendre et on s'en est revenu à Longeverne, les deux la vieille.

— Il n'était pas saoul, Lisée, quand tu l'as quitté ? s'inquiéta la Guélotte.

— Oh ! ça non ! j'en suis sûr. Il n'était pas à jeun, bien entendu, on avait bu un litre ou deux, mais, pour dire qu'il était saoul, non, on ne peut pas dire qu'il était saoul !

— C'est que j'ai rien que peur qu'il n'ait encore fait des bêtises.

— Quoi ! Quelles bêtises veux-tu qu'il fasse ?

— Sait-on ? Les hommes saouls !...

« Asseyez-vous toujours un moment. Il ne va sans

doute par tarder de rentrer. Vous prendrez bien une tasse de café ou une goutte ?

— On prendra une petite larme, histoire de trinquer.

La femme de Philomen s'assit sur le canapé, près de la Mique qu'elle caressa, tandis que son mari se mettait à califourchon sur une chaise.

Lentement il nettoya sa pipe dont il taqua le fourneau contre le dossier du siège, puis, extirpant de sa poche de pantalon une vessie de cochon séchée et bordée de tresse noire contenant son tabac, il bourra méthodiquement et avec le plus grand soin son brûle-gueule. Il trouva dans une poche de son gilet deux allumettes de contrebande, collées l'une à l'autre, les sépara, en frotta une contre sa cuisse et l'alluma, affirmant son profond mépris du fisc :

— Vive la régie de Vercel ! Si on n'avait pas celles-là pour enflammer celles du Gouvernement, on pourrait bien se brosser pour avoir du feu.

Sa femme, durant ce temps, s'inquiétait de la façon dont pondaient les poussines de la Guélotte et du nombre de petits qu'avait faits sa grosse mère lapine.

Philomen tirait des bouffées régulières de sa pipe. Le poêle ronflait doucement, les minutes coulaient comme une onde monotone, rien ne bougeait au-dehors.

Dans son papotage avec la voisine, la Guélotte, excitée, oubliait un peu que les aiguilles de l'horloge tournaient.

Quand son culot, trois fois allumé, s'éteignit définitivement, que son verre fut vide, les dix coups de dix heures sonnèrent, et Philomen, frappant deux claques sur ses cuisses, se leva.

— Dix heures, s'exclama-t-il ! Qu'est-ce que ce sacré Lisée peut bien foutre ? Allons, il est temps d'aller au lit. Demain, la charrue nous attend : nous avons une « planche » à lever et le travail ne se fait pas tout seul ; mais on reviendra sur le coup de midi pour voir ton petit cochon.

— Vous en verrez deux, répondit la Guélotte en qui remontait la colère, le petit et le gros qui doit ramener l'autre. En vérité, je ne saurais dire quel est le plus cochon des deux.

« Ah ! le goûilland, le salaud, la sale bête ! »

Et sur le pas de la porte, en éclairant les voisins, elle entrecoupait ses remerciements et ses bonsoirs d'invectives violentes contre son ivrogne de mari qui ne pouvait jamais rentrer de jour…

Une heure se traîna encore, puis une demie.

La Guélotte s'était couchée sur le canapé et avait essayé de dormir, mais c'était bien impossible ; alors elle s'était relevée, puis, de cinq minutes en cinq minutes, était allée écouter à la porte si elle entendait marcher sur la route, et, en fin de compte, résignée et ronchonnante, elle tricotait sa chaussette tout en poussant des monosyllabes qui en disaient long sur la façon dont elle se préparait à accueillir le retour de son homme.

Le crissement des gros clous de souliers sur le pavé du seuil la fit bondir à la cuisine, la lampe à la main, pour éclairer l'entrée du maître.

Alors la porte s'ouvrit et Lisée, magnifiquement saoul, s'encadra dans le chambranle.

Il ne ramenait point de petit cochon, mais une bretelle de cuir fauve suspendait à son épaule gauche un fusil Lefaucheux à deux coups, tandis que, de la main droite, il tenait une cordelette au bout de laquelle un petit chien de trois ou quatre mois tirait de toutes ses forces vers les marmites.

— Ici, Miraut ! nom de Dieu ! ici, sacrée petite rosse ! T'es pas pus pressé que moi ! bégayait Lisée, la langue pâteuse.

— Et le petit cochon ?

— J'ai pas dégoté ce qui me fallait, mais tu vois, j'ai retrouvé un fusil et un chien. Ça pouvait pas durer plus longtemps, cette comédie ! Lisée qui ne chasse plus ! allons donc !

La Guélotte, blanche comme un linge, figée comme une statue, fixait tour à tour son homme et le chien.

— Fais à manger à cette bête, commanda Lisée : tu vois bien qu'elle a faim !

— Et les sous ? décrocha enfin la Guélotte.

— Pisque j'te dis que j'ai racheté un fusil et un chien !

— Oh ! mon Dieu ! mon Dieu ! Doux Jésus, ayez pitié de nous ! râla la femme en se tordant les bras ! Misère de moi d'avoir un pareil ivrogne ! Nous serons un jour à la mendicité, oui, nous crèverons de faim, sur la paille !

— Assez ! assez ! nom de Dieu ! ou je refous le camp ! menaça Lisée.

— Mais, soulaud, qu'est-ce que tu boiras cet hiver,

puisque tu as déjà tout bu aujourd'hui les sous du ménage ; qu'est-ce que je boirai, moi ?

— Tu te téteras, répliqua Lisée, philosophe.

— Ah oui ! tu peux bien plaisanter, grand voyou, grande gouape, grand saligaud ! Point de cochon, point de lard, point de jambon, point de saucisses. Tu mangeras ton pain sec, grand mandrin !

Cette réception n'était pas tout à fait du goût de Lisée qui commençait à en avoir assez de ces injures et de ces prophéties.

L'alcool, non cuvé encore, rallumait en lui ses vieux sentiments batailleurs. Il était temps que sa femme cessât et il le lui fit bien comprendre dans une réplique acerbe et virulente dont le ton ne laissait aucun doute sur la qualité des actes qui allaient suivre.

— Et moi, qu'est-ce que je mangerai avec mon pain ? continua-t-elle, gourmande.

— Tu mangeras de la m..., nom de Dieu !... tonna-t-il !

La Guélotte se tut.

— Fais à manger à cette bête et vivement.

— Sale « viôce [1] », ragea la femme, en bousculant le chien.

Ce fut ainsi que Miraut entra dans la maison de Lisée.

1. Viôce : chien répugnant, rouleur et crotté.

CHAPITRE II

La Mique, qui avait été élevée jadis en même temps que le vieux Taïaut, fit bon accueil au petit chien.

Affamé et las, le jeune Miraut, dès qu'il eut mangé une petite terrine de soupe trempée avec de l'eau de vaisselle, de la relavure, comme disait la Guélotte, vint flairer de son mufle encore épais les petits chats endormis. Sensible à la douce chaleur du poële et de ces deux êtres aux corps vigoureux et sains, dont il n'avait aucune raison de se méfier, il se coucha sans hésiter à côté d'eux et s'endormit.

La maman chatte, curieuse de ce nouvel arrivant qu'elle ne connaissait point encore, s'était levée sur ses quatre pattes, et, le cou tendu, les yeux ronds, avait suivi avec un immense intérêt ses évolutions par la pièce. Le geste de confiance qu'il eut en s'étendant auprès des chatons lui fut sans doute sensible : elle augura bien de sa jeunesse ; sa maternité généreuse pouvait s'étendre à celui-là qui, robuste et plus gros que les jeunes minets, ne leur voulait cependant pas de mal. Elle savait ce qu'il était, elle connaissait sa race, elle l'adopta.

Légère, elle sauta de son canapé et s'approcha du trio de bêtes dormant en tas. La langue râpeuse lécha tour à tour Mitis et Moute, ses enfants, puis à deux ou trois reprises, après l'avoir bien flairé, elle lécha de même les poils du crâne du jeune toutou qui ne se réveilla point pour autant et continua de reposer en paix entre ses deux frères adoptifs.

Là-dessus, Mique fit un brin de toilette, lustra son pelage velouté, puis tranquille, calme et rassurée sur sa géniture, elle fila par les chatières pour sa chasse nocturne à l'écurie, à la grange et dans les hangars de la maison.

Lisée mangea à même dans la soupière la potée de soupe aux choux que sa femme avait tenue au chaud, s'octroya sur un chanteau de pain d'une livre un respectable bout de lard, ingurgita un demi-pot de piquette et, l'estomac satisfait et la tête lourde, se déshabilla puis se jeta sur le lit où, l'instant d'après, ronflant comme un soufflet crevé, inaccessible au remords, il reposait du sommeil des justes.

Cependant, furieuse, La Guélotte était montée se coucher seule dans le lit de la chambre haute.

Au réveil, la situation restait, naturellement, fort tendue. Lisée, décuité, éprouvait bien une certaine gêne d'avoir agi sans consulter sa femme ; sacrifier ainsi l'argent d'un cochon, c'était évidemment osé, enfin !... d'autant plus que rien ne le pressait de se reprocurer un fusil et un chien ! oh ! quoique !... Et puis, zut ! il fallait tout de même, un jour ou l'autre, qu'il retrouvât l'argent nécessaire à ce rachat indispensable. Donc, un peu plus tôt ou un peu plus tard !...

Tout de même, il avait bu pas mal la veille et il se sentait fautif.

La Guélotte se chargea de dissiper ses remords.

Dès le premier coup de l'angélus, debout en même temps que ses poules, elle descendit et entra dans la chambre du poêle où Lisée, pour temporiser, fit semblant de dormir encore.

Mais la façon dont elle ferma la porte et fit claquer ses sabots sur le plancher aurait réveillé un sourd. Lisée fut bien forcé d'ouvrir les yeux, mais ce faisant, il jugea bon de prendre un air digne et sévère pour en imposer à sa vieille.

L'autre s'aperçut de sa mine renfrognée. Recommencer la scène de la veille, traiter son mari de cochon et de soulaud, elle y pensait bien, certes, mais elle savait que le chasseur avait la main leste ; elle n'ignorait pas que, les lendemains de bombe, il avait l'humeur peu accommodante et qu'elle risquait gros, si elle dépassait certaines limites qui n'avaient, hélas ! rien de fixe, de recevoir une ou deux bonnes paires de gifles, voire quelques coups de pied au derrière qui lui rappelleraient une fois de plus que braconnier comme charbonnier est maître en sa baraque, que c'est le mari qui est fait pour porter la culotte, et que l'homme, nom de Dieu ! c'est l'homme ! Elle se tourna donc contre Miraut, lequel, à vrai dire, prêtait quelque peu le flanc ou mieux le derrière à la critique, car, durant la nuit, pris de besoins pressants, il s'était soulagé abondamment et de toutes façons. Une borne odorante, et d'une taille magnifique pour un tel animal, se dressait devant le pied du buffet et une superbe rigole, avec lacs, îlots et presqu'îles, s'allongeait du même buffet jusqu'à la porte de la cuisine.

En contemplant ce désastre, toute la colère de la Guélotte lui remonta au cerveau et, au lieu de garder le calme boudeur et rancunier qui séait en l'occurrence, elle s'en prit violemment au chien qui avait fauté et à l'homme qui était le premier responsable dans cette sale affaire.

— Tiens, regarde donc ce qu'elle a fait, ta rosse, et comment elle a arrangé mon ménage, ce sera bientôt une écurie ici !

« Ce n'était pas assez de nous ôter le pain de la bouche pour l'acheter, il faut que tu le laisses encore tirer tout en bas par la maison.

— Hein ! quoi ? fit Lisée, comme arraché à de graves réflexions.

— C'est de ta viôce que je parle, ta sale charogne de chien ; ah ! je m'en vas te le balayer, moi, tu vas voir !

Et, s'élançant sur le coupable encore endormi, la matrone lui lança, à toute volée, son pied dans les côtes.

« Boui ! boui ! vouaou ! » s'exclama plaintivement et en sautant de côté le petit chien, tandis que ses deux camarades chats, subitement réveillés eux aussi, faisaient leurs dos bossus, brandissaient leurs jeunes moustaches et juraient en montrant les dents, croyant que la patronne en voulait à toutes les bêtes de la chambrée.

— Tu vois, renchérit la Guélotte, avec une mauvaise foi évidente, il épouvante encore mes petits chats. Pour sûr qu'ils vont quitter la maison et nous serons dévorés par les souris !

— Fous-moi la paix, nom de Dieu ! répliqua Lisée, révolté d'une telle injustice et de tant de lâcheté, et ne te venge pas sur une bête sans défense.

« S'il a pissé ici, c'est pas de sa faute, c'est de la tienne. Tu aurais dû laisser la porte de la cuisine entrouverte, il serait allé à l'écurie ou à la remise ; il ne peut pas passer par les chatières, lui. D'ailleurs, c'est une bête propre, on me l'a dit, et cette nuit je l'ai entendu pleurer : c'était sûrement pour qu'on lui ouvre...

— Alors pourquoi ne l'as-tu pas fait ?

— Pourquoi ? pourquoi ? est-ce que je me souvenais ? Et puis, si on te le demande, tu diras que tu n'en sais rien.

« Maintenant, continua-t-il en sautant du lit, rêche et menaçant, si tu as quelque chose à dire, sors-le, mais tâche que je t'y reprenne à toucher à mon chien quand il n'aura pas fait de mal. »

« Une bête gentille et douce qui a dormi toute la nuit à côté des chats sans qu'il y ait eu entre eux la moindre histoire ! Et tu viens me dire que c'est lui qui les a épouvantés, comme si ce n'était pas toi, espèce de rosse, avec tes grognements de truie qu'on saigne. Recommence, que je te dis ! recommence si tu as envie que je te " bredouche ".

— Doux Jésus ! attesta la Guélotte : être fichue à la porte de chez soi par un chien ! Cochon, marmonna-t-elle entre ses dents, va, tu me le paieras, et plus d'une fois !

Vers midi, comme Lisée et sa femme achevaient, sans dire mot, de manger leurs pommes de terre, un bruit de souliers ferrés cria sur le seuil et la porte de la cuisine s'ouvrit bruyamment. Les jeunes chats qui jouaient à coups de patte, couchés sur le canapé, s'arrêtèrent en arrondissant les quinquets et Miraut, qui mangeait des épluchures derrière la chaise de son maître, dressa subitement son petit mufle.

« Wrraou ! bou ! bou ! » s'exclama-t-il d'un ton cependant encore timide et incertain.

— Qu'est-ce que j'entends ? interrogea Philomen, petit homme nerveux, sec, vif et prompt qui, comme il l'avait annoncé, venait voir le cochon acheté.

— Tiens, le voilà, le cochon, ragea la Guélotte en désignant de l'œil son mari.

— T'as donc ramené un chien ? questionna le chasseur, en tordant du pouce et de l'index sa forte moustache blonde. Ben ? elle est bonne, celle-là. Il ne se gêne pas, le gaillard, il fait déjà le malin, on voit bien qu'il se sent chez lui.

— Parbleu, elle est la maîtresse ici, cette viôce-là, reprit la femme.

— On ne te demande pas la messe, à toi, coupa Lisée. Viens ici, viens, mon petit Miraut !

— Sacrédié, mais c'est un tout beau ! continua Philomen.

— Et intelligent, renchérit Lisée. Je crois que ça fera un crâne chien ! C'est Pépé qui me l'a fait avoir. Il vient de la chienne du gros de Rocfontaine, une pure porcelaine qui a été couverte par un corniau, mais, tu sais, un bon corniau, un premier chien, un lanceur épatant.

— Quand les corniaux se mêlent d'être bons, il n'y en a pas pour leur damer le pion.

— Viens faire voir ta gueugueule, mon petit !

— Oui, oui, une gueule noire, il est robuste ; les dents sont bien plantées, l'oreille est double, l'attache est nerveuse et il a l'os du crâne pointu, signe de race.

— Et regarde-moi ce fouet ! ajouta Lisée ; hein, est-ce fin ! Ah ! oui, une belle bête !

— Une belle robe aussi, ma foi ! blanc et feu avec les taches brunes sur les flancs, c'est rare !

— Et puis, il sera bon, tu sais, sûrement ; ce sera le meilleur de la portée ! C'est la mère elle-même qui l'a choisi !

« Oui, quand la chienne a eu fait ses petits, le gros qui connaît tout ce qui a rapport à ça et qui ne voulait lui laisser que les bons, a attiré un instant la mère à la cuisine pendant qu'il faisait transbahuter toute la petite famille sur un sac dans la pièce voisine.

« Tu sais alors ce que font les mères ?

— Je l'ai entendu dire.

— Quand elles retournent à leur niche et qu'elles ne trouvent plus leur marmaille, elles se mettent à la chercher, naturellement, et elles ont vite fait de la retrouver.

— Si elles ont vite fait, à qui le contes-tu ? Quand la Cybèle que j'avais avant ma Bellone avait déballé et que je lui tuais tous ses petits, si je n'avais pas bien soin de les enfouir à trois pieds dans la terre, elle allait les décrotter et me les ramenait un à un à la niche, tous claqués comme de juste. Bien mieux, ma vieille branche, un jour, à la chasse, toute prête à mettre bas, elle nous avait suivis quand même. La marche, la course, l'ont avancée tant et tellement qu'en plein lancer elle a été prise des douleurs. Cette crâne bête a fait deux petits, les a cachés, a repris la chasse derrière les autres chiens et, quand nous sommes revenus à la maison, elle est allée chercher ses deux chiots à l'endroit où elles les avait déposés trois heures auparavant. Elle a dû faire deux voyages, car elle n'en pouvait ramener qu'un à la fois entre ses dents, pendu par la peau du cou.

« L'un d'eux a péri, mais l'autre, faut croire qu'il était costaud, a vécu et je l'ai élevé. C'est çui que j'ai donné au médecin de Sancey, un bon suiveur.

— Oui, reprit Lisée, mais tu sais comment on reconnaît ceux qui seront les meilleurs nez et qu'il faut garder de préférence ?

— Oui, je me rappelle, attends voir !

— Mon vieux, on s'arrange comme je t'ai dit qu'avait fait le gros, et les chiennes viennent les reprendre pour les reporter à leur couche. C'est là, alors qu'il faut se fier au flair de ces braves bêtes. Elles voudraient bien emmener tous à la fois leurs nourrissons, mais bernique ; là, c'est comme au trou pour passer : chacun son tour. Alors, elles les sentent, les lèchent, les relèchent, les bousculent, les flairent, les reniflent bien l'un après l'autre, et puis elles se décident, et alors, mon ami, le premier qu'elles empoignent entre leurs dents, tu peux être sûr que ça sera le meilleur en tout, le chien sans tares, au nez excellent, au corps râblé et fin, à la patte solide, un maître chien, quoi.

« C'est Miraut que la chienne a repris le premier dans le tas. Voilà ce qui m'a décidé définitivement.

« Je savais bien, au fond, que j'avais toujours le temps de retrouver un chien, mais en dégoter un comme çui-là, ça n'arrive pas tous les jours ; d'autant que le gros qui est un bon type et un vieux copain à Pépé, un homme qui sait ce que c'est que d'aimer la chasse, m'a dit comme ça, quand je lui demandais combien qu'il en voulait :

— Allons, Lisée, tu veux rigoler, j' suis pas marchand de chiens, moi ! Tu vendrais un chien, un jeune chien à un chasseur qui en aurait « de besoin », toi ?

— Jamais ! que j'ai répondu, mais, la civilité...

— Ta, ta, ta, tu paieras une bonne bouteille et le premier lièvre qu'il te fera tuer, nous le boulotterons ensemble, toi, Pépé et moi.

« C'est-y, entendu ?

— Vas-y ! que j'ai répliqué, et on s'a serré la louche. Maintenant, que j'ai ajouté, voici cent sous pour ta gosse, pour s'acheter ce qu'elle voudra, « pasque » je vois bien que ça lui fera mal au cœur de quitter son petit toutou. Mais, elle peut être tranquille, il ne sera pas malheureux chez nous, et bien soigné ; mes chiens à moi, c'est des amis et je verrais un cochon qui touche à un chien de chasse, comme il y en a, par plaisir de faire souffrir les bêtes, j'y casserais la gueule.

— Tu as foutrement raison, approuva Philomen.

« Si j'avais connu le salaud qui, l'année passée, a

fichu un coup de trident à ma Bellone, je voulais lui repayer son coup de fourche, moi, et avec usure.

— Ereinter une bête sans raisons, ou parce qu'elle a lapé l'assiette d'un chat, ou gobé un œuf dans un nid, c'est être trop brute ou trop lâche ! Si mon chien fait des sottises, je suis solide pour les payer, j'ai jamais refusé de rembourser les dégâts quand c'était prouvé, comme de juste.

« Mais, mes bêtes c'est la même chose que mes gosses, je ne veux pas que quelqu'un d'autre que moi y touche. C'est moi qui juge quand ils ont besoin d'une taloche ou d'une correction, et on sait que je ne la leur ménage pas, s'ils la méritent ; seulement nous autres, on sait ce qu'on fait quand on tape et on ne risque pas d'estropier ni de donner un mauvais coup.

— Voilà ! Si on buvait une goutte, proposa Lisée. J' t'ai pas seulement remercié de m'avoir ramené mon sac de sel. Et ta mère brebis, en es-tu content ?

— Oui, bien content, et tu sais que je ne l'ai pas payée trop cher. J'ai de quoi les hiverner comme il faut, elle et ses agneaux ; au printemps les moutons seront bons à vendre, ils me repaieront plus que je n'ai donné pour les trois et j'aurai la mère de bénéfice. Mais tu as racheté un fusil aussi, que je vois.

— J'ai racheté le « Faucheux [1] » du père Denis, il ne peut plus chasser, lui ; c'est la vue qui baisse et les jambes qui ne vont pas ; mais son flingot est presque neuf : les canons sont solides, les batteries (écoute)

1. Lefaucheux.

sonnent comme des clochettes d'argent et il est choqué du coup gauche, ça fait qu'on peut tirer de loin.

— Tu l'as payé cher ?

— Trente francs ! c'est pour rien. Quand je songe que j'ai vendu le mien trente-cinq, plus une tournée à Jacquot de sur la Côte qui braconne de temps en temps autour de sa ferme… sûrement il ne valait pas çui-là.

« Tu vois bien que ma femme n'avait pas de raisons pour gueuler comme une poule qui a les pattes dans de l'eau chaude.

— Ah ! les femmes !

— A la tienne ! mon vieux.

— A la tienne !

— Miraut, petit salaud, quand tu auras fini de resiller mes savates !

— Ah ! il n'a pas fini de t'en bouffer des chaussettes et des croquenots et des tire-jus, tu veux encore entendre plus d'une chanson de ce côté-là.

— Je suis là pour répondre un peu, et puis ça lui apprendra, à la bourgeoise, à laisser tout traîner et sens dessus dessous.

« Quand il aura bouffé la moitié de son trousseau, peut-être qu'elle rangera le reste !

— Qu'il y vienne seulement, ta sale murie, fourrer son nez dans mon linge ! menaça la Guélotte.

Philomen sourit et Lisée ne répondit pas, mais il siffla un coup et le chien, les voyant se lever, vint tout joyeux gambader sur leurs pas.

— Allons, mon vieux Miraut, annonça Lisée, je vais

te montrer ton domaine maintenant ; nous allons partir au bois faire quelques fagots. Rien de tel que l'air du bois pour vous remettre d'aplomb quand on a la grosse tête.

CHAPITRE III

— Crois-tu, confia la Guélotte à sa voisine, la grande Phémie, dès que Lisée, Miraut et Philomen furent partis, crois-tu que mon grand ivrogne m'a encore ramené une « viôce » à la maison !

— Y a bien pitié à toi ! concéda l'autre qui n'aimait guère que ses poules.

— Si encore on avait le moyen ! Mais nous avons déjà tant de maux de nouer les deux bouts. Doux Jésus ! Ah ! bon Dieu de bon Dieu ! et il va rechasser, reprendre des permis, des actions ; dépenser des sous à acheter de la poudre, du plomb, des fournitures de toutes sortes et se faire repincer quand la chasse sera fermée « pasque », j'le connais, ce grand mandrin-là, il ne pourra pas se tenir de braconner.

La grande Phémie qui était vieille fille et, selon toutes présomptions, vierge et martyre, comme disait Philomen, balança son goitre, tel un canard son jabot gonflé de pâtée, puis secouant sa petite tête d'oiseau, émit cet aphorisme de laide que les événements ne lui avaient sans nul doute jamais permis de vérifier expérimentalement :

— Les hommes, c'est tous des cochons !

Ensuite de quoi elle songea à ses chères gélines et émit au sujet de leur sécurité future quelques craintes inspirées par l'annonce du voisinage de ce jeune et dangereux carnassier.

— Les petits chiens, ça mort tout, ça bouffe tout ! J'ai bien peur que ta sale murie ne s'en vienne rôder autour de ma porte, épouvanter mes poules, les empêcher d'ouver [1], les faire se sauver ailleurs et me les saigner.

« Tu sais bien, le Turc du Vernois, chaque fois qu'il passe au pays, il fait le tour des écuries et il nettoie tous les nids : il s'en paye des omelettes.

— Pourvu que le sien ne s'y mette pas, espéra la Guélotte qui voyait les nuages noirs s'accumuler sur sa maison.

— Ah ! les jeunes chiens, tu sais, renchérit la vieille, il faut faire bien attention à eux et ne pas les manquer. Si tu vois le tien fouiner vers tes nids, fous-lui des coups de trique, autrement c'est fichu ! Ah ! ton homme aurait bien mieux fait de ne pas se saouler hier et de te ramener un petit cochon.

— Las moi ! se lamenta la Guélotte, accablée.

— Et s'il se met à les manger, les poules, ou à saigner les lapins, ou à courser les moutons ! Le Cibeau du maître d'école, celui qu'il a vendu à des messieurs de Besançon, lui en a fait payer pour plus de cent

1. Ouver, pondre, faire son œuf.

francs dans une année. On a beau avoir des sous, toucher des mandats du gouvernement, et faire les écritures de la « mairerie », gn'a ben fallu qu'il s'en débarrasse de sa sale rosse, sans quoi les gens allaient faire des pétitions et le dénoncer tous les quinze jours jusqu'à ce qu'on lui foute son changement.

La Guélotte blêmissait. La perspective de toutes ces histoires, cette évocation des malheurs futurs poussée au noir encore par la méchanceté de la Phémie la révoltaient contre ce qu'elle appelait la bêtise et l'égoïsme de son homme.

— Pour son plaisir, rageait-elle, pour son seul plaisir, dans quelle position va-t-il nous mettre ? Et dire qu'il ne m'a même pas demandé avis ! J'suis donc la dernière des dernières : ah ! la grande vache ! la grande fripouille ! Mais ils n'ont pas fini, son sale Azor et lui, j'te leur en foutrai des soupes claires et des pommes de terre cuites à l'eau, et s'ils deviennent gras, ça ne sera pas de ma faute !

— Tu devrais tâcher de lui faire crever sa rosse, insista la vieille teigne, c'est bien facile ! J'vais te dire comment on s'y prend : tu n'auras qu'à lui donner une éponge grillée dans du beure ou dans du saindoux ; une fois frit cela se réduit à presque rien ; comme cela sent bon la graisse, ces voraces-là te bouffent ça d'une seule goulée sans se douter de rien ; mais l'eau de leur estomac fait regonfler la machine ; au bout de quelque temps ça tient toute la place, ça ne peut plus passer ni d'un côté ni de l'autre et ils crèvent étouffés, les sales goulus !

« Et va-t'en chercher de quoi le Médor est claqué et courir après celui qui a fait le coup ! »

La Guélotte réfléchissait.

Oui, évidemment, le moyen proposé était excellent pour se débarrasser de cet hôte encombrant, mais il n'était pas sans danger, quoi qu'en dît la Phémie.

Lisée aimait ses chiens.

Dans sa longue carrière de chasseur il en avait vu de toutes sortes et de toutes couleurs : il en avait eu un — il y a bien longtemps de ça — mangé du loup ; un autre décousu par un sanglier, un troisième qui s'était tué en poursuivant un lièvre qu'il serrait de trop près : tous deux, le capucin le premier et le chien immédiatement derrière, avaient sauté dans une sorte de précipice et le chasseur avait dû descendre au moyen de cordes pour remonter les deux cadavres ; il en avait eu un qui avait suivi une chasse au tonnerre de Dieu et qu'on n'avait jamais revu : perdu, tué, volé ? Nul ne savait ! Lisée avait eu bien du chagrin chaque fois qu'un tel malheur lui était advenu, il avait même pleuré sur quelques-uns de ces braves toutous qui étaient de francs et joyeux compagnons, et, quand il avait pu, les avait toujours, avec une sorte de piété amicale, enterrés dans un petit coin de son verger où l'herbe poussait à chaque printemps plus verte et plus drue.

Mais, jamais, non jamais il n'avait été aussi furieux que le jour où son vieux Finaud s'en vint râler à ses pieds, empoisonné.

Ah ! oui ! ce n'était pas oublié ! Maintenant encore quand on évoquait la chose, ses veines du front se tendaient ainsi que des câbles et ses poings serrés s'arrondissaient comme des maillets, prêts à cogner.

Quant à la canaille qui lui avait lâchement assassiné son chien, il avait bien fallu qu'il la découvrît. Après une enquête aussi minutieuse que lente et discrète, d'insidieuses questions au pharmacien et au boucher, des observations sans nombre, il avait réuni un irréfutable faisceau de preuves contre le bandit, la crapule qui tuait les bêtes en leur donnant à manger, le lâche hypocrite qui n'osait pas l'attaquer en face. Il avait longtemps attendu son heure, différant la vengeance jusqu'au moment où l'affaire serait presque oubliée et où l'autre n'y penserait plus.

Et puis, un beau soir que son empoisonneur était parti en course au village voisin, Lisée, sans être vu, était venu s'aposter pour l'attendre au coin du bois du Teuré. Quand il arriva, le chasseur l'aborda carrément sur la route, se nomma : c'est moi Lisée ! puis lui rappela les faits, lui fournit les preuves, le traita d'assassin et de lâche, et, après l'avoir largement souffleté, le colleta.

Et alors, la colère, comme un torrent trop longtemps endigué, remontant du plus profond de son cœur, il avait administré au chenapan une de ces tournées fantastiques, une de ces volées de coups de pied et de coups de trique si terrible, que l'autre, cabossé, meurtri, talé, éborgné, en avait été plus de quinze jours avant d'oser sortir et ne s'était jamais vanté de la chose.

Mais pas un chien n'avait péri depuis au village : la leçon avait profité.

« Empoisonner Miraut ! » Lisée n'aurait ni trêve, ni

repos avant d'avoir découvert l'assassin. C'était courir un trop gros risque, se vouer à une existence plus infernale encore, car alors, nulle journée ne se passerait sans insultes, ni gifles, ni coups de pied quelque part.

Et puis, on a beau ne pas aimer les bêtes, ce n'est pas drôle tout de même, pensait la Guélotte, de les voir devant vous se tordre et se retordre, ne hurler que lorsque la douleur leur tord les boyaux et vous bourrer des yeux, des yeux à vous tourner les sangs et à vous décrocher les foies.

Ah ! le vieux Finaud !

Il était rentré, plein comme un boudin, après une tournée apparemment fructueuse dans le village. Même que ça ne sentait pas la rose quand il se lâchait et on l'avait fourré tout de suite à l'écurie où il passerait en paix sa nuit de digestion.

— Il s'est nourri, disait en riant Lisée ; sûrement qu'il aura dû bouffer quelque mondure de vache [1] ou quelque ventraille de mouton.

Mais le lendemain, quand le chasseur s'en était allé à l'écurie pour délier les bêtes et les conduire à l'abreuvoir, ç'avait été une autre histoire. Le chien qui souffrait déjà, mais se taisait stoïquement, avait voulu aller à lui et, comme d'habitude, lui dire bonjour en se dressant contre ses genoux pour le lécher et jappoter. Il avait à peine pu se lever sur ses pattes de devant, le train de derrière paralysé refusait déjà tout service, les jambes étaient raides.

1. Mondure : délivrance.

Alors la bête étonnée, furieuse et désespérée, avait hurlé un long coup de souffrance et de rage.

Et Lisée, affolé, abandonnant les vaches, avait pris son chien dans ses bras, l'avait transporté dans la chambre du poêle et déposé sur un coussin, auprès du feu. Là, il l'avait examiné, lui avait ouvert la gueule, soulevé la paupière, regardé l'œil qui était encore assez clair. Il avait vu tout de suite.

— Cré nom de Dieu ! Mon chien est empoisonné ! Va vite traire les vaches que je lui fasse prendre du lait !

Finaud avait difficilement avalé le lait, contrepoison trop peu énergique, puis il était retombé dans son abattement douloureux ; son poil se hérissait, ses yeux s'injectaient de sang, se troublaient ; il haletait de fièvre et tremblait de froid.

— Qu'est-ce qu'il a bien pu manger, bon Dieu de bon Dieu, rageait Lisée : si je le savais seulement !

Et Philomen était venu :

— Faut le faire dégueuler ! avait-il ordonné. Je vais chercher de l'huile de ricin. On les sauve souvent avec et j'en ai toujours à la maison.

Lisée avait desserré les mâchoires déjà raides de son vieux chien pendant que son ami, avec des précautions fraternelles, ingurgitait au patient un grand demi-verre du visqueux breuvage.

Sans doute, il était trop tard. Le poison (de la strychnine probablement), avalé dans un morceau de viande, n'avait produit son effet que tard, lorsque la digestion était déjà en train. Il aurait fallu être là alors, se douter et s'y prendre immédiatement. Mais le pouvait-on ? Il était probable que cela avait dû débuter par de fortes coliques et un chien ne se plaint pas de coliques. Toute souffrance qui n'a pas une cause directe et visible le laisse étonné et muet. Il fallait vraiment que les douleurs devinssent atroces pour que la bête hurlât par intervalles. Car les crises, comme tétaniques, de raidissement étaient, après l'absorption de l'huile, devenues plus rares et l'œil semblait aussi s'être éclairci. Finaud s'était même levé tout seul et il avait tenté de remuer la queue en regardant son maître. Mais il se recoucha aussitôt tandis que Philomen et Lisée et les amis qui étaient venus faisaient gravement cercle autour de lui. Il faut avoir vu ces fronts plissés, ces yeux inquiets, ces grosses mains tremblantes pour comprendre tout ce qui peut, malgré la rudesse apparente ou réelle, fermenter de bon levain sous ces écorces tannées et dans ces cœurs frustes de paysans. Lorsque reparurent les crises et que le chien, en se raidissant, se prit à hurler, leurs yeux devinrent humides, brillants ; l'on sentait en eux de la douleur et de la colère, et plus d'un qui n'osait se moucher, de crainte de paraître bête, avala silencieusement une larme en mordant sa moustache.

Quand, après douze heures atroces d'agonie, le vieux Finaud, vers six heures du soir, trépassa dans une crise terrible, ils partirent tous, l'un après l'autre, sans rien dire, les épaules voûtées et le dos rond, tout bêtes de cette douleur contre laquelle rien ne les avait cuirassés, tandis que Lisée, sur son canapé[1], la tête

1. Chez presque tous les paysans franc-comtois, il y a dans la chambre du poêle, près du fourneau, un canapé plus ou moins moelleux où l'on se repose fréquemment après le dîner du soir.

dans les mains, pleurait silencieusement son chien.

Ah ! que non ! La Guélotte ne voulait plus de ces scènes-là chez elle, sans compter qu'un chien de chasse, ça vaut des sous, surtout quand c'est dressé. Non, ce qu'il fallait, c'était simplement harceler sans trêve les deux êtres, les deux alliés, ses deux ennemis son mari et le chien ; les faire souffrir l'un par l'autre, chercher si possible à les amener à se détester, mettre Lisée en colère contre Miraut ou profiter d'une de ces rages que provoquerait sûrement le dressage pour exaspérer son homme, le dégoûter de sa rosse et la lui faire tuer, ou donner, ou vendre encore, ce qui serait tout profit pour le ménage.

Oh ! elle trouverait bien ! D'abord, elle allait dorénavant laisser les ordures en place : le patron les enlèverait lui-même si ça lui disait ; quant à la soupe, elle serait maigre, et que ce sale cabot de malheur s'avisât de toucher au linge, aux chaussures ou aux vêtements ; qu'il s'avisât de courir après les poules et de « coucouter » les œufs ! Le manche à balai était là, peut-être, et le fouet aussi, et son homme n'aurait rien à dire là-contre, c'était du dressage, quoi ! on ne peut pas se laisser dévorer par une bête ! Et au besoin elle jouerait au braconnier de bons tours dont elle accuserait le chien. Lesquels ? elle ne savait pas encore, mais elle trouverait certainement.

Ah ! il faudrait bien qu'elle obtînt l'avantage enfin et qu'il disparût, l'intrus qui s'était introduit à la faveur d'une saoulerie. Lisée n'aimait pas les scènes ; il en entendrait des plaintes et elle te lui en servirait des lamentations de Jérémie, comme il disait, et plus qu'à son saoul, mon bonhomme, espère ! Il aimait à être propre, il en aurait du poil de chien sur ses habits, et il chercherait les brosses et s'il y avait d'aventure du linge de rongé à la maison, ce seraient ses mouchoirs à lui, et ses pantalons, et son fourbi, et il irait se faire raccommoder ça où il voudrait, chez le cher ami qui lui avait déniché son animal. Ah ! on verrait bien qui est-ce qui se fatiguerait le premier de la viôce et qui c'est qui parlerait le plus tôt de la ramener à ce grand ivrogne de Pépé ou à ce propre à rien de gros de Rocfontaine.

CHAPITRE IV

Lisée n'eut pas besoin de réitérer son invitation à la promenade. Dès qu'il eut vu son maître se diriger vers la porte, Miraut, avant lui, s'y précipita et avec un tel enthousiasme qu'il s'empâtura dans les jambes du chasseur et manqua de le faire piquer une tête en avant, à la grande joie de la Guélotte, qui ricana :

— S'il pouvait seulement lui faire ramasser une bonne bûche et lui cabosser le nez comme je voudrais !...

Mais Lisée, bonne pâte, ne fit pas semblant d'entendre. Il sourit à son toutou et, penché sur lui, peut-être simplement pour faire rager sa femme et lui prouver que son affection n'était point amoindrie, se mit à lui parler avec une sorte de zézaiement maternel.

— Que n'est-i content ce petit ciencien de sortir avec son papa Lisée ?

— Rrr aou, répondait Miraut en lui léchant le nez.

— Qu'on va-t'i serser des yèvres ?

— Bou ! bou ! reprenait le petit chien.

— Grand idiot ! ricanait la femme tandis qu'ils

gagnaient la porte tous deux, l'un gambadant, la gorge pleine d'abois joyeux, l'autre riant silencieusement dans sa barbe de bouc.

Miraut avait compris le sens général des paroles de Lisée. Il savait qu'on allait sortir et courir et jouer ; la direction de la porte prise par son maître lui confirmait d'ailleurs cette merveilleuse promesse. Il est deux séries de mots que les jeunes chiens saisissent extrêmement vite : ceux qui servent à les appeler à la pâtée, ceux qui les invitent à prendre leurs ébats au-dehors. Ces mots correspondent à la satisfaction des deux grands besoins primordiaux des jeunes bêtes domestiquées : la nourriture et le mouvement. Tous leurs instincts sont donc perpétuellement tendus vers l'accomplissement des actes qui sont liés à ces deux fonctions. Plus tard, avec d'autres besoins, naissent d'autres aptitudes, et Miraut, en particulier, arriva à ouvrir toutes portes non verrouillées, mais il se refusa obstinément à apprendre à les fermer. D'ailleurs, dans la maison de sa mère, peut-être grâce à ses leçons, avait-il déjà appris à reconnaître, parmi le bafouillage humain, les syllabes magiques qui présagent la venue de la gamelle de soupe ou qui donnent la clef des champs.

Lisée n'en fut pas moins attendri de cette marque d'intelligence qui lui permettait de fonder sur les aptitudes de son chien les plus belles espérances.

Il décida qu'on prendrait la ruelle jusqu'au centre du village et que, de là, on suivrait dans toute sa longueur la voie principale, de façon que le chien pût avoir une idée d'ensemble du pays qu'il allait habiter.

Il ouvrit donc la porte, mais cela ne devait pas marcher tout seul.

Dès que Miraut, en coup de vent, se fut précipité dans la cour, toutes les poules, effarées de cet être qu'elles n'attendaient point, s'enfuirent et s'envolèrent à grands cris et grands fracas, tandis que le coq, les plumes hérissées, la crête au vent, piaillait des roc-cô-dê ! menaçants et furieux, tout en se retirant, lui aussi, avec prudence.

Miraut, un peu étonné de tout ce vacarme qui l'enchantait et de ce mouvement de retraite qui l'encourageait, allait peut-être transformer en offensive vigoureuse son élan en avant, lorsqu'un mot du maître, haussant le ton, le rappela à lui :

— Ici ! Veux-tu bien !... petit polisson ! Faut laisser les poules tranquilles ! Allons, viens ici !

Comprenant qu'il avait peut-être fauté, Miraut, quêtant un pardon et une caresse, vint se dresser contre les genoux de Lisée, puis, absous d'une chiquenaude amicale, repartit aussitôt.

Un petit bâton sollicita son attention : il s'en saisit et, en travers de sa gueule, la tête haute, le porta fièrement jusqu'à la dernière bouse de vache, pour laquelle il l'abandonna sans hésiter.

— Sale ! petit sale ! veux-tu bien lâcher ça, gronda Lisée.

Miraut, légèrement étonné du peu de goût de son maître, laissa tomber cette galette de bouse qui sentait pourtant si bon et allait chercher autre chose, quand il tomba tout à coup en arrêt, roide, entièrement immobile, figé sur ses quatre pattes.

Allons, viens-tu ? reprit son maître

Mais Miraut ne bougeait pas.

— Viendras-tu donc, traînard ! accentua Lisée.

Mais Miraut se fichait de la parole du maître et, sans plus remuer qu'une souche, semblait médusé là, par quelque effrayant spectacle.

— Quoi, qu'est-ce qu'il y a donc ? interrogea le chasseur en jetant les yeux dans la direction vers laquelle Miraut regardait toujours.

— Ah ! c'est toi, ma vieille Bellone, continua-t-il. Viens voir ici, ma Bêbê ! Ah ! on ne le connaît pas encore, çui-là ! Allons, viens voir, viens, j' vas te présenter.

La chienne, en découvrant deux rangées superbes de crocs et en plissant le nez, sourit au chasseur, puis s'approcha de lui, frétillant du fouet et tortillant du derrière.

C'était la chienne de l'ami Philomen : elle avait souvent chassé de compagnie avec le vieux Taïaut ainsi qu'avec son maître et s'étonnait à juste titre de ce nouvel arrivant.

Lisée flatta la bête et appela Mimi.

En se tordant et se rasant, ce qui indiquait à la fois du plaisir et de l'appréhension, il s'approcha du groupe.

Et la chienne, le poil du dos hérissé comme une brosse de chiendent, hautaine, les crocs montrés, le toisa de toute sa hauteur.

— Allons ! allons ! calma Lisée d'une voix conciliante, allons ! tu vois bien que c'est un petit ; ne lui fais pas de mal, voyons, puisque j'te dis que c'est un gosse et que vous allez faire une paire d'amis.

Miraut, à la dérobée, reniflait la chienne, qui, elle, toujours digne et grave et sévère, l'inspecta minutieusement sur toutes les coutures et pertuis. Son nez, en effet, plus ou moins plissé, ce qui témoignait du mépris, de la surprise ou de la sympathie, se promena de la gueule pour sentir ce qu'il avait mangé, au ventre pour y reconnaître la litière ou les compagnons, et ailleurs pour en discerner le sexe.

Quand elle fut bien convaincue par deux inspections complémentaires que c'était un mâle, son poil s'abaissa, ce qui indiquait que la colère, la méfiance et la crainte étaient abolies. Et elle se laissa complaisamment lécher la gueule par Miraut, qui flattait en elle une puissance redoutable.

— Allons, c'est très bien, conclut Lisée en lui donnant une petite tape d'amitié sur la tête ; vous voilà copains comme cochons, à présent.

Et il la laissa, la queue frétillante, reprendre sa flânerie par les buissons et les haies, en quête d'os jetés ou de tout autre pitance plus ou moins haute en odeur et en goût.

On continua la traversée. Mais pas un azor du village, du roquet de l'abbé Tatet au semi-terre-neuve de l'épicière, n'omit de venir mettre son nez sous la queue de Miraut pour faire connaissance.

On les voyait s'amener tous, un sentiment de surprise dans l'œil et dans le mufle, humbles et hésitants ou raides et rapides selon leur taille et le sens de leur force. Et ce furent des stations sans nombre dont riait Lisée tout en blaguant avec les voisins et en expliquant pourquoi il avait cru devoir retrouver un chien. Toutes ces rencontres furent favorables au nouvel arrivant, sauf toutefois la dernière, qui se trouva être un peu tendue.

Souris, le roquet de la tante Laure, une vieille fille hargneuse qui avait façonné son chien à son image, accueillit le passage de Lisée et de son commensal par sa bordée ordinaire et rageuse d'abois. Comme Miraut, déjà rassuré par la bonne réception des autres camarades du village, s'en allait vers lui, le poitrail haut, l'œil clair, la queue frétillante pour une salutation cordiale, l'autre, plus furieux que jamais, les babines méchamment troussées, se précipita pour le mordre, certain qu'il croyait être de prendre sur celui-là, plus faible, sa revanche des injures et des mépris dont l'accablaient les autres toutous du pays. Car les indigènes chiens de Longeverne, libres pour la plupart et vivant au grand air, ne pouvaient sentir ce casanier puant le renfermé, le moisi et la vieille pisse.

Miraut, sans défiance et quasi désarmé, eût, sans nul doute, écopé d'un coup de dent, d'autant que Lisée, pour la centième fois de la journée, expliquait à son ami, le cordonnier Julot, la généalogie de son chien et ne prêtait guère attention à la querelle, quand la Bellone, à laquelle on ne pensait point, et qui, ayant terminé sa petite ronde, rejoignait Lisée, pressentant qu'il allait au bois, se trouva là, juste à point pour empêcher un abus de force aussi traître que peu chevaleresque du roquet.

Grondante, le poil du dos en brosse, les dents prêtes

à l'attaque, elle se jeta tout à coup devant Miraut, coupant l'élan de Souris, le défiant de sa puissante mâchoire, puis, prenant à son tour l'offensive, se précipita sur l'insulteur et lui pinça vigoureusement le derrière.

L'autre n'attendit point son reste et, hurlant, décampa à toute allure, poursuivi par la chienne, qui lui serrait toujours durement la peau, tandis que tous les voisins se retournaient, surpris et interloqués de cette intervention si spontanée et si inattendue.

Miraut, reconnaissant, vint lécher les babines de sa protectrice qui, calme et digne, se laissa remercier, assise sur son derrière, l'œil encore tout plein d'éclairs de colère et le fouet frémissant.

— Hein ! tu vois, constata Lisée ; elle sent déjà que ce sera un crâne chien, un bon camarade, et qu'ils feront plus d'une partie ensemble. Elle le défend comme si elle était sa mère.

— Si ton chien était aussi bien une chienne, remarqua son interlocuteur, elle ne l'aurait pas protégé. Entre elles, ces charognes-là ne peuvent pas se sentir, tandis que des mâles s'accordent parfaitement.

— Sauf quand il y a une chienne en folie dans le pays.

— Oh ! dans ce cas-là, reprit le cordonnier, il n'y a pas que les chiens qui se brouillent. Encore ont-ils, eux, sur les hommes, l'avantage de tout oublier quand c'est passé, tandis que j'en connais, et toi aussi, qui, pour des sacrées morues de rien du tout, plus décaties maintenant qu'un tronc vermoulu, et pas même bonnes à laver la buée, se saigneraient encore en souvenir de ce qui s'est passé il y a peut-être plus de trente ans.

— Pourtant, insista Lisée, il y a des chiens chez qui ça dure : ainsi le Turc du Vernois et le Samson de Salans n'ont jamais pu se sentir ni se rencontrer sans se foutre la pile.

— Ça ne m'étonne pas : ce sont les plus forts du pays. Dès qu'une femelle s'échauffe, ils sont là et, comme les autres filent doux devant leurs crocs, c'est toujours entre eux deux que ça se passe. Alors, tu comprends, une rancune n'est pas encore oubliée, qu'une nouvelle histoire recommence, et c'est comme dans la chanson du rouge poulet, ça ne finit jamais.

— La chiennerie, quand ça veut, c'est presque aussi cochon que l'humanité, affirma Lisée en manière de conclusion.

Et il sortit du village et prit à travers champs le sentier de la forêt, devancé par Miraut qui écartait toutes les mottes, s'arrêtait à tous les bouts de bois, et suivi de Bellone, qui, elle, le regardait un peu craintivement, à la dérobée, craignant qu'il ne la renvoyât à la maison.

Comme on était encore dans le temps de la chasse et que les travaux des semailles empêchaient Philomen de profiter pour l'heure de son permis, il la laissa les accompagner, se disant qu'après tout ça habituerait déjà un peu son chien et que ça commencerait son dressage.

Cependant, Miraut continuait à trotter, flairant les taupinières, puis revenait à toute allure se jeter dans les jambes de son maître, qu'il mordillait de ses jeunes dents.

Ce fut ensuite à Bellone qu'il s'en prit, lui sautant à la gorge, à la gueule, aux pattes, la faisant trébucher, tandis que la bonne bête, un peu agacée, mais comprenant bien qu'il faut que jeunesse se passe, le laissait faire quand même tout en grognant de temps à autre.

Enfin, quand elle en eut assez, comme elle ne voulait point le mordre, pour le faire cesser elle prit carrément le galop. Le jeune toutou voulut la suivre et prit son élan derrière elle, mais il n'était pas encore de taille à affronter à la course une bête aussi rapide et aussi bien découplée. Au bout d'un instant, il se retourna pour voir si Lisée, lui aussi, n'avait point pris le pas de charge ; mais, placide et la pipe aux dents, le braconnier, les yeux rêveurs, s'en venait de son égale et tranquille allure.

Alors, Miraut, éloigné de tous deux et ne sachant plus auquel aller, se mit à aboyer plaintivement, puis avec fureur des deux côtés, tandis que son maître, riant de son indécision et de sa colère, le rappelait à lui d'un geste et d'un mot amicaux.

— Viens ici, viens ! petit imbécile !

Un dernier coup d'œil à la chienne qui gagnait la lisière du bois, quêtant déjà, le nez à terre, un dernier aboi rageur à l'adresse de cette lâcheuse, et oublieux et déjà regaillardi, Miraut revint lécher la main pendante du patron.

On arriva à la coupe.

Le petit chien, marchant dans les foulées de son maître, s'empêtra si bien dans les branches et les rameaux qu'il en hurla de colère et que Lisée dut le prendre dans ses bras pour le transporter jusqu'à l'endroit où il se proposait de fagoter, à quelque douzaine de mètres de la lisière. Il le déposa sur le sol et Miraut attendit, pensant qu'on allait jouer ; mais dès qu'il vit que le maître ne s'occupait qu'à prendre, sans même les lui donner à mordre, les rameaux demi-secs à la longue file alignée par les bûcherons après l'abattage du printemps, le jeune animal s'ennuya. A plusieurs reprises il revint mordiller les jambes de Lisée, mais, voyant que celui-ci ne prêtait nulle attention à ses avances et qu'il n'arrivait à aucun résultat, il se résolut, par ses propres moyens, à regagner les champs.

Au bout de quelques minutes et après avoir savamment louvoyé entre les brandes, il y parvint et charma ses loisirs en attaquant les taupinières. Le fret des taupes, facile à suivre, et l'odeur montant par les couloirs souterrains l'induisaient à des explorations hardies, éveillaient son instinct de chasse, excitaient sa juvénile ardeur.

De la patte et de la gueule, reniflant et grattant et mordant, il eut bientôt fait de creuser un trou d'un bon demi-pied de profondeur. De temps en temps, plongeant son nez dans le boyau ouvert, il reniflait plus bruyamment et même aboyait, puis, la taupe épouvantée fuyant, fret et odeur s'évanouissaient, et il abandonnait sa taupinée pour en attaquer une nouvelle.

Lisée, en liant ses fagots, le regardait faire, tout joyeux. Miraut était dans la vraie tradition. C'est ainsi que commencent la plupart des jeunes toutous. Ils courent d'abord après les oiseaux et veulent déterrer les taupes ; plus tard, quand ils sont de bonne race, ils abandonnent vite ce gibier-là pour en courir un autre. Et le chasseur, de loin, excitait en riant et en ricanant son compagnon :

— Allez ! attrape-le ; le « boussot [1] » !

— Comment, tu ne l'as pas encore ?

— Oh ! oh ! tu lances déjà, mon gaillard, y a du bon, alors, y a du pied !

Pourtant, lorsque Miraut eut bien gratté, qu'il eut la truffe tout à fait noire et la gueule pleine de terre, il s'ennuya de ces vaines poursuites et de ce travail inutile et, fatigué, regagna le bois.

Derrière un fagot l'abritant du vent, il découvrit la blouse et le tricot de son maître et, jugeant dans sa bonne petite jugeote de bête que, comme matelas, ça valait sans doute mieux que la terre humide, sans hésitations, il se coucha en rond dessus et s'endormit du sommeil de l'innocence.

— Sacré petit voyou, s'écria Lisée en venant, au moment de partir, le retrouver dans cette position, il est déjà roublard comme père et mère. Attends, mon vieux, la patronne, elle t'en baillera des blouses et des tricots pour te coucher dessus.

Et, tout attendri par cette évocation et aussi par cet acte d'intelligence, il embrassa son brave chien sur le crâne et l'emmena vers la maison.

1. Boussot, corruption de pousseur : nom régional et patois de la taupe.

CHAPITRE V

Peu méfiant de son naturel, Miraut apprit bien vite à se défier de la patronne, qui ne manquait jamais, chaque fois qu'il se trouvait devant elle, de marquer cette rencontre, non point d'un caillou blanc comme pour les jours heureux, mais bien d'un coup de sabot dans son derrière de chien.

Ce fut pour lui un étonnement, car on ne l'avait jamais battu auparavant.

Il l'évitait le plus possible. Dès qu'il la voyait apparaître, divinité au balai, il ne manquait pas de guetter son regard et, s'il y reconnaissait le moindre éclair maléfique, le plus infime reflet douteux, il faisait de sages détours et se ménageait autant que possible des chemins de retraite. L'autre s'aperçut bien vite du manège dont il usait pour éviter toute rencontre et, comme elle n'avait point désarmé, elle chercha par ruse à tromper sa vigilance. Tout en n'ayant l'air de s'occuper que de son ménage, elle s'arrangeait pour se rapprocher de la bête, soit qu'elle jouât avec les chats, soit qu'elle dormît dans un coin et, sans rien dire, tout à coup, lui labourait traîtreusement les côtes à coups de sabots.

La Guélotte se montrait cependant plus circonspecte quand Lisée était à la maison et ne rossait alors le chien que lorsqu'elle avait trouvé un prétexte plausible de correction dont le moindre était que ce sale chameau se trouvait toujours dans ses jambes, ou qu'il emplissait de poils le canapé, ou encore qu'il lapait continuellement l'assiette des chats et leur prenait leur place sur le coussin, sous le poêle.

Cependant ces trois bonnes bêtes étaient loin de faire mauvais ménage. Très souvent, après s'être mordillés pour rire, poursuivis sous la table et sous le buffet, avoir sauté sur les chaises et le canapé en lançant des vrraou et des pfff... aussi inoffensifs que menaçants, après s'être griffé la peau et tiré la queue, ils s'endormaient fraternellement côte à côte, les deux minets sur le jeune chien, leurs petites têtes carrées sur la poitrine de Miraut, en bons amis qu'ils étaient.

Mique aimait autant Miraut que ses petits ; peut-être même l'aimait-elle mieux, car elle tolérait de celui-ci des jeux qu'elle n'admettait pas chez ses enfants.

Le chien s'amusait quelquefois à lui prendre les puces. C'était, jugeait-il, une grande faveur qu'il lui accordait. Plissant la truffe, claquant les incisives, il lui labourait l'échine ou les flancs d'arrière en avant, pinçant très souvent et assez fortement la peau avec les poils, ce dont Mique, en miaulant doucement, l'avertissait en le priant de cesser.

D'autres fois, il la tirait violemment par la queue ou bien encore, l'empoignant entre ses dents par la peau du cou, il la secouait brutalement sans qu'elle songeât à se défendre. Elle n'eût certes pas toléré de telles familiarités d'un autre, et la dent pointue et la griffe acérée auraient vite remis à sa place le malplaisant qui se serait permis à son égard de semblables fantaisies.

Elle avait pour Miraut l'indulgence grande de la maman pour l'enfant terrible qui a bon cœur et qui sera fort, et elle lui savait gré d'être gentil avec ses petits.

— Il veut casser les reins à ma chatte, hurla un jour la Guélotte en voyant Miraut secouer de tout son cœur la bonne Mique, qui se contentait voluptueusement de fermer les yeux en tendant les pattes en avant.

Et, s'élançant sur le coupable, elle le châtia avec vigueur, puis, s'adressant à l'homme qui protestait, invoquant le laisser-faire de la chatte :

— Tu ne vas pas dire encore qu'il ne lui faisait rien ! S'il ne me la tue pas, il lui fera quitter la maison, une si bonne ratière ! Elle partira dans les champs, comme çui de la Phémie, que le renard a croqué, ou bien elle mangera de la vermine dehors et en crèvera « pas-qu'il » y aura un salaud de chien à la maison. Ah ! mais non ! tu sais, pas de ça. Tu as amené un chien, c'est bon ; il est là, qu'il y reste, mais moi je veux garder ma chatte, qui est sûrement plus utile, et quant à ta murie tu feras bien de l'enfermer. Il a le temps de courir quand il pourra chasser, et je suis fatiguée de l'avoir par les jambes. La remise est là, tu lui mettras de la paille, et il aura assez de place pour se balader si ça lui chante.

Pour avoir la paix, Lisée céda et convint que, quand

il ne serait pas là pour surveiller Miraut, il l'enfermerait dans la grande remise, près de l'écurie des vaches.

Le lendemain, comme il s'absentait pour aller donner un coup de main à François, le fermier des Planches, Miraut connut pour la première fois les avantages de la claustration.

Ce fut la Guélotte qui se chargea de conduire à la remise le petit chien ; la manière forte convenait à son tempérament ; aussi, dès que Lisée eut chaussé ses souliers, elle interpella violemment Miraut :

— Allez, charogne ! à la paille. Vite !

Celui-ci, qui espérait accompagner le patron, n'obtempéra point à cette injonction et alla se musser sous le fourneau, auprès de ses amis les chats.

— Est-ce que tu vas obéir, sale bête ? continua-t-elle.

Et son sabot alla chercher, sous son abri, les côtes ou le derrière du chien qui faisait la sourde oreille.

— Tu vois, tu vois, reprit-elle, une vraie rosse : pas moyen de le faire obéir ! Ah ! tu as fait une belle acquisition le jour où tu me l'as amené. Si tu crois qu'il t'écoutera jamais à la chasse !

— Les bêtes, c'est comme les gens, riposta Lisée ; on en fait ce qu'on veut quand on sait les prendre. Encore, sur ce point-là, valent-elles souvent mieux que les femmes, car de toi, comme que ce soit que je m'y sois pris, je n'ai jamais rien pu tirer de bon. Toujours aussi chameau !...

— C'est ça, recommence ! C'est moi maintenant qui suis cause que ton chien n'écoute rien.

— Il n'écoute rien ; tu vas voir !

— Viens, Miraut, viens ici, mon petit, viens, appela doucement Lisée.

Lentement, ayant bien compris que le patron prenait sa défense, tout en guettant les gestes de la paysanne, Miraut, écrasé sur les pattes, le cou tendu, les yeux inquiets, le fouet battant, s'approcha lentement de son maître, dont il vint lécher les mains.

— Viens, mon beau, viens avec moi, viens, continua Lisée ; tu sais bien que je ne veux pas te battre, moi ; allons nous coucher.

Et, tenant son chien par le collier, le caressant, tous deux franchirent la porte, Miraut, très inquiet et battant de la queue comme s'il appréhendait la sale blague qu'on allait lui faire.

Ils passèrent à la cuisine d'abord, puis traversèrent une petite chambre de débarras et, de là, entrèrent à la remise, toujours suivis par les regards haineux et narquois de la ménagère.

— La belle paire ! ricana-t-elle. Ah ! je suis bien montée.

— Tu as mieux que tu ne mérites, répliqua le chasseur.

Lisée conduisit Miraut jusqu'à la botte de paille qu'il avait préparée et le contraignit doucement à s'y coucher, puis il le flatta de la main, l'engagea à dormir et se leva pour le quitter.

Cela ne faisait guère l'affaire du chien, qui s'enfila résolument dans ses jambes et le suivit jusqu'à la porte, qu'il voulut franchir en même temps que lui. Lisée dut le reconduire une nouvelle fois à la paille et lui enjoindre de rester tranquille.

Mais, tandis qu'il regagnait la sortie, tremblant de tous ses membres et droit sur sa botte, Miraut, le regardant avec des yeux humides et brillants de crainte et de désir, semblait le supplier de l'emmener.

— Reste, commanda assez énergiquement Lisée.

Puis, pour atténuer ce que le ton de cet ordre avait de trop sec, il ajouta, persuasif :

— Couche-toi, mon petit, voyons !

Miraut n'entendant que le ton amical de cette suprême recommandation et croyant que le maître, apitoyé, revenait sur sa décision, se précipita de nouveau pour sortir ; mais Lisée se hâta, la porte claqua sèchement, et le chien, seul, perdu dans la grande pièce, se mit à appeler au secours, à japper, à gueuler, à hurler en désespéré.

— Tu l'entends, reprit la femme, il fait un beau raffut. Tout le village va croire qu'on s'égorge ici.

— Je te défends d'aller le toucher, ordonna Lisée. Tu n'as qu'à le laisser tranquille, il se calmera tout seul. Ce n'est d'ailleurs pas inutile qu'il apprenne que l'on ne fait pas toujours tout ce qu'on veut dans la vie, et puis, de gueuler un peu, ça lui fera la voix.

Miraut, seul, ne se consola pas vite. Devant la porte close, il continua à brailler et hurla jusqu'à la grande fatigue. De temps à autre il s'arrêtait et écoutait, pensant que ce n'était peut-être qu'une farce qu'on lui jouait, et qu'on allait revenir le délivrer.

Mais quand il entendit le martèlement des souliers de Lisée frappant la terre battue du chemin, il comprit que c'était pour tout de bon qu'on l'emprisonnait. Une rage folle s'empara de lui, il sauta contre la porte qu'il mordit de tout son cœur et essaya même d'atteindre la fenêtre afin de s'évader coûte que coûte.

Quand tout bruit et tout espoir de retour se furent évanouis, il jappa encore longtemps, longtemps, et sa voix avait des inflexions tantôt de douleur puérile, tantôt de colère furibonde, tantôt de rancune farouche ; puis, fatigué et dolent, il revint à sa botte de paille, l'écarta un peu des quatre pieds pour faire un creux, tourna sur lui-même une douzaine de fois, se releva, retourna en sens inverse et finalement se coucha en rond et s'endormit.

Quand il se réveilla, au bout d'une heure environ, seul dans sa prison, et que lui fut revenu le sentiment de ce qui s'était passé avant son sommeil, il eut un aboi d'appel, pensant que peut-être Lisée, revenu de sa promenade, viendrait le délivrer.

Mais, écoutant avec soin, il ne distingua dans la maison que le bruit des sabots de la patronne.

Il pensa qu'il était préférable de ne pas insister, qu'il valait mieux se faire oublier d'une puissance aussi dangereuse et se tut, puis chercha par ses seuls moyens à sortir de sa prison.

Il ne s'amusa point à regarder les murs : bien que personne ne le lui eût jamais dit, il savait qu'il n'y a rien à faire de ce côté ; mais, pour avoir mordu dans le bois et porté à la gueule des bâtons de tailles diverses, il n'ignorait plus que cette matière est attaquable, et qu'avec de bonnes dents on en peut venir à bout. Toutefois, comme il avait vu que Lisée ne mangeait pas les portes chaque fois qu'il avait à sortir, et que, même pour les bêtes qui semblent le moins les observer, tout exemple est un enseignement, à l'instar de son maître, il se dressa devant la porte et appuya contre de toutes ses pattes pour la faire ouvrir.

Mais il ignorait la mécanique des serrures et rien ne bougea ; il gratta alors, rien ne changea ; il mordit ensuite et ses dents s'enfoncèrent ; lorsqu'il les retira, la porte resta close.

Et n'entendit-il point alors la voix de la Guélotte qui menaçait :

— Ah ! sale charogne, tu ne veux pas te coucher, attends un peu !

Un claquement suivit aussitôt, la porte toute grande s'ouvrit et la paysanne, raide et revêche, apparut, le fouet à la main.

Miraut, la tête basse, avait déjà battu en retraite et s'était caché sous une vieille crèche, parmi des instruments hors d'usage, tandis que l'autre, satisfaite, rebarricadait violemment l'ouverture après avoir fait claquer son fouet.

Il était imprudent de s'aventurer dans cette direction : Miraut se tourna du côté de la rue. Là encore, mêmes efforts, mais rien ne fit céder les lourds battants de chêne, armés de clous.

Et pourtant, peu de chose séparait le chien de dehors. Il pouvait entendre les poules qui, intriguées de son reniflement, s'approchaient avec prudence de l'huis en faisant cococo !... cocodê ! et le coq qui battait des ailes, faraud.

Etre si près du but et ne rien pouvoir ! Un jappement de rage lui échappa.

Il appuya l'avant-train contre le mur pour atteindre

de nouveau la fenêtre, prit son élan pour aller plus haut, ne réussit qu'à se meurtrir les pattes et le nez, et, en désespoir de cause, vint se rasseoir sur sa paille.

Une soif de mouvement, un besoin de se démener, de se dépenser, de se répandre, le tenaillaient ; il était nécessaire qu'il courût, qu'il portât quelque chose à sa gueule.

Et peu à peu, et à tour de rôle, ses yeux se promenèrent sur tous les objets qui garnissaient la pièce.

Un morceau de bois le sollicita : il le mordit, le rongea, puis il l'abandonna dans sa paille ; il trouva ensuite un os, un vieil os, dur, moisi, sale, qu'il nettoya avec soin et croqua avec frénésie ; puis il renversa divers paniers, sauta sur une table boiteuse, et, la fièvre de la recherche et de la découverte l'emballant de plus en plus, il fouilla partout, renifla, fureta, fit des bonds de tous côtés, déplaça des tas de choses, en bouscula d'autres, mordit, rongea, sauta encore, aboya, et ne s'arrêta enfin que las, éreinté, fourbu, pour s'endormir cette fois, sans soucis ni remords, du sommeil du juste, parmi sa paille... fraîche au milieu d'un admirable et fantastique désordre qu'il avait créé pour sa joie.

CHAPITRE VI

— Faut aller chercher le chien pour lui faire manger sa soupe, commanda Lisée en rentrant à la maison.

— Tu peux bien aller le quérir toi-même, ta rosse, répliqua la femme.

— Toujours aussi fainéante ! riposta de nouveau Lisée pour la piquer au vif.

Blessée, en effet, la Guélotte se redressa furibonde :

— Fainéante, moi ! tu devrais bien avoir honte, grand vaurien, de me lâcher des mauvaises raisons comme ça ; mais tout ce matin je n'ai pas arrêté une minute de travailler.

— De la langue, compléta le chasseur.

— Eh bien ! j'y vais, lui ouvrir à ta charogne, puisque aussi bien il n'y a plus qu'elle qui compte ici, et que moi je ne suis plus rien que vot' domestique à tous les deux.

Et elle passa dans la pièce voisine, communiquant avec la remise.

Miraut, par son bruit réveillé, l'oreille aux écoutes, reconnut le pas et ne bougea mie de sa paille.

Dès que la porte fut ouverte, la Guélotte leva les bras au ciel, prenant, bien qu'elle fût seule, tout l'univers à témoin :

— Jésus ! Marie ! Joseph ! si c'est permis ! Mais venez voir ce cochon-là, quel ménage il m'a fait ! s'il est possible d'imaginer ! Oh ! mon Dieu, doux Jésus, qu'est-ce qu'on veut devenir ?

Et elle criait, piaillait, gueulait, tempêtait tant que Lisée, qui ôtait ses souliers, accourut vivement en chaussettes, se demandant avec anxiété de quel abominable crime domestique son chien avait bien pu se rendre encore coupable.

Miraut, affalé sur le flanc, le museau inquiet, les yeux tout ronds de frayeur, le fouet battant, regardait du côté de la porte, craignant fort la raclée.

Lisée arriva près de sa femme. Il vit et aussitôt éclata de rire, d'un bon gros rire joyeux qui lui secouait le ventre et lui découvrait les chicots.

— Ah ben ! bon Dieu ! celle-là, elle est bonne ! Quel sacré commerce a-t-il fait ? Comment, diable, a-t-il bien pu s'y prendre ?

La couche de Miraut était un capharnaüm magnifique. Parmi les brins de paille, outre les os et les bouts de bois qu'il avait rassemblés, se trouvaient encore une queue de râteau, un vieux fond de culotte, un demi-double de poires, trois ou quatre débris de peaux de lapins, un sabot, une pomme d'arrosoir, trois vieilles pantoufles, deux antiques balais, des paniers percés, un sac qui ne l'était pas moins, une paire de chaussettes, un cercle de tonneau et une valise vieille, très vieille puisque c'était celle dont Lisée se servait quand il faisait son service militaire.

— Ben ! m'est avis qu'il n'a pas perdu son temps, lui non plus.

— Murie ! charogne, canaille ! chameau ! rageait la Guélotte. Oh ! mes peaux de lapins ! mes trois peaux de lapins ! Il les a déchirées et bouffées, le cochon ! trois peaux de lapins qui valaient bien six sous !

— Où étaient-elles ? questionna Lisée.

— Elles étaient pendues à une solive du plafond.

— Faut pas essayer de me monter le coup !

— Je te dis que si ! Je te jure que si ! Tiens, regarde à ces clous, il en reste encore des morceaux, la déchirure est toute fraîche.

Lisée dut bien se rendre à l'évidence. Miraut avait décroché les peaux de lapins du plafond. Ça, c'était un peu fort. Comment avait-il bien pu s'y prendre ? Il est vrai qu'elles pendaient un peu. Mais, tout de même...

Et le chien inquiet battait toujours la paille avec sa queue.

A la fin, Lisée se rendit compte de la façon dont il avait dû opérer. Miraut avait sauté sur la table et de là, prenant son élan, il s'était précipité à l'assaut des peaux de lapins qu'il avait au passage accrochées avec sa gueule et entraînées dans sa chute.

Combien de fois avait-il dû essayer avant de réussir ?

Mystère ! mais les peaux de lapins l'avaient, à coup sûr, rudement tenté.

— Il aimera le poil, conclut le chasseur. Gare aux lièvres ! Allons, petit, viens manger. Il faut bien que jeunesse se passe !

— Et mes peaux de lapins ? glapit la Guélotte.

— Tes peaux de lapins, tes peaux de lapins !... Merde pour tes peaux de lapins ! Une autre fois tu les iras suspendre à la panne faîtière de la grange : il n'ira probablement pas les y décrocher.

La femme se tut ; toutefois, lorsque Miraut passa devant elle, il endossa pour le prix des fameuses peaux de lapins un solide coup de sabot dans les côtes.

Tout de même, ne se jugeant pas suffisamment vengée, elle ajouta :

— Il y restera dans sa saleté avec ses cercles de tonneaux et ses vieux balais, il y couchera : ce n'est pas moi qui la lui nettoierai, sa niche, à ce dégoûtant-là.

— C'est bon, c'est bon, calma Lisée d'un ton conciliant.

Mais Miraut jouait déjà avec Mitis, le jeune matou à qui il prenait les puces, tandis que le chat, renversé sous son gros mufle, s'agitait des quatre pattes pour le repousser sans lui faire de mal et se mettre enfin debout.

Le maître les sépara en montrant au chien sa gamelle fumante. Avec bruit, Miraut lapa sa soupe, une soupe claire dont l'eau chaude était l'unique bouillon, puis, non rassasié, vint tourner autour de la table, guettant les morceaux de pain, les débris de légumes, les couennes de lard ou les os que le maître voudrait bien jeter.

— Qu'est-ce qu'il « allure », ce goinfre-là, ronchonna la Guélotte, il n'est donc jamais content ?

Le chien l'évitait, mais par contre, enhardi par les petits mots d'amitié et les caresses du patron, il s'en venait doucement poser son museau sur la cuisse de Lisée, puis de la patte lui grattait le genou en ayant l'air de dire : « Hé ! ne m'oublie pas ! »

Tant qu'on lui donna, il resta ainsi, mais quand le braconnier eut cessé de partager avec lui et lui eut signifié, en se frottant les mains devant son nez, qu'il n'avait plus rien à attendre, il se remit à fureter par tous les coins de la pièce, puis, finalement, s'affaissa sur le ventre et resta tranquille.

On n'y prit garde, mais quand, à la fin du repas, étonné qu'il eût été si calme, la Guélotte se leva pour débarrasser la table, elle constata que le chien, bavant de joie, la gueule tordue, les yeux mi-clos de volupté, tenait entre ses pattes de devant un soulier qu'il mastiquait consciencieusement.

Elle jeta un cri de rage et se précipita sur lui.

— Miséricorde ! Mes souliers du dimanche ! râla-t-elle.

La moitié de l'empeigne était percée comme une écumoire et de petits morceaux manquaient.

— C'est les dents qui le tracassent, essaya de dire Lisée pour l'excuser.

Mais Miraut hurlait déjà sous la trique dont la femme s'était armée pour le rosser, tandis que son mari, derrière qui il s'était réfugié, parant les coups comme il pouvait, essayait de calmer sa conjointe, très ennuyé pour excuser ce délit domestique qui se traduisait par un débit chez le cordonnier.

A la fin, tout de même, il se fâcha et il y eut entre les deux époux une scène terrible au cours de laquelle la

Guélotte jura entre autres choses qu'elle s'en irait si ce salaud-là n'était pas fichu à la porte séance tenante.

Devant l'attitude froide et le calme de Lisée qui lui demanda, goguenard, où elle pourrait bien aller traîner ses viandes, elle en rabattit un peu de ses prétentions et exigea seulement, comme punition, que le chien fût emprisonné tout l'après-midi à la remise.

Immédiatement, on reconduisit à la paille Miraut qui se remit à hurler de toutes ses forces, après avoir en vain flairé les portes.

De guerre lasse, il se coucha jusqu'à l'instant où, mû par son farouche instinct de liberté, il entreprit une nouvelle et minutieuse inspection des ouvertures de sa prison.

La remise donnait en arrière sur l'écurie. Dans la porte de communication, une chatière avec battant refermant le trou avait été ouverte. Mique, la chatte, pour qui elle avait été faite, selon qu'elle entrait ou sortait, poussait le battant de la tête ou l'écartait de la patte afin de dégager l'ouverture par laquelle elle se glissait.

Ce fut à cette planchette, qui joignait moins bien que les encoignures et laissait filtrer des odeurs complexes, que Miraut, explorant et reniflant, s'arrêta. Le battant, poussé par son nez, remua. Le chien y mit la patte, il se balança, s'écartant un peu, laissant entrevoir un coin de l'écurie.

Spectacle nouveau, extraordinaire, mystérieux, partant plein d'attraits. Miraut écarta autant qu'il put la planchette et engagea la tête dans le trou : son émotion grandit, mais le battant qui tendait toujours à se rabattre lui pesait sur le cou et le gênait. Immédiatement, il le mordit à belles dents et tira de toutes ses forces. Comme il n'était suspendu à un clou rouillé que par une méchante ficelle, il céda bientôt et le chien, fort surpris, alla tout d'un coup rouler sur son derrière. Il en fut légèrement estomaqué, mais ne s'arrêta pas longtemps à chercher les causes de cette catastrophe, l'ouverture libre le sollicitant trop vivement.

Miraut put voir l'écurie avec les vaches alignées le long de la crèche où elles étaient attachées, les vaches qui le regardaient de leurs grands yeux stupides, mais ne meuglèrent point, et toutes sortes d'autres choses plus ou moins inconnues dont les émanations puissantes l'intriguèrent extrêmement.

Ah ! passer par ce trou !

Il essaya, engageant la tête, le cou et le haut du poitrail, mais il ne put aller plus loin.

Cependant, la tentation était trop forte ; il passerait. Et à grands coups de dents, il se mit à mordre, à ronger, à briser afin d'élargir l'ouverture. Il rongea, rongea et rongea tant que, s'allongeant comme une couleuvre, il put enfin passer. Ah ! quelles odeurs ! et comme il reniflait à narines dilatées ces parfums composites : fumiers divers, senteurs de vaches, fumet de volailles, et qu'est-ce qui pouvait bien remuer là-bas, tout au fond, dans cette prison à claire-voie ?

Oh ! oh ! Ceci sentait meilleur encore que tout le reste. Une bande de lapins, ahuris, le regardaient fixement de leurs yeux ronds à reflets rouges.

Prudemment, il avança le nez contre le treillis,

étonné et soupçonneux, craignant peut-être une morsure de ces êtres bizarres qu'il ne connaissait point.

Un vieux mâle, furieux sans doute de cet examen prolongé, frappa violemment d'une patte de derrière sur le sol. Cela claqua un coup sec et Miraut qui eut peur, faisant un bond prodigieux en arrière, alla étourdiment buter contre les jambes d'une vache. Celle-ci, surprise et effrayée à son tour, lui décocha instantanément un coup de pied, et la frousse et la douleur arrachèrent au chien un aboi sonore. Alors les lapins, épouvantés également, se mirent tous en chœur et, comme s'ils eussent été pris d'une subite folie, à sauter dans la cage, et à tourner en rond, et à taper du pied, et à se bousculer et se mordre en poussant des piaillements suraigus.

Devant une telle sarabande, oubliant sa souffrance, Miraut réaccourut, puissamment intrigué, excité par tout ce tintouin dont il cherchait les causes, sautant d'un côté, sautant d'un autre, selon le mouvement de ces bêtes à longues oreilles, émerveillé peu à peu, donnant de la voix timidement d'abord, puis à pleine gorge, royalement heureux, l'œil brillant, arrondi, salivant de joie, prêt à sauter sur le premier qui sortirait, approchant de la cage, se reculant, faisant au gré de son caprice sauter, tourner et volter les lapins comme une bande de fous, tandis que les bœufs regardaient tout cela en meuglant.

Les poules, qui étaient déjà rentrées, s'envolèrent du perchoir dans la crèche et sur le dos des vaches, ne sachant où se fourrer ; le coq, enflant les ailes, se mit à pousser des roc-co-co, co-co-dê ! furibards et Miraut, qui ne savait plus auquel entendre ni courir, s'imaginant que tous ces êtres, en bons camarades, voulaient bien jouer avec lui, était heureux, et sautait et ressautait, et jappait, jappait comme s'il eût eu véritablement trois lièvres devant lui.

Une poule qui lui tomba sur le derrière dans l'affolement de la fuite reçut un instinctif et prompt coup de mâchoire qui l'allongea net sur le carreau. Elle se mit à piauler, sans pouvoir se relever, tandis que toutes les autres bêtes de l'écurie, chacune en son langage, criaient à qui mieux mieux.

Tant de vacarme attira l'attention de la Phémie qui se hâta de prévenir sa voisine. Et toutes deux, accourues en passant par la remise, purent voir la porte rongée d'abord, puis, dans l'étable, Miraut, l'œil en feu, les oreilles jointes, le fouet raide, frémissant de joie devant une cage où des lapins affolés tournaient et retournaient, tandis que les poules regardaient stupidement la géline mordue qui, allongeant le cou, poussait d'intermittents et rauques gloussements d'agonie.

Miraut comprit-il, en voyant apparaître les femmes, qu'il avait mal agi ? Nul ne sait ; en tout cas, il saisit certainement qu'il allait recevoir une danse, aussi chercha-t-il à se faufiler entre les commères pour gagner la sortie, mais ce fut en vain.

La Phémie, de ses grands bras, l'attrapa par le collier et le maintint, cependant que la Guélotte, le poing fermé, tapait sur la bête à tour de bras d'abord, puis, se faisant mal aux mains, à grands coups de pied ensuite.

Ce fait, elle prit une corde, vint attacher le coupable

à la remise et retourna avec sa compagne pour se rendre compte des dégâts.

Les lapins essoufflés, effrayés, les yeux rouges, ventaient comme des asthmatiques, et la poule, qui avait fini de glousser et de piauler, gisait raide sur les pavés.

— T'auras bien de la chance si tes petits lapins ne crèvent pas, conclut la Phémie ; pour quant aux poules, c'est la première, mais ce n'est pas la dernière, une fois qu'ils y ont goûté...

— Mon Dieu, mon Dieu ! se lamentait la Guélotte, ma meilleure « ouveuse [1] » !

— Ecoute, conseillait l'autre, puisque ton soulaud de mari ne veut pas te débarrasser de cette rosse, fais comme je t'ai dit : donne-lui à manger l'éponge. Tu en seras vite délivrée et personne ne saura rien.

— C'est ce qu'il y a de mieux à faire, convint la paysanne : je vais lui en griller une tout de suite.

Et elles revinrent à la cuisine, portant la poule par les pattes.

La Guélotte chercha une éponge et posa son poêlon sur le feu ; mais au moment où elle jetait le beurre dedans pour le faire chauffer, Lisée rentra inopinément.

— Tiens, tiens, tiens, s'exclama-t-il ! Il paraît qu'on fait des frichetis quand je ne suis pas là, on se soigne. Ça ne m'étonne plus que tu te portes bien ! Qu'est-ce que vous êtes encore en train de fricoter, vous deux ?

— Regarde donc ce que ta rosse m'a fait, répliqua sa

1. Ouveuse : pondeuse.

femme, et tu iras voir la porte de ton écurie et la tête de mes lapins.

— Dis-moi un peu ce que tu allais faire cuire ?

« Il me semble que ça ne t'empêche pas de te soigner, sacrée gourmande, le mal que peut te faire mon chien. Ah ! fichtre non ! tout pour la gueule !

« Eh bien, répondras-tu ? Tu dois être contente, tu en auras du fricot, tu ne savais pas ce que tu voulais manger avec ton pain. En voilà de la pitance !

« Et toi, continua-t-il, s'adressant à la grande Phémie, tu vas me faire le plaisir de foutre ton camp ; je commence à en avoir assez de tes histoires de brigand et de tes cancans de vieille bique. »

Là-dessus, furieux, Lisée alla détacher Miraut, marmonnant en lui-même :

— Si on la laissait sortir aussi, cette bête, elle ne ferait pas de sottises !

La Guélotte qui, pour un empire, n'aurait voulu avouer ce qu'elle allait faire cuire, ravala sa rage en silence ; puis, craignant que son homme ne se doutât de quelque chose, elle cacha l'éponge avec soin et, toujours sans mot dire, vaqua jusqu'au soir aux travaux du ménage.

Elle n'exigea point que Miraut fût conduit à la remise pour la nuit et le laissa dormir en paix dans la chambre du poêle. Pour elle, triste et sombre et comme résignée à son malheur, elle tricota des bas au coin du feu et ne monta se reposer à la chambre haute que bien après que Lisée se fut lui-même couché et quand elle se fut assurée qu'il dormait profondément.

CHAPITRE VII

Sa femme était déjà debout quand Lisée sauta du lit, le lendemain matin.

Il s'habilla sommairement de son pantalon et d'un tricot, coiffa sa casquette, puis, dans l'intention de sortir pour aller faire un tour au verger ramasser les fruits et voir le temps, tira ses sabots qui dépassaient un peu de dessous le lit.

Il avait déjà chaussé son pied gauche et enfilait le pied droit sous la bride de cuir quand, d'un mouvement instinctif, il le retira vivement, sentant le mouillé et le froid.

Il se pencha : un liquide jaunâtre-verdâtre emplissait à demi sa chaussure. Intrigué, il regarda de plus près, flaira...

Sa femme, entrant juste à ce moment dans la pièce, l'interpella :

— Qu'est-ce qu'il y a encore ? Tu as au moins cassé ton sabot ?

— Non, répondit Lisée, mais il y a de l'eau dedans. Comment que ça se fait ?

— De l'eau dedans ! Qu'est-ce que tu chantes ? Comment veux-tu qu'il y ait de l'eau dans tes sabots ? Il ne pleut pas ici ; tu es encore saoul !

Elle s'approcha, puis s'exclama :

— Ah ! grand serin ! ah ! c'est au moins bien fait, mais ce n'est pas de l'eau, imbécile, c'est de la pisse ! C'est sûrement ton beau petit chienchien qui te les aura arrosés, tes sabots. C'est au moins une pièce bien mise et voilà la première fois qu'il me fait plaisir, l'animal. S'il pouvait seulement recommencer tous les jours !

Lisée, un peu penaud, son sabot à la main, continuait à examiner le liquide.

— Trempe ton doigt et tu goûteras, continua la Guélotte ricanante, peut-être que tu ne douteras plus après.

— Savoir, reprit Lisée jouant l'incrédule, si c'est le chien ou les chats ; un chien, ça pisse davantage.

— Si tu trouves qu'il ne t'en a pas mis assez, dis-lui de repiquer un coup.

Et elle riait, riait à pleine gorge, promettant de raconter l'histoire à tout le village.

— Miraut ! appela Lisée, presque convaincu, viens ici !

Tout joyeux et sans méfiance, le chien accourut.

Fronçant les sourcils, le maître, assez rudement le saisissant par le collier, le contraignit, bien qu'il résistât et renâclât, à mettre son nez sur le sabot compissé et gronda, enflant la voix d'un air courroucé :

— Cochon, petit salaud, qu'est-ce que tu as fait là ? hein ! Que je t'y reprenne ! acheva-t-il en levant la main et en le menaçant.

Le chien, ne comprenant que le geste de colère et de menace, balayait le plancher de sa queue, se rasait, craintif, se demandant pourquoi son maître, habituellement d'humeur si égale, le traitait comme la patronne.

Lisée ne frappa point, les grandes corrections n'étant pas réservées pour les peccadilles de cette sorte où l'ignorance avait certainement plus de part que de mauvaise volonté.

Libéré, le chien n'en marcha pas moins sur ses talons, apeuré, léchant les mains qui se balançaient, voulant à tout prix reconquérir une affection et une estime dont il avait besoin bien qu'il n'eût, à son idée, rien fait pour les perdre.

— Faudra pas recommencer, hein ! demanda le maître, conciliant.

Miraut se fouetta les flancs avec frénésie, tortilla du derrière et le suivit au verger où, ses sabots dûment essuyés aux pieds, il se rendait, une vannette à la main.

— A ce prix-là, compte-z-y qu'il ne recommencera pas, ricana la femme en rangeant sa vaisselle et furieuse au fond de les voir si vite réconciliés.

Miraut suivit docilement Lisée, observant soigneusement ses gestes. Le patron faisait la tournée des pommiers et des poiriers, ramassant sous les arbres les fruits tombés pendant la nuit pour les verser dans un tonneau où il les laisserait fermenter en attendant le moment de les distiller et d'en faire de la goutte. L'ayant vu faire, lui aussi se précipita sur les pommes, les mordant et les faisant rouler, pour s'amuser, croyait-il, au même jeu que Lisée.

L'après-midi, il le suivit aux champs.

Il longea quelques murs aux pierres odorantes compissées par des confrères, quêta le long des sillons, mangea avec un plaisir évident une taupe crevée, se roula sur divers étrons plus ou moins secs qu'il découvrit au hasard des reniflées ou au petit bonheur des coups de vent. Il leva ensuite quelques alouettes et poursuivit jusqu'à la grande fatigue, et au grand amusement de son maître, une demi-douzaine de corbeaux qui pâturaient aux alentours.

C'étaient de vieux roublards qui ne le craignaient guère. Ils mettaient une pointe de malice et de coquetterie à le laisser venir à quatre pas à peine pour s'enlever légèrement à sa barbe en lui croassant de grasses injures auxquelles il répondait par des jappements furieux. Rasant le sol juste assez haut pour qu'il ne pût les atteindre en sautant en l'air, ils faisaient un détour et s'en allaient passer près d'un camarade au repos sur lequel le chien arrivait bientôt et qui recommençait le même manège.

Tout de même, lorsqu'ils furent las de cette tactique qui ne leur laissait pas la paix suffisante pour glaner des graines ou gratter des vermisseaux, ils partirent tous au signal de l'un d'entre eux et, s'élevant très haut, filèrent au loin vers les pâtures de la ferme des Planches où ils s'abattirent après de sages et prudents circuits investigateurs.

Miraut qui les suivait avec peine, le nez en l'air, les perdit bientôt de vue et revint près de Lisée, tirant une langue d'un demi-pied et soufflant comme un phoque.

— Tu es mieux, maintenant ! ricana le braconnier.

Ça t'apprendra, mon ami, que les corbeaux, ça n'est pas pour les chiens de chasse.

Comme on revenait à la maison, le soir, en traversant le village, Miraut rencontra Bellone qu'il salua en lui mordillant les pattes et les oreilles, et plus loin, Turc, du Vernois, qui suivait la voiture du meunier aux grelots tintinnabulants. Ils firent connaissance en se sentant au bon endroit, l'un raide et menaçant, l'autre modeste et conciliant, mais digne tout de même parce que Lisée était là.

Ils rencontrèrent encore Berger, qui ne s'arrêta qu'une demi-minute, car il repartait à sa pâture ; Tom fut plus prolixe de démonstrations amicales et de jeux particuliers qui indiquaient soit une extrême perversité de civilité, soit une très grande innocence et qui amenèrent auprès d'eux Barbet, ainsi nommé à cause de son poil long et malpropre assez souvent ; du seuil de sa porte où il trônait, Souris aboya rageusement à leur passage. Lisée ne prêtait nulle attention à ces petits faits, mais pour Miraut cela comptait autant que la soupe et les raclées de la Guélotte.

Déjà familier avec les gens, un peu enfant gâté par les gosses pour sa jeunesse et son bon caractère, il ne voyait pas une porte ouverte sans jeter à l'intérieur des cuisines un coup d'œil d'inspection alimentaire : les assiettes des chats qu'on laisse d'ordinaire dans un coin étaient vigoureusement essuyées par ses soins, il buvait un coup dans le seau aux cochons, attrapait au vol un bout de pain qu'on lui jetait, léchait la main d'un moutard qui l'appelait et le caressait, puis repartait rapide au coup de sifflet de son maître.

L'ayant rejoint, il bondissait devant ses pas, se retournait, lui sautait à la barbe pour le lécher et lui dire : « Me voilà, je ne suis pas perdu, ne t'inquiète pas », puis repartait pour de nouvelles et fructueuses explorations.

Devant son seuil, gourmandant un peu, Lisée l'attendit.

— Eh bien ! petit rouleur, tu ne peux donc pas me suivre ? Tu sais, tu finiras sûrement, un jour ou l'autre, par te faire flanquer quelques coups de balai dans les côtes si tu continues à fouiner comme ça et à bouffer ce qui n'est pas pour toi.

Ce discours ne convainquit point Miraut et ils rentrèrent.

Une bonne odeur de poule fricassée s'exhalait d'une casserole, et Lisée, qui se sentait une faim de loup, se félicita intérieurement de ce que son petit camarade eût le bon esprit, pour faire l'affaire à une des pensionnaires emplumées de la basse-cour, de ne point prendre au préalable conseil de la patronne.

« On n'y goûterait jamais, sans des malheurs (?) comme ça », pensa-t-il. Et il s'enquit, par reconnaissance autant que par devoir, de la soupe de son chien, s'assura qu'elle n'était point trop chaude, recommandant en outre à sa femme de ne saler que très peu ou même pas du tout, parce que, disait-il, tous les piments, condiments et assaisonnements dont les hommes sont friands gâtent le nez des chiens de chasse.

Là-dessus, il s'attabla. Mis en gaieté, il hasarda après la soupe quelques plaisanteries sur les lapins et les poules, ce qui excita la colère et lui attira de vertes répliques de sa conjointe.

— A ta place, répliqua-t-il, toujours de bonne humeur, je n'en mangerais pas, je la pleurerais et je réciterais quelques *De Profundis* et deux ou trois chapelets pour le repos de son âme.

— Oui, moque-toi encore de la religion, vieux damné, tu grilleras en enfer et ce sera bien fait.

— Pourvu que tu n'y sois pas avec moi, c'est tout ce que je demande !

La conversation dévia parce que la Guélotte venait de jeter sur le plancher une poignée d'os de volaille qu'elle venait de dépiauter.

— Ne jette pas ces os-là au chien, conseilla Lisée ; ils ne sont pas bons pour lui ; d'abord, il ne les mangera pas.

— Ce n'est pas pour lui, c'est pour les chats, mais il ne manquerait plus que ça, que ce monsieur ne daignât pas y toucher.

— Non, expliqua Lisée, parce qu'ils ne contiennent pas de moelle.

— Alors, c'est la viande qui est autour qu'il faudra servir à ce milord, et c'est moi qui les mangerai les os, pour lui faire plaisir et à toi aussi.

— On ne t'en demande pas tant, je te dis de ne pas les lui donner.

— Je voudrais bien voir ça, qu'il ne les mangeât pas, reprit la femme qui s'excitait ; eh bien ! s'il les laisse, il pourra se brosser pour avoir de la soupe demain matin.

Miraut, en entendant un choc sur le plancher, était accouru immédiatement et, ayant saisi un os voracement, s'apprêtait à le croquer, mais, comme dégoûté, il le laissa tomber presque aussitôt.

— L'avais-je pas prédit ? cria Lisée triomphant.

— Je lui achèterai des gigots, à ta charogne !

Cependant, Miraut, qui était toujours affamé, était revenu aux osselets, les flairait de nouveau, les léchait, puis se décidait à les ronger et à les avaler.

— Ah ah ! ricana la femme à son tour, il ne voulait pas y toucher, qu'est-ce qu'il fait donc maintenant ?

— C'est drôle, s'étonna Lisée ; c'est bien la première fois que je vois un chien de chasse manger des os de volaille, un chien de race surtout, il doit y avoir quelque chose de plus.

« Ah ! s'exclama-t-il au bout d'un instant, j'y suis. Mais oui, c'est parce qu'il reste de la sauce blanche autour des os qu'il se décide à les lécher et à y mordre. C'est égal, j'aurais préféré qu'il n'y touchât pas.

— Ton chien de race ! pure porcelaine ; donné de confiance. Belle race, ma foi ! Ça fera une jolie cagne : un sale bâtard de chien que tu t'es laissé enfiler par tes ivrognes d'amis. De propres amis que tu as !

— Assez, coupa Lisée, n'autorisant pas les calomnies. Tu gueules parce que ce chien t'a, par malheur, tué une poule et tu l'habitues à en manger. C'est à moi que tu viendras te plaindre si jamais il tord le cou à une deuxième.

— Si jamais il ose recommencer, menaça la Guélotte, je te jure bien que je l'assommerai à coups de trique.

— Et moi je te promets que si la trique est encore là quand j'arriverai, je te la casserai sur l'échine.

— Grande brute, assassin ! hurla-t-elle, en se levant de table.

— Qui frappe par le bâton doit crever sous le bâton, a dit Jésus-Christ ! Je ne ferai que mon devoir de chrétien, sentencia Lisée, transformant pour les besoins de la cause les paroles du Sauveur.

— Il n'y a pas de danger qu'il avale une boulette ou qu'une voiture l'écrase, comme c'est arrivé à celui des Martin. Ah ! non, je n'aurai pas cette veine : ce qui ne vaut rien ne risque rien !

— Tu ferais mieux de préparer mes souliers et mes habits pour demain matin. Tu sais que je dois partir pour Baume de bonne heure. La voiture de bois est chargée et j'ai le cheval de Philomen. Tu mettras de l'avoine dans un sac, je bottellerai une dizaine de livres de foin : ce sera autant que je n'aurai pas à débourser à l'auberge.

— Tu te saouleras avec l'argent et tu tâcheras de ramener encore un chien au lieu d'un cochon.

— En tout cas, conclut Lisée, je ne ramènerai sûrement pas une autre femme, j'ai bien assez d'un chameau comme toi dans la canfouine.

« Et tu sais, ajouta-t-il, je ne veux pas qu'on enferme le chien pendant que je ne serai pas là ; je ne tiens pas à ce qu'il passe sa journée à gueuler jusqu'à ce qu'il en devienne enragé. Un jeune chien, ça a besoin d'air et de liberté ; il faut qu'il puisse courir à son aise : il y a de la place devant la maison et dans le verger.

— Il ira bien où il voudra. Je m'en moque pas mal ! S'il pouvait seulement se faire assommer, je serais assez heureuse !

CHAPITRE VIII

Lisée, qui s'était levé avant le jour, fut prêt de très bonne heure le lendemain matin. Miraut, debout en même temps que le maître, l'avait accompagné partout : à l'écurie, à la grange, chez Philomen avec un vif intérêt. Il avait parfaitement deviné que le patron allait en voyage et il espérait bien, lui aussi, être de la partie ; aussi sa surprise fut-elle grande lorsqu'il s'aperçut, enfermé comme par inadvertance dans la chambre du poêle avec Mitis et Moute, que Lisée attelait et partait sans lui.

Il aboya, croyant à un oubli ; mais le roulement de la voiture, démarrant au trot robuste de Cadi, empêcha d'entendre ses appels.

Du moins, il put le croire ; cependant ce n'était point par inattention que Lisée avait enfermé Miraut dans la chambre avec les chats.

Il est toujours imprudent, quand on est en voiture, d'emmener avec soi de jeunes chiens de chasse, surtout maintenant, répétait-il, avec toutes les bicyclettes, motocyclettes, automobiles et autres saloperies qui infestent les routes, vous tombent dessus sans crier gare, écrabouillent vos bêtes et ensuite se donnent du vent que c'est bernique pour les reconnaître et revoir jamais les salauds qui ont fait le coup.

Lui, Lisée, qui était pourtant assez prudent, avait eu un jour un chien, lequel, en voulant se garer d'une calèche arrivant par-derrière, s'était fait écraser la patte par sa propre roue de voiture, et on ne parlait pas d'autos dans ce temps-là.

D'autre part, un jeune chien curieux, flaireur, facilement distrait, jovialement confiant, est trop facile à perdre, surtout quand il est beau. Car il se trouve toujours des amateurs, plutôt sans gêne ni scrupule, qui savent habilement profiter d'un instant d'inattention pour attirer la bête à l'écart, lui passer une laisse au cou et, ni vu, ni connu, vous l'emmener bel et bien on ne sait jamais où.

Ces observations et réflexions que Lisée avait formulées chez lui maintes fois n'étaient point sorties tout à fait de l'esprit de la Guélotte ; c'est pourquoi, flattée d'un vague espoir, dès qu'elle jugea que Lisée pouvait être à un bon kilomètre du village, elle ouvrit au chien, qui le demandait instamment, la porte de la rue et le lança dehors avec un coup de savate, en disant :

— Va-t'en le retrouver tant que tu voudras et reste en route si tu peux.

Miraut ne perdit pas une minute ; il flaira par toute la cour, puis, sans hésiter, prit le vent et fila comme une flèche.

Et dix minutes plus tard, comme Lisée, marchant à côté de la voiture, atteignait les quelques maisons du moulin de Velrans, rêvassant vaguement au tintinnabulement des grelots de Cadi qui secouait la tête avec fierté, il sentit tout à coup deux pattes s'appuyer sur ses jarrets.

Violemment surpris, il se retourna plus prompt que l'éclair et reconnut son Miraut qui lui faisait fête, causant en son langage, jappant à mi-voix, la gorge pleine d'inflexions tendres, frétillant de la queue, s'écrasant, l'œil plein de joie de l'avoir si vite retrouvé.

— Sacré nom de Dieu de nom de Dieu ! jura Lisée en se grattant la tête ; sacré petit salaud ! Qu'est-ce que je vais faire de toi ?

« C'est au moins ma rosse de femme qui t'a lâché trop tôt. Elle l'aura fait exprès, pour sûr. Elle savait bien que tu viendrais ; ah ! " la chameau ! ". C'était pour se débarrasser et elle ne serait pas fâchée qu'il t'arrive [1] malheur. »

Et un peu ennuyé et caressant son chien, tout content au fond de cet attachement et de cette fidélité, le chasseur se demandait s'il ne conduirait pas Miraut jusqu'à Velrans qui était sur sa route. En donnant le bonjour à son ami Pépé, il lui confierait pour la journée son petit chien et il n'aurait qu'à le reprendre au retour.

Pourtant, ayant réfléchi que Pépé pouvait être absent ou que le chien, se trouvant en milieu inconnu,

1. J'en demande bien pardon à l'Académie, mais Lisée, ignorant les règles de concordance des temps, avait un profond et naturel mépris pour l'imparfait du subjonctif ; que ce soit dit une fois pour toutes.

chercherait sans doute à s'échapper encore, il ne s'arrêta point à cette solution.

— C'est bien embêtant, ça ! ronchonna-t-il. Je peux pourtant pas retourner à Longeverne pour te ramener et laisser en panne ici au milieu la voiture et le " calandau ".

« Si je rencontrais au moins quelqu'un qui aille au pays ! »

Ainsi réfléchissant, Lisée avançait toujours dans la direction du moulin de Velrans.

— Ah ! s'exclama-t-il au bout d'un instant : j'ai trouvé, je ne pensais pas que c'est aujourd'hui jeudi, je donnerai deux sous aux gosses du meunier, qui ne vont pas en classe et qui seront tout contents de remmener Miraut chez nous.

Bientôt on arriva devant la maison du moulin à mi-chemin entre Longeverne et Velrans. Lisée arrêta son cheval, ouvrit la porte sans frapper, salua la compagnie et, pendant qu'on lui apportait un verre pour trinquer, exposa le cas et conclut l'affaire d'emblée. Miraut, solidement attaché, resta là tandis que son maître s'éloignait. Il eu beau japper et pleurer et tirer sur la corde. Ce ne fut qu'au bout d'une bonne heure que les gosses, leurs poches lestées de provisions, le reconduisirent à son logis.

De fait, comme elle partageait en pâtons pour la mettre en vannettes la pâte emplissant sa « maie » la Guélotte qui, très affairée, faisait au four ce matin-là, vit la porte s'ouvrir et deux gamins entrer précipitamment, entraînés par l'élan du jeune chien qu'ils tenaient en laisse.

— Nous ramenons le toutou, expliquèrent-ils. C'est Lisée qu'a passé au moulin et qui nous a dit de vous le reconduire.

— Fermez donc la porte ! cria la Guélotte ; ma pâte va avoir froid et mon pain ne lèvera pas. Encore sa sale charogne qui en sera cause. Ah ! s'il avait au moins pu le suivre et qu'un brave imbécile de voleur l'ait ramassé !

Cependant, les deux enfants, qui s'attendaient à une autre réception et pensaient que la patronne leur offrirait au moins un pain d'épice ou une pomme, dénouaient avec soin leur ficelle et, après avoir caressé le chien, repartaient sans dire au revoir à une femelle aussi rapiate, en faisant claquer la porte.

Miraut, que l'air vif et la course matinale avaient mis en appétit, après s'être assuré que sa gamelle à soupe était bien vide et léchée et reléchée, s'en vint rôder autour des vannettes pleines et tâcher d'insinuer son nez entre l'osier et le grand linceux qui recouvrait la pâte.

— Veux-tu bien fiche ton camp, sale voleur ! s'écria la Guélotte.

Et, saisissant un raim de coudre, elle en cingla le chien, qui poussa un cri aigu et s'en vint gratter à la porte. La femme aussitôt vint la lui ouvrir tandis que, garé de côté, les jarrets courbés, il ramassait les fesses dans l'espoir d'amortir le coup de pied réglementaire, droit de péage qu'il payait invariablement chaque fois que la patronne était mise dans l'obligation de se déranger pour son service.

Esseulé, il erra autour de la maison.

Il visita le jardin avec soin, chercha le long du mur où il découvrit quelques vieux os que, faute de mieux, il rongea consciencieusement. Il fut tiré de son occupation par le retour de Mique qui rentrait fière dans ses foyers, une souris en travers de la gueule. Il voulut lui prendre son gibier, mais ce n'était pas pour la chatte l'heure de plaisanter et elle le lui fit bien voir en le giflant d'un coup de griffe sec et qui n'admettait ni discussion ni réplique. La chasse, c'est la chasse : il n'y a plus, quand une proie conquise est en jeu, ni race, ni amitié qui tiennent. Miraut le saurait peut-être plus tard ; pour l'heure, désappointé, il s'assit sur son derrière et regarda la rue.

Par peur, par désœuvrement, par besoin de crier, par rancune aussi peut-être d'avoir été séparé de son maître, rancune qui s'étendait à tous et à toutes, il se mit à aboyer ceux qui passaient : hommes, femmes et même les enfants. Les premiers n'y prenaient point garde, mais les bambins, pas très rassurés, se sauvaient en se retournant pour bien voir qu'ils n'étaient pas suivis. La patronne, s'étant aperçue de ce jeu, sortit en l'invectivant, le fouet à la main, lui jurant qu'elle le rerosserait s'il osait s'aviser encore de japper aux trousses des voisins et de faire peur aux gosses.

Il s'éloigna un peu et fit le tour du fumier où il ne trouva rien ; il continua et passa devant la porte de la Phémie qui brandit son balai en s'élançant de son côté ; ensuite de quoi, comme la patronne n'avait pas l'air de se soucier beaucoup de son estomac, il résolut de chercher sa subsistance de côtés et d'autres et de faire d'abord, par le village, une petite tournée alimentaire.

Mais c'était pour lui jour de déveine. Beaucoup de portes étaient fermées ; les gamins, dont les poches étaient bourrées de gros chanteaux de pain dont ils arrachaient de temps à autre une bouchée, se refusèrent, malgré ses caresses et ses amabilités, à lui donner sa petite part lorsque les deux Brenot eurent conté qu'il leur avait jappé aux chausses, l'heure d'avant.

Il fit néanmoins deux ou trois cuisines, lapa quelques gouttes de lait dans les assiettes des chats, but un peu d'eau de son, se fit violemment expulser d'une écurie où il quêtait un peu trop près du nid des poules ; puis, fatigué de sa tournée infructueuse, revint au logis dans le vague espoir que la femme du braconnier lui aurait peut-être trempé sa soupe.

Las ! Il était bien question de pâtée à cette heure. Toutes portes ouvertes, rouge telle une écrevisse cuite, ses cheveux filasses hérissés sur le front, la Guélotte, une pelle ronde à très long manche aux deux mains, retirait successivement de l'ouverture béante du four les grosses miches de pain qu'elle déposait précautionneusement dans le pétrin vidé, soigneusement raclé et nettoyé pour cet usage.

Une bonne odeur de pain chaud emplissait la pièce, excitant plus fortement encore l'appétit du toutou ; mais la grande queue de la pelle, bâton fantastique et rude, en imposait à Miraut qui, pour des raisons bien connues, évoluait à assez longue distance de sa maîtresse. Pourtant, quand elle eut achevé sa besogne, remis la perche en place, brossé les miches et empli le four d'une grosse brassée « d'échines [1] » à faire sécher pour la fournée prochaine, n'y tenant plus, il s'en vint devant sa gamelle et regarda la femme en pleurant, c'est-à-dire en modulant des petites plaintes assez brèves et répétées.

— Ah ! tu as faim, charogne ! c'est bien fait : crève si tu veux. Va demander à ton maître qu'il te donne, fallait aller avec lui.

Comme Miraut ne comprenait que fort imparfaitement ce langage et qu'il continuait dolemment à réclamer, elle se fâcha et le réexpulsa violemment de la pièce et de la maison :

— Allez, du vent, et vivement : nourris-toi toi-même, puisque tu es si intelligent et si malin ; va chasser, puisque tu es fait pour ça !

De tout ce discours, Miraut ne saisit sans doute que l'invitation à quitter sans délai la cuisine, mais il la saisit parfaitement et, comme l'autre illustrait son langage en empoignant le balai, il n'attendit point que le manche de celui-ci prît contact avec ses reins ou son cul pour obtempérer rapidement.

Fatigué et mourant de faim, il essaya de dormir. Tout de suite il se mit en quête d'un coin abrité, monta au haut de la levée de grange que chauffait le soleil et, sur quelques brins de paille et de foin échappés à la bottelée de Lisée, se coucha en rond, le museau sur les pattes de derrière.

Il ne s'émut pas le moins du monde des roulements

1. Échines : morceaux de rondins refendus de un mètre ou quatre pieds de long.

de voiture, des meuglements de vaches rentrant du pâturage, ni de bien d'autres bruits encore qui n'intéressaient point ses besoins immédiats ; mais le reniflement de Bellone au bas de la levée de grange, si léger qu'il fût, le tira de son sommeil et lui fit lever le nez.

La Bellone était une amie et une puissance. Elle pourrait sans doute lui être utile. Ne l'avait-elle déjà point défendu contre ce méchant roquet de Souris, lors de sa première sortie !

Il se précipita à sa rencontre en lui faisant des courbettes et se mit sans façons à lui mordiller les pattes et le cou ; puis, comme il avait faim, il lui flaira le nez. L'autre, qui avait sans doute découvert quelque part une vieille ventraille de lapin ou quelque autre charogne plus ou moins avancée et forte en odeur, émettait des émanations qui chatouillaient fort agréablement ses narines ; aussi lui lécha-t-il la gueule avec envie. Mais la chienne n'était pas d'humeur à prolonger des jeux qu'elle jugeait inutiles, et, comme Miraut n'avait pas encore l'idée de la suivre en forêt, il ne put que la regarder franchir la haie du grand enclos et filer vers la corne du bois où elle allait lancer un lièvre dont elle connaissait, à dix sauts près, la rentrée habituelle et les buissons familiers.

Les heures se traînèrent longuement. L'estomac du chien hurlait famine. Il se promenait, puis s'asseyait sur son derrière, puis cherchait de nouveau ; enfin il repartit encore une fois.

Cependant, il se faisait tard. Lisée, après avoir vaqué à ses affaires et déjeuné frugalement à l'auberge, revenait maintenant vers le pays. Cette fois il ramenait un petit cochon. Cadi, déchargé, sentant l'écurie, marchait d'un bon pas.

Ainsi qu'il l'avait promis à Pépé qu'il avait rencontré en allant, il s'arrêta une minute pour lui donner le bonjour en repassant par Velrans.

— Tu ne vas pas partir sans trinquer, affirma le chasseur : ce serait me faire affront.

On attacha un instant Cadi à un anneau scellé dans une pierre de taille de la porte, tandis que Lisée, d'avance, s'excusait de la brièveté de sa visite.

— Tu sais, faut pas que je m'attarde ; c'est le cheval de Philomen et puis, je ramène un cochon. En cette saison, comme il ne fait pas trop chaud le soir, il ne faut pas se mettre à la nuit et laisser les bêtes prendre froid.

A la nouvelle que Lisée ramenait un goret, Pépé, comme tous les cultivateurs l'eussent fait, manifesta le désir de le voir. Il était lié dans un sac et, de temps à autre, témoignait, en poussant un grognement, de l'ennui de n'être pas libre. On délia la ficelle et il mit sa tête au trou.

— C'est un verrat, prévint Lisée.

— Te l'a-t-on garanti comme étant bien châtré ? s'inquiéta son ami. Tu sais que, quand ils sont mal « affûtés », la viande n'est pas bonne et empoisonne le pissat.

— La Fannie me l'a vendu de confiance, affirma Lisée.

Pépé cependant l'examinait en connaisseur, le tâtant, lui ouvrant la gueule. C'était une jolie petite bête, toute grassouillette, qui avait un museau rose et le poil blond et soyeux.

— Il n'a pas l'air mauvais, conclut-il, il a une bonne bille ; mais tant qu'on les a pas vus bouffer, on ne peut pas s'y fier.

— Oui, confirma Lisée, sa gueule me revenait et je l'ai pris sans trop marchander. Ça fait une bête de plus ; avec mon chien, ma femme, nos trois chats... comptons voir, voyons : Miraut, un ; ma femme, deux ; la Mique, trois ; les deux petits, Mitis et Moute, cinq et çui-ci, comment que je vais l'appeler ?

— Puisqu'il a une si bonne cafetière, appelle-le Caffot, conseilla Pépé : c'est le nom qu'on donnait jadis aux lépreux, mais faut pas être trop difficile et c'est assez bon pour un cochon !

— Ça fait donc six bêtes dans la boîte, sans compter les poules ; mais Miraut se charge de les éclaircir.

Là-dessus les deux camarades entrèrent dans la cuisine pour parler chiens, chasses, lièvres, renards, et vider une bouteille de derrière les fagots.

Pépé en était à son vingtième capucin ; il annonça la chose non sans une petite pointe d'orgueil à son confrère en saint Hubert, puis il s'enquit de Miraut.

Lisée en était satisfait, très satisfait ; il narra même avec complaisance ses dernières aventures, en déduisit qu'il serait bon chien de chasse et termina en regrettant que sa rosse de femme ne professât point à son objet les mêmes sentiments que lui, leur rendant à tous deux, au chien comme au maître, la vie aussi dure que possible.

— Ah ! renchérit Pépé, elles sont toutes les mêmes

et ne voient que les sous. On serait trop heureux si on pouvait se passer d'elles.

Encore ne se plaignit-il pas trop de la sienne, absente pour l'instant, qui ne devenait vraiment insupportable que les années où la chasse allait mal et durant lesquelles il ne tuait pas de gibier pour doubler au moins le prix du permis.

Lisée, que le bon vin rendait optimiste, affirma d'ailleurs que cette mauvaise humeur de la Guélotte, provoquée peut-être par son absence prolongée le jour de la foire, passerait certainement, qu'au demeurant il était assez grand pour y mettre bon ordre si ça devenait nécessaire.

Ils se quittèrent après s'être souhaité le bonsoir et Lisée revint à Longeverne au trot soutenu de Cadi.

Sitôt qu'il fut arrivé, il commença par remiser chez Philomen la voiture et le cheval puis, comme il est coutume de le faire quand on vous a rendu gratuitement un tel service, il invita son ami à manger la soupe avec lui et pria sa femme, lorsqu'elle aurait terminé son ouvrage, de venir elle aussi chercher son mari et prendre le café par la même occasion.

Là-dessus, Caffot dans le sac sur son épaule et grognant à plein groin, il se dirigea vers la maison.

— Qu'est-ce que cette grande bringue peut bien foutre chez moi ? ronchonna-t-il, en apercevant, par la fenêtre de la cuisine, la Phémie qui disputaillait avec sa femme. Je gagerais bien qu'il y a encore du Miraut là-dessous.

De fait, le cochon n'était pas encore à terre et il n'avait pas même eu le temps de placer un mot que l'autre, lui brandissant sous le nez une volaille à demi déplumée dont une cuisse était, paraît-il, rongée, lui beuglait au visage :

— Paye-moi-la, ma poule, une bonne poule que ta sale « murie de viôce » m'a tuée ! Et il m'a « effarfanté » toutes les autres ; il m'en manque encore deux ou trois à l'heure actuelle, et tu me les paieras aussi ! Ah ! tu veux des chiens, tu en veux ! eh bien, paye !

— Minute, calma Lisée, tu es bien sûre que c'est mon chien qui a tué celle-ci ?

— Si je suis sûre, tu en as du toupet ! Mais il y a la femme du maire qui a vu quand il leur courait après, il y a la servante du curé et les filles de chez Tintin qui lavaient la buée et c'est les petits du Roufou qui lui ont repris à la gueule. Il avait filé dans un buisson, il l'avait déjà à moitié déplumée et il était en train de la manger : la preuve, c'est qu'ils ont eu assez de mal de lui faire lâcher. Tiens, regarde la marque de ses dents. Tu diras peut-être encore que ce n'est pas vrai et que je suis une menteuse et que tous les gens ont eu la berlue !

— Combien vaut-elle, ta poule ?

— C'était ma meilleure ouveuse : elle faisait un œuf tous les jours...

— Je ne te demande pas un *Libera me* ni un *De Profundis,* je te demande combien tu veux de ta poule ?

— Et maintenant qu'ils valent vingt sous la douzaine.

— ... Turellement, je vais te payer tous les œufs qu'elle t'aurait faits jusqu'à sa mort et les nitées de petits poussins qu'elle aurait pu couver et les enfants de ceux-là jusqu'à la douzième génération. Une poule, nom de Dieu ! c'est une poule. Combien vaut-elle ?

— Quat'francs ! rugit la vieille fille.

— Une crevure comme ça qui ne pèse pas deux livres ! riposta Lisée. Non, mais, est-ce que tu te foutrais de moi, par hasard ? Elle vaut trente-cinq sous, à peine. Je t'en donne trois francs ou rien.

— C'est malheureux, larmoya la Phémie en empochant les trois pièces. Dire qu'une charogne de chien... mais s'il revient, je lui casserai les reins !

— Avise-t'en, conseilla Lisée, et tu verras s'il se trouve à Rocfontaine un juge de paix pour des queues de prunes.

« Dis donc, rappela-t-il à la vieille fille qui s'en allait, emportant sa volaille, mais je l'ai payée ta poule et assez cher, je crois ; j'ai bien le droit de la garder, il me semble. Fais-moi le plaisir de la laisser ici, hein !

— Oh ! comme tu voudras, je voulais l'encrotter.

— Je m'en charge, répliqua le chasseur qui aussitôt commanda à sa femme de la plumer sans délai et de la mettre à la casserole. Ça fera un plat de plus et Philomen en profitera, ajouta-t-il.

La Guélotte, faute de pouvoir se dégonfler, écumait de rage, en oubliant le cochon qui grognait toujours dans son sac. Sans prendre garde à elle, Lisée le reprit sous son bras pour le porter à sa hutte. Il lui versa immédiatement dans l'auge son manger et, après s'être assuré qu'il avait une litière abondante, il revint à la cuisine.

Philomen entrait justement.

— Je pense bien, affirma la Guélotte, d'un ton

autoritaire et s'adressant à son mari, que tu ne vas pas garder plus longtemps un vorace comme celui-là qui se met aux poules. Nous n'en avons pas les moyens.

— Il faut voir, atermoya Lisée, je vais d'abord le corriger.

Et, suivi de Philomen, mis au courant de la situation, ils pénétrèrent dans la remise où était attaché le chien.

Le pauvre animal, qui avait été fabuleusement rossé, n'osa même point se lever à l'approche des deux hommes. Craintif, le poil tout hérissé, il battait lentement son fouet, la tête aplatie sur la paille, les regardant d'un œil rouge et chargé d'angoisse.

Philomen qui l'examinait attentivement coupa la parole à Lisée qui allait gronder et tempêter :

— Mais il est vide comme un sifflet, ce chien, constata-t-il ! Il n'a sûrement pas bouffé depuis hier au soir.

— Cré nom de Dieu ! c'est pourtant vrai, jura Lisée à ton tour. Ah ! la sacrée vache ! Laisser une bête avoir faim ! Ça n'est pas étonnant qu'il court les poules s'il n'a rien dans le cornet depuis vingt-quatre heures. Et voilà, c'est la faute du chien ! Attends un peu !

Ils rentrèrent à la cuisine.

— Me dirais-tu quelle espèce de soupe le chien a mangée, aujourd'hui !

— De la soupe ; bien sûr que j'y en ai fait !

— Et avec quoi, s'il te plaît ?

— !...

— Je te demande avec quoi, sacrée garce !

— Ah ! et puis est-ce que j'ai eu le temps, moi, j'ai

fait au four, j'ai préparé la hutte du cochon, arrangé le ménage, fait le souper.

— Ça va bien, donne-moi le pain ; c'est moi qui vais lui faire à manger, mais si tu prononces un mot au sujet de la poule, c'est à celui-ci que tu auras affaire.

Et Lisée désignait du doigt le bout carré de son solide brodequin ferré.

— Si le chien avait eu l'estomac plein, il n'aurait pas eu l'idée de boulotter une poule et je veux t'apprendre, moi, à laisser les bêtes crever de faim !

CHAPITRE IX

Sur le conseil motivé de Philomen, Lisée se résolut à enfermer Miraut chaque fois qu'il ne pourrait surveiller efficacement ses faits et gestes, car chez les animaux comme chez les humains, les premiers actes déterminent toujours des habitudes et d'autant plus tyranniques chez les premiers que les sens ont plus de part à leur création.

De même qu'une vache qui a découvert un passage à travers une haie essaiera, chaque fois qu'elle en aura l'occasion, d'y passer à nouveau, de même Miraut ne reverrait pas de lapins sans éprouver le vif désir de les faire encore tourner en rond comme au premier jour, et les poules avec lui n'auraient, elles aussi, qu'à se bien tenir. Les raclées et corrections qu'il avait reçues à ce sujet ne seraient pas suffisantes pour l'empêcher de recommencer, et cela se conçoit aisément, car, à l'idée de lapin et de poule, s'associaient bien plus vivement en lui les idées de plaisir, de jeu, de course, de lutte, de capture et de repas que le souvenir de la rossée subie pour ses méfaits. Le premier acte venait de lui, était actif et quasi volontaire, le second n'était que passif et ne pouvait se rattacher au premier que par des liens très ténus dont le plus fort était celui de consécutivité. Encore les coups de pied dont la Guélotte, sans raison, l'avait gratifié précédemment ôtaient-ils toute valeur éducatrice à ce châtiment. C'est pourquoi, dès qu'il aperçut une poule, il ne songea plus qu'à lui donner la chasse.

Pour l'instant, claquemuré dans sa remise, sur sa botte de paille, parmi les objets hétéroclites que son activité avait rassemblés, il n'aspirait qu'à un but : sortir.

Mais Lisée n'était point là. La porte de l'écurie, solidement réparée par ses soins, ne semblait plus permettre aucune incursion de ce côté. Restait la rue à laquelle on ne pouvait accéder qu'en rongeant la porte qui donnait sur la cour ou en escaladant la fenêtre, et cette ouverture se trouvait percée à cinq bons pieds au-dessus du sol.

Miraut, prompt à l'action, n'hésita point et chercha d'abord à atteindre la fenêtre ; il tenta plusieurs élans inutiles, accrocha tout de même une fois le bout de ses pattes au rebord intérieur de l'embrasure, mais, entraîné par son poids, retomba lourdement à terre.

Las de cet exercice, il attaqua la porte. Elle était de chêne et massive, mais peu importait à Miraut l'essence du bois dans laquelle on l'avait taillée.

Un travail qui, à un humain raisonnable, paraît colossal, démesurément long, impossible, et le découragerait devant l'à quoi bon, n'arrête pas un chien, un chien qui lutte pour sa liberté, un chien jeune qui a besoin de mouvement et ne sait rien encore ou presque rien des contraintes domestiques.

Miraut mordit le coin gauche du bas de la porte, juste à l'endroit où il sentait quelques filets d'air glisser entre le seuil et le cadre de bois.

Dure besogne, car c'est par côtés surtout qu'un chien peut mordre et ronger efficacement. La petitesse du point attaquable le gênait énormément. Il fallait qu'il travaillât avec les dents de devant, les incisives, et, pour ce, trousser les babines et garer son nez, cet organe tellement sensible et si délicat chez le chat comme chez le chien qu'il n'y faut jamais toucher si l'on ne veut point les faire souffrir et diminuer leur admirable flair.

Miraut cependant commença et mordilla la coupante arête, amollissant par la salive et rongeant par les dents. Au bout d'une heure, il en avait à peine ébréché un centimètre lorsqu'il entendit claquer la porte de la cuisine.

Prudent, il quitta le chantier et regagna sa botte. Il savait déjà ou plutôt il sentait que ce qu'il faisait était opposé à la volonté des maîtres auxquels il devait obéissance ; s'ils eussent été là, il se fût abstenu ; en leur absence et loin du châtiment, il s'appliquait, tous instincts débridés et tendus, à contrecarrer une décision qu'il jugeait injuste. Le bruit entendu lui rappelant que le manche à balai est un instrument redoutable, il s'était arrêté, mais dès qu'il ne perçut plus rien, il retourna vivement besogner.

Accroupi, il travaillait avec tant d'ardeur, tout à son

idée, qu'il n'entendit pas la porte s'ouvrir une deuxième fois.

Il bondit en arrière en hurlant sous le coup de baguette que la Guélotte furibonde venait de lui flanquer, tandis qu'elle repartait, beuglant à pleine gorge :

— Viens voir maintenant ce qu'il fait : il est en train de ronger la porte de dehors.

Lisée, arrivant, ne put que se rendre compte du dégât. Evidemment, on ne pouvait nier ; il para la querelle en déclarant qu'il allait recouvrir l'arête et le coin attaqués d'une bande de fer-blanc, ainsi qu'il avait déjà fait pour la porte de l'écurie.

Il s'y mit immédiatement et laissa Miraut sortir et se promener dans la cour sous sa surveillance. Mais le braconnier avait l'œil et, dès qu'il voyait le chien écarter les narines en s'approchant d'une poule, il le rappelait bien vite au sentiment du devoir, prononçant son nom, Miraut, sur un ton tel que l'animal, obéissant et craintif, revenait apeuré auprès de lui et lui léchait les mains et la figure pour témoigner sa soumission ou demander un pardon qui lui était accordé d'un hochement de tête à la fois amical et grave.

Cela n'empêcha point que, le lendemain, un carreau de la croisée de la remise fut bel et bien cassé par le jeune chien qui, ne pouvant plus s'attaquer à la porte, avait réussi, Dieu sait comment ! à atteindre la fenêtre et à prendre par cette voie la clé des champs.

Et deux heures après, tous les gamins du pays cernaient Miraut, qui venait de jeter l'épouvante et la terreur parmi le troupeau picorant des poules de la

Phémie, laquelle gueulait comme un putois qu'il lui en manquait trois ou quatre et que ce sauvage-là lui en avait sûrement mangé une, puisqu'il avait encore les pattes rouges de sang.

Le fait en lui-même était exact : Miraut avait une patte ensanglantée. Il y eut une scène nouvelle entre la Guélotte et la Phémie et Lisée qui rentrait : chacune des femmes voulant crier plus fort que l'autre.

Les gamins bientôt ramenèrent le coupable, qui opposait la plus énergique résistance, se faisant littéralement traîner, et le chasseur alors s'aperçut que son chien avait la patte coupée.

Furieux à son tour, croyant qu'on avait voulu lui tuer son Miraut, il se préparait, sans autre préambule, à gifler la Phémie lorsque sa femme, s'interposant à temps, lui apprit que c'était le chien lui-même qui s'était coupé en cassant la vitre de la fenêtre de la remise.

— Alors, riposta Lisée, qu'est-ce qu'elle chante, cette vieille déplumée, ce n'est pas d'avoir mangé une poule, qu'il s'est ensaigné. Va les compter d'abord, tes gratteuses, et tu viendras grogner après.

Renseignements pris, toutes les poules de la Phémie se retrouvèrent. Il est vrai que, dans cette affaire, s'il n'y avait pas eu de morts, ce n'était point de la faute à Miraut.

Cette fois, la Guélotte ne tempêta point et n'invectiva personne. Fine mouche, profitant de l'expérience acquise, elle essaya de prendre son mari par la douceur.

Lisée, agité de sentiments contradictoires, ayant à la

foie l'envie de corriger et de plaindre, lavait cependant avec de l'eau salée et pansait minutieusement la plaie du petit chien, qui se plaignait et aurait bien voulu qu'on le laissât se lécher tout seul.

— Ecoute, Lisée, disait la femme, tu vois bien que nous ne pouvons pas garder cette bête : elle va nous faire arriver toutes sortes d'histoires. Voilà déjà pour plus de six francs de poules qu'il nous coûte, et maintenant qu'il a commencé, quand veut-il s'arrêter ? Je ne parle pas pour les nôtres, mais pour celles des voisins : tu auras beau les payer plus cher qu'elles ne valent, ils t'en voudront quand même et croiront t'avoir fait un grand cadeau en acceptant ton argent.

« Je t'en supplie, débarrasse-t'en ! c'est ce qu'il y a de mieux à faire, crois-moi. Tue-le ! Fiche-lui dans les côtes une bonne cartouche de quatre, puisque tu dis que tu ne peux pas le vendre et que ce serait faire injure à Pépé et au gros.

— Ce ne serait pas plus propre de le tuer, et il est jeune, on peut le corriger, atermoyait Lisée, fermement décidé au fond à ne pas s'en séparer. Attendons un peu ! Je vais avoir l'œil sur lui dorénavant et, dès que je le verrai loucher du côté des gélines, je lui flanquerai la correction pour bien lui faire comprendre qu'il n'y doit pas toucher.

Philomen arrivait, ému par la rumeur publique, et les bruits contradictoires qui affirmaient d'une part que Miraut avait étranglé toutes les poules de la Phémie, de l'autre que quelqu'un (on ne disait pas qui) lui avait tranché une patte d'un coup de serpe.

Lisée remit les choses au point, et Philomen réfléchit :

— Mon vieux, exposa-t-il sans autre préambule, cette histoire-là est bien emm... bêtante. Dès qu'il manquera une poule quelque part, tu peux être sûr qu'on accusera ton chien, et il aura beau être innocent, tu pourras prouver qu'il n'est pour rien là-dedans, que ce n'est pas possible, on voudra absolument que ce soit lui qui ait fait le coup. J'en connais même qui seraient assez fripouilles pour zigouiller les poules du voisin ou même les leurs, les boulotter et venir ensuite accuser ton chien du massacre.

— Tu vois bien que tout chacun va nous tomber dessus, appuya la Guélotte.

— Oui, mon vieux, tâche d'avoir l'œil. Mais, tu sais, d'un autre côté, il est bien rare qu'un jeune chien, un chien de race, un chien qui a du feu, ne se mette pas, si l'on n'y prend garde, à courir après quelque bête : les uns, c'est les chats, ça n'a pas grande importance parce qu'ils savent se défendre et peuvent grimper aux arbres ; d'autres préfèrent les lapins, et ils te nettoient les clapiers rasibus ; d'autres se mettent aux moutons, et ça c'est plus dangereux, car, quand ils sont bien décidés, ils peuvent t'en ficher par terre pour plus de cent francs d'un seul coup ; en somme, il vaut encore mieux qu'il ne se tourne que sur les gélines.

« Voici ce que je te conseille de faire : comme on ne peut pas le laisser tout le jour enfermé, que ça le rendrait malade ; comme, d'un autre côté, quand on ne le surveille pas, il " course " la volaille, tu n'as qu'à lui mettre une muselière lorsque tu voudras le lâcher.

« Léon ira demain à Vercel ; dis-lui qu'il t'en prenne une près de Chacha le bourrelier ; pour une pièce de quarante sous, tu en verras les marionnettes et tu seras tranquille.

— Las, moi ! quarante sous encore de jetés loin pour cette charogne, ragea la Guélotte furieuse, qui espérait une solution plus radicale et comptait sur l'appui de Philomen.

Lisée se rendit au conseil de son ami, et le surlendemain matin, après un jour de claustration préparatoire, on mit la muselière à Miraut. Comme ce fut le maître qui opéra, il se laissa faire sans trop de résistance, un peu ahuri toutefois de toutes ces courroies qui lui barraient le nez et lui sanglaient la gueule.

Parce qu'elles sentaient bon le cuir neuf, il essaya immédiatement de les mordre et ne put naturellement pas bouger les mâchoires.

Lisée alors lui ouvrit la porte, pensant qu'il se précipiterait aussitôt dans la cour, mais il n'essaya point de gagner le dehors : quelque chose le préoccupait et le gênait.

Il porta la patte à son nez et tâcha d'accrocher une courroie, mais la griffe ne fit qu'érafler légèrement le cuir et retomba.

Bien qu'il louchât affreusement, il ne pouvait se rendre compte de ce qu'il avait autour du museau et des bajoues ; mais il sentait bien, au toucher, que c'était quelque chose d'embarrassant, et, au nez, que c'était une substance qu'il serait agréable de mastiquer avec les dents ; toutefois, l'impression de gêne domina bien vite tout le reste, et il ne rêva bientôt plus qu'à faire sauter cette entrave agaçante.

Il alla flatter Lisée et se frôler à lui comme pour lui demander de vouloir bien retirer cet engin encombrant, mais naturellement Lisée n'accéda point à son désir.

— Voilà ce que c'est, mon vieux, que de vouloir bouffer les poules !

Miraut, qui ne comprenait point ou ne voulait point comprendre, se plaignit et pleura et cria : on le laissa crier et pleurer et se plaindre.

C'est alors qu'il essaya, par ses seuls moyens à lui, de faire sauter la muselière. D'abord il se gratta aux angles des buffets, aux embrasures des portes, aux pieds de la table, à toutes les arêtes vives ; il se cogna le nez, essaya encore de mordre, puis se remit à travailler de la patte, s'accroupissant à terre, le museau sur le sol pour avoir un plus solide point d'appui, tirant, pleurant, frottant, s'excitant, s'énervant, hurlant, devenant comme fou de désespoir.

A la fin, il se jeta sur le dos et, de ses deux pattes de devant, se mit à se piocher les bajoues à une allure vertigineuse pour tâcher de faire sauter ou céder les terribles bandes de cuir qui lui laçaient si impitoyablement les mâchoires.

En moins d'une heure, il se pela entièrement les deux côtés de la tête, si bien qu'en quelques endroits même la peau était absolument à vif et ensanglantée ; il gratta plus haut à une autre lanière ; il grattait avec frénésie, il aurait gratté encore si Lisée, qui rentrait, s'apercevant qu'il s'abîmait le « portrait », et craignant qu'il ne devînt fou, ne lui eût enlevé enfin sa muselière.

— C'est assez pour aujourd'hui, pensa-t-il. Demain je la lui remettrai et il s'habituera petit à petit.

Mais, le jour suivant, dès qu'on lui eut rebouclé les courroies derrière la tête, il recommença de plus belle à se griffer la gueule en hurlant.

On ne pouvait évidemment le laisser ainsi : il se serait plutôt saigné. Lisé, fort ennuyé, la lui retira tout à fait en se disant :

— Bah ! je reste ici aujourd'hui ; je vais le surveiller.

Et il se mit à arracher les choux de son jardin tandis que le chien rôdait autour de lui, heureux d'être enfin débarrassé et libre.

Longtemps il resta là à gratter le sol, à mordre les tiges de pomme de terre, à transporter les bouts de perches de haricots, si bien que le braconnier, tranquillisé, ne pensait plus à s'assurer de sa présence et continuait paisiblement son travail en fumant sa pipe, lorsque, telle une sorcière, la Phémie apparut dans le sentier de l'enclos, une poule morte, tuée, d'une main, de l'autre ramenant Miraut qui tirait sur une ficelle.

Cette fois, Lisée sentit la moutarde lui monter au nez : il devint tout pâle, cassa le bout de sa pipe en serrant les dents et assura, comme une massue dans sa main, le chou qu'il venait d'arracher.

La Phémie eut peur. Elle se garda bien de gueuler et de maudire, et, devenue blême à son tour, elle balbutia, comme pour s'excuser :

— Je te le ramène. Ce n'en est pas une des miennes, c'en est une de la cure. Nous l'avons vu quand il la serrait, la servante et moi, mais nous sommes arrivées trop tard. Elle m'a dit de te l'apporter pour que tu voies et que tu le corriges : je ne sais pas si on te la fera payer.

— Je te remercie, proféra sèchement Lisée.

Et, sans dire autre chose, attrapant le chien par le collier, lâchant son chou pour saisir de l'autre main la poule morte, avec cette cravache d'un nouveau genre, corps même du délit, il administra à Miraut une volée fantastique et terrible, frappant d'ailleurs et prudemment aux bons endroits, de façon qu'il sentît bien, tout en ne courant aucun danger, que les coups venaient de la poule et qu'il serait dangereux pour sa peau, à l'avenir, de s'attaquer encore à ces bestioles-là.

Mais quand il eut fait, ce ne fut pas tout.

— Ah, cochon ! tu aimes les poules ; eh bien ! tu la traîneras celle-ci, tu la traîneras plus que tu ne voudras, et puisque tu en aimes l'odeur, tu la sentiras aussi plus qu'à ton saoul ! Attends un peu.

Lors, au moyen d'une forte ficelle de chanvre, il noua la volaille sur le poitrail du chien, le cou entrant dans le collier, les pattes passant entre les jambes de devant ; il attacha ces pattes à une autre ficelle qui se nouait elle-même sur le dos et, dans cet appareil, condamna Miraut, trois jours durant au moins, à traîner la poule devant tout le monde et les autres chiens y compris, lui, Lisée, étant toujours présent pour lui faire honte et lui rappeler en grondant qu'il n'était qu'un méchant azor de rien du tout, un jean-foutre de viôce qui ne valait pas la corde pour le pendre, ou la cartouche pour l'occire, un sale salaud de m... à qui il en ficherait jusqu'à ce qu'il en crève s'il s'avisait de recommencer jamais.

Trois jours, comme il en avait été décidé, Miraut en laisse, et la poule en bandoulière, dut suivre Lisée, à qui les gosses faisaient cortège et qui ricanaient en interpellant le chien. Miraut était honteux, car les chiens connaissent la honte s'ils ignorent la pudeur, et ils sentent très bien la raillerie. Il baissait le nez, s'embarrassait dans les jambes du maître, regardait avec des yeux navrés et, quand il n'était pas observé, cherchait à se débarrasser de son encombrant fardeau. Mais il ne parvenait point à couper les ficelles et, s'enfonçant le nez dans la plume qui le chatouillait, il éternuait et il pleurait.

Lisée fut inflexible.

— Tu la traîneras, mon cochon, répétait-il, jusqu'à ce qu'elle pourrisse et qu'elle pue comme un vieux münster, ça t'apprendra. C'est moi qui jugerai quand tu devras en avoir assez.

De dégoût pour la bestiole qu'il promenait toujours, comme un forçat traîne son boulet, agacé du contact, écœuré par l'odeur, Miraut, pour ne point la toucher, marchait en écartant les pattes, et, pour ne pas la sentir, levait le nez en l'air autant qu'il lui était possible de le faire.

Le quatrième matin, des griffes et des pattes, dans le mystère et le silence, il réussit, on ne sut jamais comment, à s'en dépêtrer enfin. Lisée, allant le prendre à sa remise, trouva dans un coin la poule intacte, aussi éloignée que possible du chien, qui jetait des regards inquiets tantôt sur elle et tantôt sur son maître.

Après qu'il se fut bien rendu compte qu'il n'y avait point mordu, le chasseur, revenu près de Miraut, se laissa enfin émouvoir par le pauvre toutou, qui se leva hésitant et, timidement, se hasarda à lécher les grosses mains rudes pendant le long des cuisses sur le pantalon de droguet.

— Tu tâcheras de recommencer, proféra-t-il fortement, mais sans colère ni menace, en désignant la géline d'un index sévère.

Et ce fut ainsi que la paix fut faite entre Lisée et Miraut et que ce dernier fut radicalement corrigé de la sotte manie de courir la poule, gibier qui était en effet bien indigne du nez fameux du célèbre chien de chasse qu'il devait être un jour.

CHAPITRE X

C'était un soir calme de fin d'automne. La nuit, à grands pas, venait, noircissait par degrés la chape bleue du ciel qui s'étoilait lentement. Pas un souffle de vent ne troublait la tiédeur enveloppante ; les fumées montaient calmes des cheminées, formant sur les carapaces bigarrées des toitures un léger manteau vaporeux. Les clarines tintaient joyeuses au cou des vaches qui rentraient des champs et marchaient d'une vive allure vers l'abreuvoir ; le marteau du forgeron Martin sonnait par intervalles sur l'enclume argentine, et tous ces bruits formaient une rumeur paisible et chantante qui était comme la respiration vigoureuse ou la saine émanation sonore du village.

Point trop las de sa journée, les deux jambes de part et d'autre de l'enclume à « chapeler » les faux, fixée dans le vieux tronc de poirier sur lequel il était assis à califourchon, Lisée le chasseur, Lisée le braco, rêvait en fumant sa pipe. Plus fatigué, lui, d'une longue randonnée en plein champ, Miraut s'était gravement assis sur son derrière, et, impassible et clignant des yeux par moments, regardait son maître tirant d'énormes bouffées de son éternel brûle-gueule.

Un pas sonna dans le sentier de l'enclos, et le chien, le reconnaissant pour celui d'un familier, se leva aussitôt, frétillant et aimable, pour saluer, en lui sautant à la poitrine et en lui léchant les mains, l'ami Philomen, maître de Bellone.

— Salut, ma vieille branche, s'exclama Lisée.

— Je suis venu en bourrer une près de toi, histoire d'attendre le moment de la soupe, expliqua Philomen en choisissant pour siège le bout équarri d'une grosse poutre noircie par les intempéries et qui servait de banc rustique. Et les deux hommes se mirent à deviser des travaux de la saison, du blé qu'on commençait à battre et qui ne rendait pas mal, des labours et des semailles qui s'achevaient dans de bonnes conditions, du bois qu'ils couperaient aux premières heures de liberté et des défrichements qu'ils entreprendraient au cours de l'hiver prochain.

Miraut s'était rassis. Les rumeurs s'étaient tues. La conversation un instant tomba. Un silence se fit, puis six heures sonnèrent à la tour du vieux clocher et vinrent ensuite les trois tintements consécutifs et alternés de trois coups chacun annonçant la volée de l'angélus du soir.

Presque aussitôt, en effet, le lourd marteau d'airain battit à pleins coups les pans de sa jupe de bronze et une rafale de sons s'éparpillèrent en roulements pressés.

Toujours assis sur son derrière, Miraut frémit ; ses oreilles se soulevèrent et il secoua la tête à plusieurs reprises ; puis, levant le nez au ciel, il se mit à hurler à pleine gorge lui aussi, poussant jusqu'à épuisement sa plainte désespérée.

— Tais-toi, mon petit, tais-toi, ce n'est rien, voulut consoler Lisée.

Mais, à chaque bordée de sons, il se reprenait de plus belle, et le hurlement mourant se regonflait en sanglots pour finir en petite plainte triste et désolée comme un pleur d'enfant.

— C'est drôle, constata Lisée ; il n'avait pas encore pleuré en entendant les cloches.

— Il ne les avait peut-être jamais remarquées comme ce soir.

« Ecoute comme l'air est calme, on n'entend que ça, on dirait que ça vous imbibe le crâne comme de l'eau qui entrerait dans une éponge ; c'est une douche sonore qu'on prend, et nos oreilles en sont comme ravinées par un torrent. Ça ne m'étonne pas que cela fasse mal à Miraut.

« Tous les chiens pleurent en entendant les cloches, mais ce n'est pas par sentiment religieux. Ah ! fichtre non ! ils s'en fichent pas mal, des religions, eux, et s'ils pleurent, c'est parce qu'ils souffrent.

— Heureusement, continua Lisée, qu'ils ne les entendent pas souvent : la moindre chose, la moindre odeur surtout, quelquefois le moindre spectacle, mais plus rarement (car chez eux l'oreille est meilleure que l'œil), arrivent à les en distraire.

« Il a fallu que nous ne disions rien, que l'air fût calme, qu'il ne vînt de la cuisine aucun fumet de fricot, que rien dans notre attitude ni dans nos gestes ne l'intriguât pour que ce pauvre Mimi ait écouté et entendu cette sonnerie de malheur qui nous annonce d'ailleurs, par surcroît, la pluie pour demain peut-être ou pour après-demain au plus tard.

« Tant qu'ils sont jeunes, une seule sensation les accapare tout entiers : ce n'est que dans la suite, lorsqu'ils sont plus âgés, qu'ils arrivent à partager leur attention et, comme nous, à voir, entendre et renifler tout ensemble.

— Ce ne peut pas être, comme le croit la Phémie, parce qu'ils pensent aux morts qu'ils se lamentent au son des cloches, puisqu'ils poussent les mêmes tristes hurlements, ou à peu près, en apercevant la pleine lune se lever derrière les arbres du mont de la Côte. Mais peut-on savoir au juste la cause de ces cris !

— C'est bien difficile, vraiment, car nous ne pouvons entrer dans leur peau et peut-être qu'ils ne le savent pas eux-mêmes de façon précise ; toutefois, ce n'est dans aucun cas un cri de joie.

— Je crois, reprit Philomen, que le son des cloches doit leur faire mal aux oreilles ou au nez et que c'est la marche de la lune dans les rameaux et son ascension dans les branches qui doit les épouvanter, car, dans le premier cas, ils restent immobiles sur place, et dans le second ils courent en hurlant, agités et inquiets. D'ailleurs, quand la lune est haut dans le ciel et qu'ils n'ont plus de point de repère pour contrôler sa marche, ils n'y font plus attention.

— J'ai remarqué aussi, dit Lisée, que ce sont surtout les chiens de garde qui aboient à la lune, tandis que ce sont les nôtres, les chiens de chasse, qui hurlent à la voix des cloches.

— Ça ne m'étonne pas non plus, expliqua Philomen. Les chiens de garde qui ne bougent guère d'autour de leur niche sont, plus que les autres, sensibles à ce qui remue ; quant aux nôtres, ils ont le nez et l'oreille extrêmement délicats ; d'ailleurs l'oreille et le nez, ça doit communiquer par un canal. Quand le bruit des cloches, comme ce soir, est venu taper sur le tympan de Miraut, ça a dû lui ébranler par contrecoup les membranes du nez et lui produire le même effet qu'une odeur de bête féroce, d'un loup par exemple, ou même aussi l'odeur d'un homme mort. Peut-être encore que ça lui a fait comme un pincement douloureux ; nous éternuons bien, nous autres, en regardant le soleil, et nous ne le regardons pas pourtant avec notre nez.

— Heureusement, plaisanta Lisée, que lui n'éternue pas en nous regardant. Mon vieux, chacun de nous, sur terre, a quelque chose de bien : les aigles, c'est leurs yeux ; les chiens, leur nez ; les lièvres, leurs oreilles ; et les femmes leur... pas leur intelligence, en tout cas. Tout de même, ce serait un sacré type que l'homme qui réunirait l'œil de l'aigle, le nez du chien et l'oreille du lièvre, à condition qu'il ait le cerveau en conséquence.

— Vingt dieux ! nous vois-tu reniflant le long des tranchées ou aux brèches des murs de lisière pour trouver l'endroit où le lièvre a fait sa rentrée !

— J'ai pourtant connu un type de Velrans qui le faisait ; il prétendait être au moins aussi malin que son chien, et où l'autre trouvait du fret il se foutait à quatre pattes lui aussi, fouinant, humant et reniflant, pour apprendre, disait-il. Mais on ne lui en a pas laissé le temps, car on a reconnu qu'il était louf et on a été obligé de l'emmener à l'asile de Dôle, où il est « clapsé ». On a même raconté, dans le temps, que ce serait un gardien de l'établissement qui lui aurait fait son affaire un jour qu'il avait soif. Ce gardien-là était alcoolique, il se saoulait, il buvait tout ce qu'il gagnait, et comme il touchait trente sous par macchabée qu'il enterrait, il en zigouillait un de temps à autre pour avoir de quoi licher.

« En été, naturellement, il claquait un mec par jour, au moins : les bons docteurs disaient que c'était l'effet du chaud. On ne s'est aperçu de ce petit manège qu'au bout d'un assez long temps ; alors, pour étouffer l'affaire, le bonhomme, de gardien, est passé pensionnaire, et voilà tout.

— Mais as-tu déjà purgé Miraut ? interrompit Philomen.

— Non, avoua Lisée, il se purge tout seul ; il ne passe pas un jour sans manger du chiendent.

— C'est très bon, en effet, mais ce n'est pas suffisant ; à ta place, je craindrais pour lui la maladie et il sera d'autant mieux tenu qu'il est plus âgé et de bonne race.

— Je sais bien, mais qu'y faire ?

— Il n'y a, tu l'as dit, pas grand-chose à tenter, et souvent les meilleures précautions ne servent de rien ; tout de même, à ta place, je lui ferais, de temps en temps, prendre un peu de fleur de soufre dans du lait ou du café noir. Ils arrivent très bien à avaler le tout.

— Le meilleur remède est encore qu'ils soient forts et robustes, mais cela non plus n'empêche rien bien souvent.

— La soupe est trempée, vint annoncer la Guélotte.

— La manges-tu avec nous ? invita Lisée.

— Merci bien, mon vieux, mais la bourgeoise m'attend ; ce sera pour une autre fois. Bonne nuit et à la revoyure.

— « A revoir », mon vieux, répondit Lisée secouant sa pipe et rentrant dans la cuisine, précédé de son chien.

Il arriva ce que Philomen avait prédit et que Lisée craignait. Malgré les purges de café noir et de fleur de soufre, un beau matin, à l'appel de son maître, au lieu de bondir en écartant sa paille des quatre pieds, Miraut se leva lentement et avec hésitation. Ses bons yeux, si clairs et si vifs, étaient tristes et rouges, et du nez suintait une vague mucosité incolore comme une salive trop épaisse.

— Nom de Dieu de nom de Dieu ! mâchonna Lisée. Voilà que ça y est ! Pourvu que ce ne soit pas trop grave et qu'il n'en crève pas !

Miraut mangea tout de même la moitié de sa terrine de soupe à laquelle le braconnier avait ajouté, pour la rendre meilleure, un peu de lait ; ensuite il ne chercha point, comme d'ordinaire, à gagner la rue, mais s'en vint lentement, le poil légèrement hérissé et rêche, se coucher en rond derrière le poêle allumé de la chambre.

Le lendemain, le nez coulait plus abondamment, les yeux devenaient chassieux et l'appétit disparaissait avec la fièvre qui l'avait envahi : bien que la température fût douce, Miraut grelottait.

Le maître essaya de lui faire avaler de la fleur de soufre dans du lait : le chien, presque à contrecœur, but le lait, mais laissa au fond de l'assiette la poussière jaune.

Alors Lisée chercha à se rappeler les vieux remèdes usités en pareille circonstance : il en connaissait plusieurs et commença par se rendre chez le cordonnier Julot, qui lui prépara un emplâtre de poix. Revenu au logis, il rasa le derrière du crâne de Miraut sous l'os pointu qui fait saillie au-dessus des vertèbres cervicales et appliqua l'emplâtre, qui adhéra aussitôt.

— On dit que ça les guérit, avait reconnu Julot ; en tout cas, c'est bien à ton service, et si ça ne lui fait pas de bien, ça ne peut pas non plus lui faire grand mal.

Mais la poix n'opéra guère. Miraut maigrissait, souffrait, paraissait de plus en plus lent et triste. Son museau toujours frais devenait chaud, sa langue sèche ; il ventait, disait Lisée, c'est-à-dire respirait comme un soufflet violemment pressé. Et il avait toujours froid. De temps en temps, il se levait douloureusement de son sac de toile, venait poser ses pattes sur la platine du fourneau, le poitrail devant le feu, et là, triste comme un petit enfant malade, il laissait pencher sa pauvre tête dolente de côté, tandis que ses yeux rouges, troubles et perdus, vaguaient dans le vide ou fixaient les choses sans les voir.

Il eut des constipations opiniâtres, puis des diarrhées

épuisantes et passait presque toutes les heures, immobile, couché en rond, serré sur lui-même, les muscles contractés par un perpétuel grelottement, l'échine rugueuse, comme un petit vieux maniaque qui craint tout des hommes et des choses. Puis ce fut la complète indifférence, et rien ne pouvait le tirer de sa somnolence ou de son marasme. Mitis et Moute et la vieille Mique, le voyant affaissé et souffrant, n'essayaient point de jouer, mais venaient de temps à autre le flairer : toutefois, comme il n'avait pas conservé sa bonne odeur de santé, ils ne le léchaient plus ; mais souvent ils se couchèrent tout contre son poitrail pour le réchauffer. Lui, les regardait de ses yeux d'où nulle lueur ne jaillissait et qui semblaient désespérés.

Il se taisait obstinément. C'est que son mal était en lui et que toute souffrance dont les bêtes ne voient pas la cause, ou qui persiste cette cause étant disparue, les laisse muettes. Qu'un chien ou un chat ou une autre bête domestique, car les sauvages, eux, savent presque toujours se taire, crie ou pleure, ou hurle, ou gronde quand on le heurte, ou qu'on le frappe, ou qu'on le brûle, ou qu'on le mouille, ou qu'on lui marche dessus, cela s'entend : son cri est un appel, une plainte, un défi ou une lutte ; si la source de douleur disparaît, si la cause n'est plus apparente, il se tait.

Tout le monde n'a pu voir mourir un chien empoisonné ; mais qui n'a vu de misérables animaux écrasés par des automobiles, des tramways ou des voitures ! Ils hurlent épouvantablement sous le choc, mais cinq minutes après, quand on les a ramassés, mis sur la paille, ils se lèchent s'ils le peuvent encore et souffrent et meurent sans se plaindre.

Ils n'ont pas besoin, ceux-là, de philosophes pour leur enseigner le stoïcisme.

Si grand que fût le désarroi physique et moral de Miraut, il ne se plaignit jamais, même le jour où la Guélotte, qui n'avait point désarmé et souhaitait de tout cœur sa crevaison prochaine, profita d'une absence de Lisée pour le jeter brutalement dehors.

Violemment, à coups de savate, elle te le balaya, comme elle disait, de son plancher, espérant qu'elle en serait pour tout de bon débarrassée bientôt.

Il ne faisait pas froid, ce jour-là, heureusement, et la rentrée du braconnier provoqua la rentrée du chien.

Cependant, Lisée se désespérait. Il passait de longues heures à côté de son Miraut, lui prenant la tête dans les mains, le caressant, le recouvrant d'un vieux tricot, le bordant comme un gosse, lui desserrant les mâchoires pour le contraindre à avaler quelques gorgées de lait ou quelques bouchées de viande que la pauvre bête, souvent, revomissait presque aussitôt.

Mais ni soins ni remèdes n'agissaient. Il n'y a rien à faire contre la maladie ! La maladie, mot vague et indéfini comme les troubles qu'elle provoque ! D'où vient-elle ? On ne sait pas. Comment la guérit-on ? On ne sait pas non plus. Les vétérinaires, médicastres ou potards ont bien inventé des sirops, fabriqué des pilules, composé des poudres, mais tout ça, c'est de la foutaise dont le plus clair résultat est de faire passer les écus de votre profonde dans leur escarcelle. Autant croire sur ce point les paysans et les bracos qui se sont livrés, au sujet de ce mal mystérieux, aux suppositions les plus baroques, aux conjectures les plus bizarres. D'après les uns, ce serait un ver qui produirait ces troubles, un ver que nul n'a vu et qui tiendrait ses diaboliques assises non point dans l'estomac, mais au bout de la queue. Il s'agit de l'extraire, de l'extraire sans danger pour la bête, et là est le hic ! Pour d'autres, la maladie c'est le sang qui mue (?). Comment ? pourquoi ? Mystère. Enfin, d'aucuns veulent encore que ce soit simplement de la bronchite ; mais affection de la moelle épinière, crise de croissance ou bronchite, nul n'a jamais été capable d'indiquer une cause précise ni de fixer un remède.

Miraut filait un mauvais coton, semblait-il, quand un jour, un Velrans qui passait par là et qui le vit conseilla à Lisée de le conduire immédiatement à son compatriote Kalaie, lequel était possesseur du « secret » pour guérir les chiens de la maladie.

En ce moment, la peau de Miraut présentait par endroits des taches roussâtres, se boutonnait, devenait pustuleuse et croutelevée, tellement, disait la Guélotte, que c'était une désolation de garder une pareille charogne dans la chambre du poêle.

Le Velrans insista.

Kalaie ne demandait rien pour sa peine : il gardait le chien une huitaine, le soignait dans le plus grand mystère et, au bout de ce temps, vous le rendait parfaitement guéri. C'était un secret, un secret qu'il tenait de son grand-père, lequel reboutait aussi les entorses et arrêtait les dartres, et qui se perpétuait dans la famille.

Pas plus que les autres paysans qui connaissent d'autres secrets pour d'autres guérisons, pourvu qu'on ait la foi, il ne consentait à le confier à personne et ne demandait pas qu'on lui amenât des bêtes ; mais il n'avait jamais refusé d'en soigner une et — ceci faisait partie sans doute des règles à observer pour obtenir la guérison — ne voulait jamais, jamais, en aucun cas, accepter d'argent comme rétribution.

L'après-midi même, Lisée attela Cadi à la voiture de Philomen et conduisit Miraut à Velrans. Il alla remiser le cheval dans l'écurie de Pépé, qui lui confirma les dires du voyageur, et tous deux menèrent Miraut chez le miraculeux guérisseur.

Kalaie, paysan aisé et rieur, examina le chien, auquel il fit dresser aussitôt un petit matelas sous le poêle de la cuisine ; ensuite il offrit la goutte aux deux visiteurs et parla de la pluie et du beau temps et des semailles et des engrais et de la politique. Etant bon catholique et pratiquant, il n'était pas d'accord avec Lisée, mais ce n'était point une raison pour mal soigner Miraut qui, lui, n'était pas socialiste ni réactionnaire et n'avait pas, heureusement, d'opinions touchant la Séparation des Eglises et de l'Etat.

La discussion fut donc courtoise ; on tomba d'accord sur un point : que tous les députés et sénateurs, radicaux comme cléricaux, n'étaient que des menteurs et des fripouilles, et sur cette conclusion qui marquait leur bon sens et leur rectitude d'esprit, on se sépara en se serrant la main.

— Tu viendras le chercher dans neuf jours, fixa Kalaie, et tu n'auras pas besoin de prendre une voiture pour l'emmener : il pourra marcher tout seul, je te le promets.

Lisée, plein de craintes et d'espérances, retourna à Longeverne, où la semaine lui parut démesurément longue.

Soit que l'éruption cutanée eût été un heureux dérivatif, soit en effet que le remède de Kalaie fût vraiment souverain, au bout de la huitaine Miraut était guéri ; il se levait, marchait, mangeait ; l'œil redevenait limpide, vif et joyeux ; le poil se relustrait, l'appétit reprenait.

— Tu n'as qu'à lui faire boulotter de bonnes soupes et, avant quinze jours, il sera gras comme un cochon, affirma Kalaie à Lisée et à Pépé.

— A propos, comment va Caffot ? s'inquiéta ce dernier. Tu ne m'as jamais reparlé de ton goret.

— Il va bien, très bien, comme un bon Siam qu'il est : pourvu qu'il bouffe, il est content. Cependant, je ne crois pas que Miraut sympathise jamais avec lui.

— Ah !

— Oui, la première fois que le chien s'est approché de l'auge où il barbotait pour le flairer, il lui a « pouffé » et reniflé au nez comme un grossier qu'il est, et Miraut, qui est une bête polie, ne lui pardonnera pas de sitôt ; après tout, ça n'a pas d'importance, mais nous allons boire un litre. Kalaie, mon vieux, je sais que tu n'accepterais pas de sous et je ne t'en offre pas, mais, ma parole, tu viens de me rendre un sacré service. Tu ne peux pas refuser de trinquer avec nous à l'auberge ; malgré que nous ne soyons pas, en politique, du même bord, ça n'empêche que tu es un bon bougre et que je serais vexé si tu n'entrais pas prendre un verre et revoir ton malade quand tu passeras à Longeverne.

— C'est rien, c'est rien, affirmait Kalaie. C'est des petits services qu'on se doit entre pays.

On s'en fut à l'auberge où, la politique aidant, d'un litre on en but plusieurs, ensuite de quoi Pépé voulut qu'on allât chez lui goûter sa vendange et puis Kalaie exigea qu'on fit une troisième pose dans sa maison pour juger de la qualité de la sienne, si bien que ce ne fut qu'assez tard que les trois compères, parfaitement d'accord et amis comme cochons, se séparèrent, saouls comme des Polonais. La joie entrait, disons-le tout de suite à sa décharge, pour une bonne part dans la cuite magistrale de Lisée.

A Longeverne cependant, la Guélotte, anxieuse, énervée comme au premier soir, attendait le retour de son homme, espérant bien que le chien, nonobstant remèdes et sorcelleries, serait enfin crevé.

Elle pâlit de male rage en voyant, absolument comme l'autre fois, son mari, plein comme un boudin, ramener, plus gaillard que jamais, le petit chien qui, affamé par la marche, vint sans tarder flairer toutes les gamelles et toutes les marmites de la cuisine.

— Tas de cochons ! mâchonna-t-elle. Ah ! ce qui ne vaut rien ne risque rien. Je n'ai jamais eu de chance dans ma vie.

Et sans rien ajouter, sombrement rageuse, laissant l'homme et le chien se débrouiller comme ils l'entendraient, elle monta seule se coucher à la chambre du dessus.

Lisée, pour se venger, prépara aussitôt à Miraut une soupe plantureuse et magnifique dans la confection de laquelle il ne ménagea ni la graisse ni le pain. Puis, jugeant que, pour un convalescent, ce n'était peut-être pas suffisant, il ouvrit le buffet où il découvrit un bout de lard d'une bonne demi-livre mis en réserve par sa femme pour le repas du lendemain.

— Tiens, s'exclama-t-il en le jetant à Miraut, mange-le, mon petit : ça lui apprendra, à la vieille, à faire la gueule ! C'est elle qui fera maigre demain.

CHAPITRE XI

Miraut reprit rapidement.

— Il profite, il se remplit, disait Lisée à Philomen qui lui confiait que sa Bellone manifestait par quelques signes, de lui bien connus, des velléités d'en faire autant, mais par d'autres moyens.

— La garce ! ajoutait-il. Ça ne manque jamais ! Si au printemps elle ne fait pas sa portée, vers la fin de l'automne elle en a au moins pour trois semaines à être en folie, trois semaines durant lesquelles je suis, fichtre, bien gardé.

« Tous les cabots des environs montent la garde autour de ma baraque, les grands comme les petits, les jeunes comme les vieux ; ils me rongent toutes mes portes, ces salauds-là. S'ils trouvaient le moindre passage ! malheur ! ah ! nom de Dieu ! ça serait bientôt fait.

« Quand je suis là, ça va bien, j'ai l'œil et je veille ; mais si j'ai à m'absenter de la maison, j'ai toujours peur qu'un sale bâtard de roquet ne parvienne à s'introduire dans la canfouine et ne me couvre ma chienne. On ne peut pas se fier aux femmes ni aux gosses pour la surveillance.

« Je sais bien qu'on n'en est jamais que pour tuer la portée quand la mère a déballé, mais c'est toujours bien embêtant, ça fiche la fièvre à la chienne, sans compter que des maternités comme ça te gâtent la race.

« Mon vieux, je te dis et tu me croiras : eh bien ! si un bâtard quelconque couvre une chienne, non seulement les chiots qui viennent ne valent rien, mais cette saillie-là laisse des traces sur les portées suivantes : oui, la race est souillée, elle n'est plus pure et les chiens sont moins beaux et moins bons. J'ai toujours fait attention jusqu'à présent, je ne voudrais pas voir arriver la chose maintenant.

— Tu n'auras qu'à m'amener Bellone quand tu auras à sortir, s'offrit Lisée. Avec Miraut elle ne risque rien d'aucune façon ; d'ailleurs, j'ai toujours pour les roquets et les bâtards, parce que je ne voudrais jamais faire le coup à des chiens de chasse, une demi-douzaine de vieilles casseroles de rebut et quelques arrosoirs de réserve à leur attacher quelque part.

— Pour l'heure, expliqua Philomen, je ne crois pas qu'elle coure de risques, le train de derrière grossit un peu et le sexe se montre, mais tant qu'elles n'ont pas fait sang, elles ne se laissent généralement pas grimper, je dis habituellement, car dans ces sacrées affaires de... chose, on ne peut jamais être sûr de rien.

— Oui, goguenarda Lisée, c'est la bouteille à l'encre... rouge.

Miraut avait repris sa situation dans la maison de son maître, c'est-à-dire que, si le patron le choyait avec la tendresse d'un père ou même d'un grand-père, la patronne, elle, le rossait avec l'énergie d'une marâtre et qu'il se garait des coups du mieux qu'il pouvait.

Il acceptait d'ailleurs bénévolement cette position sociale, n'imaginant pas qu'il en pût, pour lui, exister d'autre, ses souvenirs d'enfance étant trop lointains et depuis longtemps abolis. Très vite il en était arrivé à généraliser que, sauf de très rares exceptions, tout ce qui porte pantalon est allié, ami et favorable, et tout ce qui porte jupe, ennemi puissant et sournois qu'il faut en tout et partout craindre, éviter et fuir.

Il accompagnait très souvent Lisée dans ses allées et venues aux champs et au bois et commençait, son nez devenant subtil et puissant, à s'intéresser à autre chose qu'aux évolutions des corbeaux et au déterrage des taupes.

Lisée vivement l'encourageait à quêter, guidait ses recherches, le faisait suivre les murs de lisière, l'incitait à longer les haies, à traverser les buissons, à fouiller les murgers chevelus de ronces, à ne pas manquer les brèches de mur, les ouvertures de tranchées, les saignées de partage des coupes, tous endroits préférés par les oreillards pour se gîter ou rentrer en forêt.

L'odeur de lièvre, souventes fois reniflée, l'émouvait de plus en plus et le bouleversait profondément : sa queue, quand il tombait sur un fret de ce genre, battait avec une force terrible, ses mâchoires en claquaient l'une contre l'autre et une fois même, à la grande joie de son maître, il avait laissé échapper un jappement bref et chaud qui disait son fougueux désir de se trouver nez à nez ou même nez à cul avec le citoyen poilu qui émettait des émanations si particulièrement excitantes.

Un écureuil, aperçu un jour à terre et qu'il poursuivit en donnant à pleine gorge jusqu'au premier arbre où il grimpa, puis qu'il regarda étonné, furieux et narquois, ne fit que confirmer en lui l'opinion qu'il avait que le gibier qui court et à poil est préférable, quant à l'odeur et au goût probablement, à celui qui vole, d'autant qu'on peut toujours, quelque temps tout au moins, suivre le premier avec espoir de l'attraper.

Lisée, après chaque expérience, le félicitait, l'encourageait, le caressait, le récompensait par un petit bout de sucre ou une couenne de gruyère soigneusement tenue en réserve pour l'occasion. De fait, il était content de son chien et persuadé, ainsi que le lui avaient prédit ses amis, Pépé, le gros et Philomen, que ce serait un jour un maître lanceur.

Bon chien chasse de race, dit le proverbe. Il n'avait point été besoin pour celui-là, en effet, de le mener avec d'autres chiens pour qu'il apprît son métier. Seul, de lui-même, par la simple vertu de son flair et la toute-puissance de son instinct, il arrivait à distinguer ce qu'il devait courir. Qu'il lui arrivât seulement un jour de fourrer le nez au derrière d'un capucin et ça y serait définitivement, il serait sacré chien et grand chien ; plus tard, quand il aurait appris avec son maître et avec Bellone toutes les ficelles du métier de chien courant, on verrait s'il s'en trouverait un pour lui damer le pion ou lui faire le poil dans le canton.

Ainsi rêvait Lisée, tandis que son petit camarade trottait devant lui dans les sentiers de Longeverne, flairant toutes les mottes et toutes les bornes, pour y retrouver des odeurs particulières, des senteurs subtiles lui rappelant sa race, et s'accroupissant de temps à autre pour rafraîchir d'un jet minuscule et fraternel tel caillou isolé, tel piquet de bois ou tel coin de mur précédemment arrosés par des confrères inconnus.

— On en fera quelque chose, disait le chasseur à Philomen, en lui racontant, quatre ou cinq jours plus tard, comment Miraut s'était comporté sur un fret rencontré au bas des Cotards, non loin de la source de Bêche.

— Il y en a, en effet, toujours un de ce côté-là, approuva Philomen, qui ajouta au surplus qu'il lui confierait le lendemain sa Bellone, obligé qu'il était de conduire du blé au moulin de la Grâce-Dieu afin de ramener de la farine pour faire au four.

— C'est entendu, acquiesça Lisée, je les collerai tous les deux à la remise. J'ai fichu du fer-blanc aux coins de la porte : pas de danger que les galants, si voraces qu'ils soient, ne la bouffent et, pour ce qui est de Miraut, je te l'ai dit, il est encore trop gosse pour penser à ces affaires-là.

De fait, le lendemain, en laisse, comme une coupable, la chienne fut amenée à la Côte, tandis qu'à une distance plus que respectueuse les mâles la suivaient de l'œil, craignant la trique du chasseur.

On laissa seuls les deux camarades. Miraut, enchanté d'avoir de la compagnie, vint lécher le nez de Bellone et lui mordre les oreilles.

D'ordinaire, elle se laissait faire quelques instants, ensuite elle signifiait par un grognement sec qu'elle en avait assez et filait ; mais cette fois elle se prêta au jeu, mordilla elle aussi, passant dessus, roulant dessous, serrant entre ses mâchoires tantôt une patte, tantôt une oreille, tantôt une autre mâchoire ; puis jugeant que les préliminaires avaient été assez longs, elle se dressa sur ses quatre pattes, joignit les oreilles, écarta la queue de côté et attendit.

Mais Miraut, à peine relevé, ne songea qu'à continuer un divertissement si intéressant, à remordre, à se rouler de plus belle dans la paille, à jouer de la patte et de la dent. Bellone se prêta encore et de bonne grâce à ses fantaisies, jusqu'à l'instant où elle recommença son manège, lui mettant bien en évidence le postérieur sous le nez.

L'odeur, évidemment, différait de ce qu'elle était d'habitude et Miraut, forcé de s'en rendre compte, flaira avec assez d'intérêt, puis, pour compléter son observation, hasarda même un discret coup de langue ; mais ses galanteries se bornèrent là et les jeux et les batailles durent recommencer au moins deux ou trois fois encore.

C'est alors que la chienne, puissamment énervée sans doute, obéissant à l'on ne sait quel irrésistible instinct qui lui commandait d'enseigner au novice ce qu'il ignorait, lui sauta dessus, ainsi que l'aurait fait un qui l'aurait voulu couvrir, et s'agita vivement du train de derrière à la façon des mâles.

Ahuri, Miraut qui n'y comprenait rien ou pensait peut-être que c'était un jeu nouveau, la laissa se livrer durant quelques minutes à cet exercice, ensuite de quoi, tout naturellement, il en voulut faire autant.

C'était ce que demandait la chienne.

Il commença ses premières tentatives sans autre ardeur que celle du jeu. Après quoi, que se passa-t-il ? L'odeur de la bête en amour alluma-t-elle un feu dormant en lui ? Le mouvement, tout mécanique et machinal qu'il fût, lui révéla-t-il les causes occultes et profondes de son geste ? On ne sait ; mais bientôt il tenta de faire réellement ce qu'il n'avait voulu jusqu'alors que simuler.

Malgré le peu de résultats obtenus, la chienne se prêtait avec une bonne grâce évidente à ses manœuvres.

Un petit bout de sexe, rouge et sans force, qu'il essayait vainement de diriger, tombait de sa gaine et il se crispait, remuant furieusement, piétinait des pattes de derrière, tordait le cou, hochait la tête, tandis que la chienne prenait l'air stupide et béat de celle qui attend quelque chose, quelque chose qui doit venir et ne vient jamais.

A plus de vingt reprises, il remonta, toujours sans résultats, et la chienne, sans se lasser, toujours le laissait faire.

Il s'enfiévrait, s'excitait, se mettait en colère, tombait, remontait, retombait, jappait, insultant les autres mâles qu'il devinait et sentait maintenant, tous ses sens éveillés, rôder aux alentours et renifler aux portes.

Lorsque Lisée rentra, après avoir fait le vide autour de la maison, il le trouva creux et efflanqué qui continuait fébrilement ses exercices.

— Ben, mon cochon ! monologua-t-il, tu ne te gênes pas : il n'y a vraiment pus d'enfants au jour d'aujourd'hui, t'en es-tu donné, salaud ! et pour rien, naturellement ; sacrée petite rosse, va ! il s'en ferait crever.

Et devant son maître, sans honte aucune, ni crainte, ni préjugé pudibond, Miraut recommença deux ou trois fois encore ses tentatives amoureuses.

— Hou ! hou ! l'invectiva Lisée en branlant la tête. Encore un salaud qui sera porté sur la chose ! Il n'y aura pas une chienne en folie dans le canton sans qu'il ne soit de la noce.

Et il le sépara immédiatement de Bellone, car ce jeune sagouin se serait plutôt fait périr que de descendre de son poste avant d'avoir obtenu un résultat que ni son âge, ni ses forces ne lui permettaient encore d'atteindre.

— Ça lui apprend la vie, répliqua Philomen à qui Lisée narrait les ébats des deux tourtereaux dans la remise. Gageons, maintenant qu'il a fait ça, qu'il se prend pour un grand garçon de chien.

— Je te crois, approuva Lisée ; hier au soir, il a levé la cuisse pour pisser et ça ne lui était pas encore arrivé. Mais, j'ai envie d'aller faire un tour ce soir du côté de Bêche.

« J'ai idée que le fret sera bon. Il a plu un peu, les lièvres sortiront de bonne heure, car le soleil a tout l'air de vouloir se remontrer et si on en trouvait un sur pied... »

Vers quatre heures, en effet, sa serpe dans la patelette du pantalon, comme s'il allait élaguer sa haie du Cerisier, Lisée partit avec Miraut. Mais, comme il l'avait dit, il s'arrêta à la source où son chien avait déjà, les jours d'avant, trouvé du fret.

Ce n'était pas mauvais, et Miraut, suivant le mur d'enceinte du bois, ne tarda point en effet à frétiller de la queue et à renifler bruyamment, signe que quelque animal sauvage avait certainement passé par là.

— Doucement ! encourageait Lisée en sifflotant sur un ton particulier, doucement ! au bois, mon petit ! c'est au bois qu'il est, le capucin,

« Là ! là ! Miraut s'exclama-t-il en lui désignant du doigt une " rentrée ", une brèche de mur. »

Docile, le chien pénétra sous bois, flaira, donna un coup de gueule, tourna, avança encore, revint sur ses pas, reniflant très fort, puis sortit du bois, fit quelques pointes en plaine, revint de lui-même à la lisière, la suivit, trouva une autre brèche et s'y enfila tout seul.

— Très bien, mon beau ! approuvait Lisée à mi-voix, tu sais déjà.

Mais cela devenait sérieux.

Consécutivement, Miraut lâcha trois coups de gueule, avança, écartant les branches du mufle, puis soudain, sans plus rien dire, le fouet battant, s'engagea dans un pâté de ronces.

Et immédiatement, une bordée d'abois frénétiques suivait cette incursion, tandis qu'il bondissait derrière le lièvre déboulé qui montait le coteau et qu'il venait de dénicher au gîte.

Ah ! ce fut une belle galopade.

— Bouaoue ! bouaoue ! bouaoue !

— Il ne pouvait plus dire, il bredouillait, il bafouillait, tellement il se pressait de gueuler vite, répétait, très excité, Lisée le soir même en racontant l'exploit à Philomen.

« Crois-tu, mon vieux, à six mois, et tout seul, en lancer un ! Ah ! mon ami, c'est qu'il fallait voir et entendre comme il te le menait, çui-là : ni plus ni moins qu'un vieux chien ; il lui a fait prendre le tour des Maguets et puis du Geys et il me l'a ramené au lancer.

« Hein ! Ah ! nom de Dieu ! la belle chasse ! et quelle musique ! C'est qu'il a une voix, l'animal ! Nom de nom, quelle gorge ! Je l'aurais laissé faire, ma parole, je crois qu'il le mènerait encore !

« Ah ! la bonne bête, et ce que je suis content. Mon vieux Philomen, qu'est-ce qu'ils vont prendre pour leur rhume, les oreillards ! Cochon de cochon !

« M'est avis que là-dessus on peut bien boire une bonne bouteille. »

Et tout en se remémorant les premiers lancers de tous leurs défunts chiens, tout en se racontant des histoires de chasses plus merveilleuses les unes que les autres, les deux compères, chez Fricot l'aubergiste, se cuitèrent consciencieusement pour fêter de digne façon cette journée mémorable.

A dix heures, lorsque le bistro, qui craignait une visite inopinée des cognes, les eut mis dehors et qu'ils se furent séparés, Lisée, tout enfiévré, plein d'enthousiasme, monologuait encore en revenant vers son logis :

— A six mois ! bon Dieu ! quelle bête ! quel nez ! Et quand je songe que ma charogne de femme aurait voulu que je m'en débarrasse, que je le tue !...

Ayant coupé au court par le sentier du verger, il

passait juste à ce moment devant la fenêtre du poêle, close de rideaux d'indienne et éclairée.

— Tiens, pensa-t-il, elle va probablement gueuler ! Qu'est-ce qu'elle peut bien foutre à cette heure pour n'être pas encore couchée ?

Et il vint se coller devant les vitres, cherchant à voir par un entrebâillement de rideaux.

Le spectacle qu'il découvrit le cloua de stupeur un instant, immobile telle une souche. Mais il se remit bien vite, poussa intérieurement un formidable juron et s'élança vers la porte.

— Ah ! je t'y prends, sacrée sale garce, tonna-t-il ; je t'y pince en flagrant délit, chameau ! Tiens, attrape ça et encore ceci, éructa-t-il en lui lançant deux vigoureux coups de souliers au derrière. Et je t'en vais foutre, moi !

Mais la Guélotte, prise en faute effectivement, n'essaya pas de discuter et n'attendit point son reste. Elle se sauva à toutes jambes, montant les escaliers, barricadant les portes, ce qu'entendant et peu sanguinaire au fond, Lisée ne la poursuivit point davantage et s'apprêta à se mettre au lit, soliloquant, grognant et sacrant :

— Bougre de sale chameau ! Vider le pot de chambre dans mes sabots pour accuser Miraut et me faire croire que c'était lui qui avait pissé dedans. Faut-il tout de même être vache et vicieuse ! Sacré nom de Dieu de nom de Dieu ! Il n'y a qu'une femme qui peut trouver ça !

DEUXIÈME PARTIE

[illegible]

[illegible]

[illegible] ver [illegible]

[illegible]

le [illegible]

puis un seul [illegible]

l'obliger [illegible]

moins à [illegible]

leur [illegible]

donne [illegible]

Quant la [illegible]

plus [illegible]

entre de [illegible]

garde se [illegible] à la raison.

Toutefois, comme [illegible]

la claustration [illegible]

51

CHAPITRE PREMIER

Tant que ne fut point close la chasse, Lisée, chaque fois qu'il eut à sortir du côté des champs ou des bois, ne manqua jamais d'emmener son chien avec lui.

Successivement il lui apprit à bien faire les lisières sans oublier une rentrée, à tenir un champ de betteraves ou de pommes de terre, à vérifier les trèfles, à sonder les luzernes, à longer une haie de telle façon que le gibier partît du côté du chasseur, et Miraut ne laissa plus un seul buisson d'inexploré du jour où son maître, l'obligeant pour la quatre-vingt-dix-neuvième fois au moins à en fouiller un, lui fit déloger de son gîte un jeune levraut qu'il faillit pincer bel et bien et auquel il donna la chasse durant plus de trois longues heures.

Quand la clôture fut prononcée, le chasseur devint plus circonspect et Philomen, lui aussi, pour éviter les coups de langue, les histoires et les procès-verbaux, garda sa chienne à la maison.

Toutefois, comme les bêtes supportent difficilement la claustration, il la lâchait de temps à autre, le soir venu. Mais Bellone, docile et bien dressée, ne s'éloignait du pays qu'avec l'autorisation de son maître.

Lorsque le brigadier Martet rentrait le soir, lassé d'une longue tournée, le vieux chasseur, qui la connaissait dans les coins comme doit la connaître un vieux de la vieille de sa trempe, allait trouver sa chienne à l'écurie et, branlant la tête d'un air entendu, lui disait simplement : « Va ! »

Bellone comprenait et, sans s'attarder à rôdailler aux alentours, filait directement vers la forêt.

Un beau soir, elle se souvint qu'elle avait en Miraut un jeune camarade et se dit sans doute qu'il serait plus agréable et peut-être aussi plus fructueux de l'emmener avec elle dans cette expédition nocturne et cette partie de plaisir.

C'est pourquoi, traversant le village et l'enclos, elle vint directement le trouver devant son seuil où il s'amusait à s'aiguiser les crocs sur un vieil os de jambon plus dur qu'un morceau de fer.

Lisée était là. Après lui avoir souri en troussant les babines, s'être tortillée du cul comme il convenait pour le saluer respectueusement et lui avoir léché les mains de bonne amitié, elle répondit avec bienveillance aux caresses et aux mordillements de Miraut.

A deux ou trois reprises, la chienne lui pinça les oreilles ainsi qu'elle faisait autrefois pour prier le vieux Taïaut de l'accompagner en guerre. En même temps elle jappota, modulant de la gorge quelques sons qu'il comprit parfaitement et que Lisée, depuis longtemps au courant de ses habitudes et de ses manières, ne manqua pas non plus de saisir.

Il en sourit dans sa barbe de bouc qu'il empoigna à pleine main pour la peigner d'un geste familier. Sachant bien que son ami ne lâchait sa chienne qu'à bon escient, il accéda au désir de son chien qui, hésitant, tournait la tête de son côté, tout en conservant le corps dans la direction de Bellone qui l'attendait un peu plus loin.

— Vas-y ! va ! proféra-t-il simplement, et, d'un hochement de tête, il lui désigna la forêt.

Tout heureux de cette permission, un peu ennuyé tout de même de partir sans le maître, il revint en hâte lui sauter sur les genoux et le lécher, puis, comme l'autre lui confirmait son autorisation, il fila comme une flèche rejoindre Bellone qui l'attendait au trou de la haie du grand clos.

Et se mordillant les pattes, la gorge et les oreilles, et se grognant des gentillesses canines, les deux complices partirent dans la direction de la coupe.

Lisée rallumait sa bouffarde quand Philomen arriva.

— Eh bien ? s'exclama-t-il simplement.

— Ça y est, répondit Lisée, ils y sont. Elle est venue le prendre et il n'a pas été difficile à débaucher ; ah, ma foi non ! je n'ai eu qu'à lui faire signe.

— La bonne paire ! conclut le chasseur. Avant une heure, il y en aura un quelque part à Bêche ou aux Maguets qui n'aura pas à mettre ses quatre pieds dans le même sabot s'il tient à garer sa peau et ses viandes.

— L'ouverture aura lieu dans deux mois, exposa Lisée : il n'est pas mauvais qu'auparavant ils se fassent un peu le pied et la gueule, si nous ne voulons pas les voir éreintés après la première semaine de chasse.

— As-tu déjà songé à tes munitions ? s'inquiéta Philomen.

— Oui, répondit Lisée : pour les cartouches de lièvre, je commanderai mes étuis et mes bourres à Saint-Etienne afin d'être sûr d'avoir du bon ; c'est un peu cher, mais tant pis ! Pour la chasse aux oiseaux, je ferai prendre au messager, quand il ira à Besançon, un cent de douilles et de bourres ordinaires ; quant à la poudre, de la superfine numéro deux pour les bonnes cartouches et, pour les autres, Kinkin m'a promis une livre de poudre suisse, de la meilleure, mais n'en parle pas surtout, je ne voudrais pas lui faire arriver des histoires à lui, ni à moi non plus.

— J'en prends aussi, rassura Philomen : sa poudre, en effet, n'est généralement pas mauvaise et, quand il s'agit de merles, de grives ou de geais que l'on tire de tout près, ça va toujours. C'est égal, j'aurais du remords de viser un lièvre avec une mauvaise cartouche dans mon flingot ; s'il échappait, je ne pourrais m'empêcher de dire que c'est bien fait pour moi.

— Ecoute, interrompit tout à coup Lisée, en portant l'index à sa bouche.

Loin, loin, à peine distinct dans le bourdonnement d'abeilles de la nuit silencieuse, un aboi s'élevait, suivi bientôt d'un autre et d'un autre encore.

— Ils ont déjà lancé.

— Non, non ! pas encore, écoute bien !

Et, en effet, l'instant d'après, la rafale hurlante du lancer retentissait, tandis que silencieux, la prunelle vague, les paupières plissées, les deux amis, tirant de leurs pipes d'énormes bouffées, écoutaient voluptueusement cette musique sauvage qui les inondait d'une joie pure.

— Eh bien ! je crois qu'ils le mènent, conclut Philomen au bout d'un instant.

Le bruit de la chasse se perdit qu'ils écoutaient encore. La conversation reprit, un peu décousue, car tous deux, bien que parlant d'autre chose, prêtaient quand même toujours l'oreille aux rumeurs de la nuit et ce fut simultanément qu'ils interrompirent leur causerie en remarquant à voix haute :

— Ils le ramènent !

Et, en effet, on perçut distinctement le bruit de la chasse se rapprochant assez vite. Puis ce bruit décrut de nouveau et se perdit encore et Philomen affirma :

— Ils en ont pour un moment, mais ils peuvent s'en donner tant qu'ils voudront : le brigadier n'aura pas envie ce soir de leur courir après ; il est revenu vanné de sa tournée d'aujourd'hui et à cette heure il doit être sûrement en train de roupiller à côté de sa légitime. Moi, mon vieux, j'en vais faire autant.

— Et moi itou, répondit Lisée.

Après avoir convenu, pour réduire les frais de port, de faire ensemble leur commande de fournitures, ils se séparèrent en se serrant la main et Lisée, rentrant dans la cuisine obscure, poussa le verrou, gagna son lit et s'endormit.

Cependant, sur le coup de minuit, pris d'un besoin pressant et s'étant relevé en chemise pour aller pisser un coup sur le pas de sa porte, il put entendre dans le grand silence approfondi de cette belle nuit de juillet les deux chiens qui, au milieu du bois du Fays, menaient encore à une allure endiablée leur oreillard.

— Cré nom de nom ! quel jarret ! ne put-il s'empêcher de s'exclamer avec admiration.

Et il revint se coucher, tout content.

Le lendemain, au lever, il trouva Miraut couché sur un petit tas de paille, sous l'auvent de la porte d'écurie. Il était crotté comme une demi-douzaine de barbets, n'ayant pas encore eu le loisir de vaquer aux soins de sa toilette ; le bout de sa queue, sur une longueur de trois bons pouces entièrement pelé et tout rouge, de même que ses cuisses et ses côtes, disait assez avec quelle ardeur il avait fouetté les buissons et s'était battu les flancs.

Il se leva à l'approche du maître et le salua par des aboiements très tendres en se dressant contre ses genoux.

C'est alors que Lisée remarqua qu'il était rond comme un boudin et jugea qu'il n'avait pas dû chasser, ainsi qu'il disait, pour la peau, jugement que Philomen confirma quelques instants plus tard en lui contant que sa chienne se trouvait être précisément dans le même état.

— Quand elle rentre vide, elle vient japper et appeler sous la fenêtre de ma chambre afin que j'aille lui ouvrir et qu'elle puisse manger ce qui reste dans les gamelles de la cuisine, mais quand elle a fait chasse, je n'ai pas à me biler ni me déranger, elle pionce dans un coin et ne réclame rien.

— Lui aussi, affirma Lisée.

— C'en est tout de même un que nous ne reverrons

pas à l'ouverture, mais il n'est pas mauvais, pour nous comme pour eux, qu'ils y goûtent de temps à autre : ça les encourage et ça les dresse, les chiens, surtout quand ils sont jeunes comme le tien.

Mis en goût, en effet, par cette première et fructueuse randonnée, ce fut Miraut qui, quelques jours plus tard, s'en fut faire visite à Bellone et la prier de l'accompagner à la chasse.

Il faut croire qu'une telle expédition était inutile ou dangereuse ce soir-là, car Philomen, de qui la chienne, par de petites plaintes, alla solliciter l'autorisation réglementaire, opposa un veto énergique et sec à sa demande. Docile et plus obéissante que le chien, elle se résigna et s'en fut se coucher sur son coussin à côté de la porte de la cuisine, tandis que Miraut, bien décidé, partait quand même seul à la chasse.

Il fut moins heureux cette fois que lors de sa première sortie et s'il lança tout de même et suivit un capucin, il n'eut pas la science ni le bonheur de le pincer et rentra très fatigué à la maison.

Vers deux heures du matin, Lisée fut réveillé par un long jappement un peu rageur sous sa fenêtre.

Il n'hésita pas à sauter du lit et s'en fut ouvrir à son chien qui, efflanqué, affamé, se coucha après avoir fait une revue de détail des marmites, plats, assiettes, bols, seaux et chaudrons de la cuisine.

La Guélotte en grogna le lendemain matin, criant que cette sale bête l'avait empêchée de fermer l'œil de la nuit, qu'elle l'avait réveillée juste au moment où elle commençait à s'endormir, qu'elle lui avait fichu sa cuisine sens dessus dessous et que, bien sûr, ces sorties-là, ça finirait par mal tourner un jour ou l'autre.

Cependant l'ouverture approchait. Les munitions commandées étaient arrivées à bon port, comme on dit, et les deux chasseurs en avaient fait le partage tout en se communiquant, pour la cinquantième fois peut-être, leur recette particulière concernant le chargement des cartouches.

La demande de permis venait d'être envoyée à la sous-préfecture par les soins de Jean, le secrétaire de mairie. Lisée avait fait prendre auparavant chez le percepteur le reçu de vingt-huit francs, ce qui provoqua devant Blénoir, le facteur, une scène de ménage terrible, d'ailleurs prévue depuis longtemps et à laquelle les deux hommes ne prêtèrent que l'attention qu'elle méritait. Et puis, la veille du grand jour, devant Miraut bien en forme, le braconnier, très loquace et débordant de joie, confectionna ses cartouches.

Le fusil du père Denis, dûment dégraissé et astiqué, avait été décroché de la panoplie où il trônait parmi trois vieux sabres de pompiers ou de gardes nationaux, un couteau... arabe ou turc qui avait été sans doute fabriqué au petit Battant ou à Rivotte, faubourgs de Besançon, afin d'éviter d'inutiles frais de transport, un chassepot (souvenir des désastres) et deux vieilles carabines simples, l'une à pierre, l'autre à piston, ornées des pontets en cuivre et munies de canons immenses.

Avec un plaisir enfantin, devant son compagnon qui avait appuyé les pattes contre sa poitrine pour lui lécher la barbe, Lisée, deux doigts sur les gâchettes, levant et abaissant les chiens, fit sonner et résonner les batteries du flingot en interpellant Miraut.

— Hein ! c'est-ti avec çui-là qu'on va les descendre, demain ?

— Bouaoue ! applaudissait Miraut.

— Et celle-là, en va-t-elle occire un ? reprenait-il en lui montrant une cartouche de quatre soigneusement sertie.

« Il n'aura pas peur du coup de fusil, ce petit, au moins ! Non ! c'est un grand garçon ! »

Miraut, qui probablement ne comprenait pas le sens particulier de chacune de ces confidences, en entendait tout au moins la signification générale et manifestait, par des abois continuels, des frôlements câlins de tête, des grattements de pattes, d'incessants battements de queue, des velléités d'embrasser et de lécher, son approbation et sa joie.

Lisée, depuis longtemps, avait convenu avec Philomen qu'ils partiraient le lendemain chacun de son côté, afin de tenir à peu près tout le terrain de la commune, et qu'ils se retrouveraient, vers les huit heures et demie, un peu plus tôt ou un peu plus tard, selon les hasards de la chasse, à la tranchée sommière du Fays pour « faire » ensemble ce bois important et se poster aux bons passages.

Le soir, il prépara à Miraut une bonne soupe épaisse et substantielle, car le lendemain avant le départ, il ne voulait lui donner que quelques croûtes insignifiantes, un chien courant étant réputé, à juste raison d'ailleurs, chasser avec plus d'entrain et d'intérêt quand il n'a pas le ventre plein. Ce fait, il se coucha, et s'endormit paisiblement, certain comme un vieux soldat de se réveiller à l'heure qu'il s'était fixée.

Et, en effet, à trois heures et demie, le lendemain matin, il était debout. Il s'habilla, chaussa ses brodequins soigneusement graissés, mit ses houzeaux, endossa sa vieille veste à grandes poches, boucla sa cartouchière sur ses reins, mit tremper un bout de sucre dans une goutte de marc pour avaler au moment du départ et, tandis que chauffait son « jus » sur la lampe à alcool, il alla ouvrir à Miraut.

Les deux amis se firent fête en se retrouvant : petits mots d'amitié et abois tendres, caresses de la main et coups de pattes cordiaux ; Miraut même essuya d'un large revers de langue la joue droite et le nez de son maître.

— Le coup de « patte à relaver [1] », l'excusa celui-ci en s'essuyant de la manche, un sourire d'indulgence aux yeux.

Et tout en buvant et mangeant, il envoya à Miraut, qui les attrapait au vol, quelques tranches de pain qu'il avalait sans les mâcher ! Là-dessus, heureux comme des rois, ils sortirent et bien avant que le soleil ne fût levé, arrivèrent au haut des Cotards où ils voulaient commencer.

C'était un bon matin. Un temps calme, une rosée suffisante laissaient un fret abondant aux endroits où le gibier avait passé.

Dès qu'on longea le mur de la coupe, Miraut,

1. Patte à relaver : chiffon pour laver la vaisselle.

renonçant à son jeu favori qui consistait à lever la cuisse à toutes les mottes et à toutes les bornes, se mit à quêter avec ardeur. Bientôt il rencontra un fret, trouva une rentrée, s'engouffra dans le taillis et le reste ne fut pas long à venir.

Cinq minutes plus tard, le lièvre déboulé filait par les sentiers et les tranchées du bois avec le chien à ses trousses.

— Il va monter, songeait Lisée posté au haut du crêt à cinquante mètres du mur d'enceinte, ils montent toujours.

Mais le capucin ne monta point et, zigzaguant ainsi qu'un levraut, s'en alla faire au loin, toujours en restant sous bois, un crochet assez grand.

Cependant, la chasse marchait à un train d'enfer. Le chien, sans doute, serrait de près son gibier et Lisée, qui connaissait à peu près tous les trucs des oreillards, jugea rapidement :

Il va sortir au sentier de Bêche qu'il remontera et Miraut va me le ramener par le chemin de la pâture. En hâte, il se porta vivement à ce poste afin d'arriver assez tôt, car dans ces cas-là il est préférable d'arriver dix minutes d'avance que cinq secondes trop tard.

Le braconnier avait eu bon nez de courir.

Il n'y avait pas une minute qu'il était là, au bord du chemin de terre, devant un buisson avec lequel il se confondait, lorsqu'il vit l'oreillard s'amener, bride abattue, les oreilles basses, allongeant de toute sa taille, ventre à terre littéralement.

Un beau coup de fusil ! jugea-t-il. Rien de plus simple qu'un tir en pointe, ni de plus sûr pour un chasseur exercé. Lisée, en amateur, jouissait intensément du court instant qui le séparait du dénouement de cette chasse. Le lièvre arrivait à une allure fantastique et lui, immobile, la crosse à l'épaule, la tête légèrement inclinée, attendait calmement qu'il fût à portée.

Au point strictement repéré d'avance, à trente mètres, pas un de plus, ce qui eût compromis l'efficacité du tir, pas un de moins (c'eût été un assassinat !), il pressa la détente de sa gâchette droite.

Le coup retentit puissamment dans le calme du matin et l'oreillard, lancé comme un bolide, vint bouler cul par-dessus tête à quinze ou vingt pas du chasseur.

Miraut qui sortait du bois et arrivait au haut du sentier fut étonné de ce coup de tonnerre formidable et s'arrêta net une minute pour écouter, car ce bruit terrible venait de la direction suivie par son lièvre. Il sentit qu'il devait y avoir du Lisée dans cette aventure et n'en douta plus l'instant d'après quand il distingua la voix de son maître le hélant à pleins poumons :

— Tia, Miraut, tia, par ici ! tia, mon petit !

Sans lâcher la voie chaude du lièvre, il reprit sa poursuite en donnant à pleine gueule lui aussi et arriva bientôt sur le lieu du drame, devant Lisée dont le fusil fumait encore, un Lisée riant d'un large rire et qui du doigt lui désignait à terre un cadavre roux, allongé, saignant par les narines, sur lequel le chien se rua sans tarder et avec frénésie.

— Tout beau, tout beau ! mon petit, calma le

chasseur. Ne le déchire pas. Allons ! doucement, doucement !

Alors, sans haine aucune, comme s'il eût caressé Moute, Miraut lécha doucement et longuement sa victime morte et la puça même d'avant en arrière et d'arrière en avant. Puis, excité sans doute par l'odeur du sang, il renifla le ventre et ouvrit la gueule pour y aller de son franc coup de dent.

Lisée jugea que c'était suffisant et, lui reprenant bien vite le capucin, il commença par le faire pisser en lui pressant sur la vessie et puis le mit immédiatement et sans façons dans la grande poche-carnier de sa veste de chasse.

Toutefois, pour que Miraut n'eût pas couru pour rien et pour l'encourager à continuer, il lui coupa successivement, à la dernière jointure, les quatre pattes du lièvre et les lui jeta une à une.

Elles disparurent comme une bouchée de pain, poils et os, et griffes, et viande, et Miraut attendait encore tandis que Lisée le félicitait, tout heureux.

— Hein, nous voilà dépucelé ! mon vieux Mimi.

Comme l'autre, insensible aux discours, attendait toujours, il voulut lui jeter un bout de pain et un morceau de sucre qui furent profondément dédaignés.

— Ah ! il faut de la viande à monsieur, maintenant ! T'es pas dégoûté, mon salaud, marmonna le chasseur en ramassant les provisions auxquelles son chien n'avait pas voulu mordre. Attends un petit peu, mon vieux, tu les mangeras bien tout à l'heure.

Et la chasse continua.

CHAPITRE II

C'était, on l'a déjà vu, un bon matin.

De tous côtés, de loin, de très loin, on entendait des lancers et des chasses ; des coups de fusils retentissaient ; un œil exercé pouvait voir dans les finages voisins les perdreaux se lever en bandes devant les chiens d'arrêt et s'éparpiller en gagnant les bois ; des cailles aussi, de temps à autre, à très courts intervalles, devaient culbuter sous le plomb des tireurs.

Lisée, en vieux routier, écoutait les coups retentir et jugeait en lui-même :

— Tiens, voilà Philomen qui en « sonne » un !

« Il me semble que Pépé vient de redoubler : ce ne peut être que sur les perdrix, car il a toujours arrêté un lièvre du premier coup.

« Ah ! Gustave est aux cailles dans les " sombres " derrière le Teuré, il tire souvent.

« Je jurerais que c'est le gros qui est dans la " fin " de Rocfontaine : il me semble que j'entends la voix de Fanfare, la mère de Miraut. »

Pendant ce temps, le jeune chien, après avoir sauté

longtemps contre la veste du maître afin de lécher encore le lièvre dont on voyait sortir d'un côté la tête et de l'autre les pattes ou plutôt les moignons, le jeune Miraut, fatigué de sauter en vain, s'était remis à quêter et avait repris la lisière du bois.

Une demi-heure ne s'était pas écoulée qu'il relançait de nouveau, mais il fut, cette fois, moins heureux que le premier coup.

Ce devait être un vieux lièvre, c'est-à-dire qu'il avait déjà vu plus d'un automne. Aussi, ne perdit-il pas son temps à des rebats plus ou moins compliqués dans les tranchées ou les sentiers du bois pour arriver, en fin de compte, à se faire « taquer » au lancer ; mais, sans suivre voie ni chemin, par le plus épais des taillis, il fila vers les vieilles coupes sauvages du Geys, loin de tout village et de tout hameau et, faisant plaine enfin, gagna la grande route caillouteuse et sèche de Sancey à Rocfontaine où il espérait faire perdre sa trace à son poursuivant.

Lisée qui ne put le tirer suivit la piste à la voix et, pour mieux entendre et bien savoir de quel côté allait sa chasse, longea l'arête du coteau.

Son chien, il en put juger à la régularité de ses abois et coups de gueule, réussit à tenir parfaitement tant qu'il fut sous bois ou dans les champs ; à peine hésita-t-il à quelques contours brusques où il dut s'arrêter deux ou trois secondes pour bien s'assurer de la direction à prendre. Mais quand il arriva à la route et aux cailloux, le fret diminua et s'évanouit et il se tut.

Il s'attarda néanmoins, s'acharnant à retrouver la piste évanouie, ravauda à certains passages où des fumets vagues persistaient, revint sur ses pas jusqu'à l'endroit où le lièvre était entré dans la zone maudite et donna encore de longs coups de gueule furibonds.

Lisée, qui du haut du crêt l'aperçut, jugea fort justement qu'ils perdaient leur temps tous les deux et qu'il n'y avait rien à faire avec ce capucin-là. C'est pourquoi il rappela Miraut.

Celui-ci avait eu sans doute la même idée que son maître ; il s'apprêtait à revenir et, méthodique et prudent pour ne point s'égarer et bien retrouver l'endroit où il avait quitté Lisée, reprenait franchement à rebours la piste qu'il venait de suivre.

Pour lui épargner des contours interminables et l'habituer au rappel, Lisée emboucha sa corne de buffle et se mit à sonner à petits coups secs et répétés, s'interrompant à diverses reprises pour crier à pleine gorge le nom du chien avec le mot coutumier de rappel : « Tia, Miraut ! Tia ! », puis, cornant de nouveau, afin de bien faire s'associer dans l'oreille et le cerveau de son compagnon ces deux modes familiers de ralliement.

Comme la foulée qu'il avait à suivre était très fortement frayée et n'avait pas besoin de retenir beaucoup son attention, Miraut entendit parfaitement les sons et les cris poussés par Lisée et s'arrêta court aussitôt, dressant l'oreille.

La corne de buffle retentit de nouveau et de nouveau la voix de Lisée arriva jusqu'à lui : « Tia, Miraut ! »

Il comprit, jugea de la direction, se traça dans l'espace une ligne droite et fila comme un trait dans le sens de l'appel. Toutefois, afin de ne point se tromper, il s'arrêtait de temps à autre pour rectifier sa direction et marcher droit à son maître qu'il ne voyait pas encore.

Celui-ci distingua bientôt le tintement de son grelot et, cessant de souffler dans la corne, se contenta de l'appeler sur un ton moins aigu.

L'instant d'après, ils se retrouvèrent et Miraut fit à Lisée une fête extraordinaire, lui bredouillant toutes sortes de choses plus gentilles les unes que les autres, se frottant à ses jambes et voulant à tout prix lui peigner la barbe avec ses pattes de devant. Le braconnier, tout en le chinant un peu de n'avoir pu ramener l'oreillard, le félicita tout de même d'être si bien et si vite revenu à la corne, absolument comme un grand chien.

Cette fois, Miraut mangea de bon cœur le bout de sucre et le morceau de pain qu'il avait dédaignés l'heure d'avant.

Comme le soleil montait rapidement et commençait à chauffer, on se rendit, sans perdre de temps, à la tranchée sommière du Fays, où Philomen, exact au rendez-vous, les attendait déjà avec un lièvre lui aussi dans sa carnassière.

Les deux amis se sourirent.

— Eh bien ! est-ce qu'on sait encore le coup ?

— Où l'as-tu rasé ?

Et les deux confrères en saint Hubert se narrèrent avec force détails les péripéties de leur chasse du matin tout en cassant la croûte et en buvant un verre.

Bellone et Miraut, très sérieux, s'étaient simplement salués en se léchant réciproquement les babines qui fleuraient bon le lièvre tué. Assis tous deux sur les jarrets, devant les maîtres qui devisaient et contaient leurs exploits récents, ils suivaient attentivement des yeux tous les mouvements de leurs doigts et de leurs mâchoires, attendant, pour les attraper au vol, les morceaux de pain et de fromage qu'ils lançaient d'instant en instant et fort équitablement tantôt à l'un, tantôt à l'autre.

Ensuite de quoi, tous se levèrent et l'on partit faire le grand bois.

Il y eut deux lancers et l'on fit deux chasses au Fays, deux belles chasses menées tambour battant par ces bonnes bêtes et au cours desquelles Lisée eut la chance d'occuper un bon passage et d'en occire encore un vers les dix heures.

Comme il se faisait tard, que le soleil tapait dur et que les chiens commençaient à donner des signes de fatigue, on revint vers le pays en traversant les pommes de terre du finage où l'on eut l'occasion de lâcher quelques fructueux coups de fusil sur les perdreaux et sur les cailles.

— Y vas-tu demain ? interrogea Lisée.

— J'te crois, répondit Philomen. La première semaine, c'est mes vacances, il faut que je sois bien pressé d'ouvrage pour que je ne la prenne pas tout entière.

— Mon vieux, reprit Lisée, j'y songe : j'ai promis au gros et à l'ami Pépé de leur faire manger le premier lièvre que Miraut me ferait zigouiller. Dimanche, ce sera l'instant ou jamais ; naturellement, tu en es. Si tu es d'avis, je vais leur envoyer deux mots ; le matin, nous ferons la partie tous en chœur et à midi nous boirons un bon coup pour fêter le baptême du citoyen Miraut. Pépé viendrait nous prendre ici ; on donnerait rendez-vous au gros à un endroit bien fixé et nous tiendrions les prés-bois et les coupes d'Ormont ; avec quatre chiens comme les nôtres, ça pourra faire une belle musique.

— C'est entendu, approuva Philomen ; j'apporterai quatre litres de ma vendange de l'an passé : elle est fameuse.

De fait, le jour même, Lisée adressait au gros de Rocfontaine une missive ainsi libellée :

Longeverne, le 1er septembre 18...

« Mon vieux,

« Miraut est un fameux chien ; ce matin il m'en a fait tuer deux. Je compte que tu viendras dimanche, comme ça a été entendu, goûter de mon civet et fêter son dépucelage. Pépé en sera et aussi Philomen. Rendez-vous à la croisée du Blue, à cinq heures du matin au plus tard. On tiendra Ormont où c'est tout gris de lièvres.

« Je te la serre de bien bon cœur,

« LISÉE. »

Si quelques paysans, lorsqu'ils ont à écrire, s'embrouillent et se perdent dans de longues phrases : Je vous écris pour vous dire que j'aurais voulu vous dire... Lisée n'était pas de ceux-là. N'ayant pas d'instruction, il se vantait d'écrire comme il parlait.

Aussi, comme il n'était pas bavard, ses lettres étaient-elles toujours d'une brièveté et d'une concision admirables.

Pépé, lui, fut prévenu, par un voisin allant au chef-lieu, qu'on l'attendait sans faute chez Lisée à quatre heures du matin pour une partie soignée, et il n'eut garde de manquer au rendez-vous.

Trois heures et demie venaient à peine de sonner qu'il arrivait à Longeverne avec Ravageot, son chien, un grand Saint-Hubert à la robe d'un beau brun aux reflets d'or et de feu, à l'œil calme, aux pattes nerveuses, très fin animal et bon lanceur, mais qu'il ne fallait point contrarier ni même gronder, car il était extrêmement susceptible.

La connaissance avec Miraut fut bientôt faite. Entre chiens, l'entente est toujours facile, surtout un matin de chasse. Mais, du fait d'être réunis, la voracité naturelle de chacun d'eux se trouva doublée au moins et il y eut par toute la cuisine une bousculade de casseroles et un désordre qu'augmenta encore l'arrivée de Bellone et de son maître.

Pendant que les trois camarades se serraient la pince et se congratulaient, les trois chiens, eux, continuaient leurs recherches alimentaires : pas une miette ne fut dédaignée, pas une goutte d'eau de vaisselle ne fut oubliée et voilà-t-il pas que Ravageot, humant et reniflant, avisa la peau du lièvre dépouillé la veille au soir par Lisée et dont Miraut s'était adjugé la ventraille.

Elle pendait à un clou fiché dans une solive du plafond. Ravageot, qui ne doutait de rien, sauta comme un cabri, l'accrocha, la fit tomber et, pour que les autres n'en profitassent point, se l'envoya séance tenante et tout entière ; oreilles, poil et tout. Cela ne dura que quinze secondes.

Philomen l'aperçut qui en achevait la pénible déglutition, allongeant le cou et bourrant des yeux qui louchaient férocement.

— Ben, bon Dieu ! Mais c'est la peau du lièvre qu'il vient de s'enfiler comme ça et sans boire, encore ! Il en a une sacrée veine de ne pas s'étouffer ni s'étrangler.

— Bah ! répondit Pépé, ils en bouffent bien de l'autre quand nous ne les voyons pas. Aussi ça me fait rigoler quand j'entends les médecins et le maître d'école parler de microbes et d'autres bestioles qui foutent, à ce qu'il paraît, des maladies aux gens. Qu'ils y viennent voir ce que mange Ravageot derrière les fumiers et les marnières où il boit quand il a soif ! Et il n'est jamais malade, lui, il s'en bat l'œil des microbes et moi aussi. Avec du bon vin, du bon air comme on en a ici, et de bonnes vadrouilles dans les bois comme nous en faisons, on vient à quatre-vingts ou à cent ans.

— Tout de même, ton chien a un sacré estomac. C'est pas moi qui voudrais faire ce qu'il vient de faire, même avec dix litres à boire.

— Il va peut-être te ch... une casquette à poil ! plaisanta Lisée.

On piqua une petite goutte dans laquelle on trempa un bout de sucre et puis l'on monta sans délai le chemin de la Côte afin de gagner le lieu de rendez-vous. Mais on eut grand soin de tenir en laisse les trois chiens qui, si on les eût laissés faire, n'auraient pas mis une demi-heure à flanquer un capucin sur pied.

Miraut revit sa mère, la vieille Fanfare, mais il ne la reconnut guère, il ne la reconnut même point du tout ; tant d'événements avaient coulé depuis l'heure de la séparation, et elle non plus, tous ses petits étant depuis longtemps dispersés, ne retrouva point dans ce grand chien le petit toutou, si différent d'odeur et d'allures, qu'on lui avait enlevé l'automne précédent.

Les présentations entre chiens se firent : Ravageot et Miraut furent galants comme il convient et Fanfare accepta leurs hommages qui ne furent point exagérés ; mais il n'en alla pas de même pour Bellone et toutes deux, bien femelles, se mesurèrent haineusement, le poil de l'échine hérissé, et se grognèrent des menaces et des rosseries en se montrant les crocs.

Pourtant, dès qu'on fut en plaine et que la chasse commença, les haines tombèrent et tout fut oublié.

Les chasseurs, de même que leurs bêtes, connaissaient bien le pays. Une fois les chiens sur une bonne piste, ils se déployèrent silencieusement, cernant avec soin le canton où s'était gîté le capucin afin que ce dernier, déboulé, passât pour en sortir sous le feu au moins de l'un des quatre fusils. Deux lièvres, après de courtes péripéties, trouvèrent la mort dans cette traque terrible. Mais un troisième, plus roublard, se déroba avant le lancer et Philomen, ahuri et furieux comme un chasseur qu'un lièvre aurait roulé, vit les quatre chiens lui passer devant le nez comme une trombe et disparaître au loin.

Les chasseurs espérèrent un moment que le lièvre

reviendrait : mais c'était un maître oreillard sans doute que celui-là et, mené comme il l'était par cette meute endiablée, il fila tout droit, on ne sut jamais où, au tonnerre de Dieu, disait Lisée, pendant que les quatre compères se morfondaient à écouter.

Une heure après, comme on n'entendait encore rien, ils se hélèrent : hop ! se réunirent au poste de Philomen et confabulèrent en cassant la croûte ! Ils partagèrent équitablement les provisions dont leurs poches étaient bourrées, mettant en réserve la part des chiens, liquidèrent bouteilles, gourdes et flacons, puis bourrèrent leurs pipes en attendant.

Lisée, le premier, discerna parmi les rumeurs sylvestres et les sonnailles des troupeaux de vaches un bruit très lointain de grelot.

Lors tous, embouchant leur corne d'appel, soufflèrent à perdre haleine dans ces instruments primitifs et sonores, en faisant un boucan infernal qui les excitait et les réjouissait profondément.

— S'il y a un lièvre dans les alentours, qu'est-ce qu'il peut bien se dire ?

— Il n'en doit pas mener large.

Enfin les chiens, galopant et tirant la langue, reparurent au haut du crêt, et comme c'était bientôt l'heure de l'apéritif, on revint au village après les avoir un peu laissés reprendre haleine et manger leurs bouts de pain.

Les deux lièvres occis furent naturellement offerts aux deux invités qui, après s'être défendus et fait prier, acceptèrent enfin, à charge de revanche, affirmèrent-ils.

— Penses-tu ! protesta Lisée. Et Miraut ?

— Peuh ! c'est rien, ça, mon vieux, répliqua le gros, tout joyeux d'avoir un lièvre à rapporter à la maison.

Les quatre chasseurs, précédés de leurs chiens, firent à Longeverne une entrée triomphale dont Miraut eut les honneurs. On savait pourquoi ils étaient réunis ; chacun d'ailleurs, au village, les connaissait et leur souhaitait le bonjour au passage, tout en s'enquérant du jeune chien.

— Eh bien ! et Miraut ?

— Ah ! c'en sera un tout premier, affirmait Pépé, et je m'y connais.

— J'en étais sûr, renchérissait le gros.

C'est qu'en effet un chien, un chien de chasse surtout, a, dans un village, sa personnalité bien marquée ; il fait partie intégrante du pays et toute gloire qui lui échoit rejaillit un peu, non seulement sur son maître, mais sur tous les compatriotes de la localité, quadrupèdes ou bipèdes.

Miraut, sensible à la louange, marchait dignement devant les chasseurs, et son maître, tout attendri, le regardait avec amour. En arrivant à l'auberge, il préleva même un demi-morceau du sucre de son absinthe pour l'offrir à son chien, afin qu'il prît, lui aussi, à sa façon, un apéritif.

Les lièvres avaient été étalés sur la grande table de l'auberge où les clients, curieux, venaient les soupeser, juger de leur taille, de leur embonpoint, de leur valeur, du coup de feu qui les avait allongés.

Les chiens, eux, qui s'étaient couchés sous la table, ne voyaient pas sans un certain dépit ces intrus approcher de leur gibier et palper un butin qui n'appartenait qu'à eux. Ils grognaient sourdement, mais comme les maîtres n'avaient pas l'air inquiet et ne faisaient point opposition, ils ne crurent pas opportun de pousser plus avant leur manifestation en intervenant de la griffe ou de la dent.

Un des Ronfou qui, par blague, venait de faire le geste de cacher un lièvre sous sa blouse ne fut pas loin pourtant d'écoper sérieusement. Ravageot, peu patient, sauta sur ses quatre pattes, se campa fermement devant lui, la tête haute et la gueule ouverte, et les autres, prompts à venir à la rescousse, se préparèrent, non moins énergiquement, à lui prêter mâchoire forte.

— Si tu te fais pincer, tant pis pour toi, prévint Philomen, dégageant ainsi leur responsabilité.

— Bougre, c'est qu'ils n'ont pas l'air commode! répliqua l'autre en remettant le lièvre ; ils ne sont pas comme le vieux notaire d'Epenoy qui, lorsqu'on le traitait de voleur, et ça arrivait souvent, répondait qu'il entendait bien les « rises [1] ».

— Si on allait à la soupe ? proposa Lisée.

On ramassa sans incidents les lièvres pendant que Pépé payait les apéritifs et l'on se rendit à la maison de la Côte où la Guélotte, pestant intérieurement, mais faisant contre mauvaise fortune bon cœur, avait tout de même préparé un repas substantiel et soigné.

Une soupe aux choux dans laquelle avait cuit un jambon ouvrait le déjeuner, le dîner comme on dit à la

1. Rises : plaisanteries.

campagne, auquel on fit honneur avec le robuste appétit que procure toujours une marche mouvementée de cinq ou six heures en plaine et en forêt.

Vinrent ensuite le plat de choux traditionnel avec le jambon, un ragoût de mouton aux carottes, puis le civet, magistralement réussi et qui provoqua les félicitations générales des convives. La Guélotte tout de même fut flattée dans son amour-propre de cuisinière, elle rougit de plaisir et Lisée, diplomate, en profita pour lui demander si les chiens avaient eu à manger, à quoi elle répondit qu'elle allait sans tarder leur donner leur soupe.

Cela se termina par un poulet et de la salade. Un morceau de gruyère et quelques biscuits précédèrent le café.

Miraut ainsi que Fanfare, Bellone et Ravageot reçurent quantité d'os, croûtons, couennes, peaux, reliefs, qu'ils avalèrent consciencieusement, et on ne leur ménagea point non plus les éloges dithyrambiques, la vendange de Philomen ayant beaucoup échauffé l'enthousiasme des quatre amis.

Tous racontèrent des histoires de chasse et de chiens, plus merveilleuses et plus magnifiques les unes que les autres ; ils s'en ébaudissaient franchement, mais nul d'entre eux n'émit le moindre doute sur leur authenticité ou leur vraisemblance : si, entre chasseurs, on n'a pas la foi, qui est-ce qui l'aura ? Enfin, après le café et le pousse-café, la rincette, la surrincette et le gloria, on leva le siège pour permettre à la Guélotte de débarrasser la table et l'on s'en fut, d'un commun accord, jouer la bière aux quilles.

On joua plusieurs bouteilles qu'on but et on en but d'autres encore, on but beaucoup. Quand on fut las de bière, on essaya des pousse-bière, et puis on reprit l'apéritif. Nonobstant cette dernière absorption, on n'avait pas extrêmement faim quand on revint manger le bouillon chez Lisée. Mais on but tout de même et quand le gros et Pépé, leur lièvre dans la carnassière, reprirent vers la minuit, l'un la route de Rocfontaine, l'autre le chemin de Velrans, lesdites voies n'étaient pas assez larges pour contenir leurs pas chancelants.

Malgré l'offre pressante qu'on leur fit de coucher à Longeverne, ils refusèrent dignement et, guillerets, partirent, leurs chiens reposés gambadant autour d'eux, en beuglant à pleins poumons de vieilles chansons de chasse aux airs bien connus :

N'entends-tu pas la biche dans les bois.

Ou encore, et c'était Pépé qui poussait ce refrain :

Et dans le lit de la marquise
Nous étions quatre-vingts chasseurs !

CHAPITRE III

Au cours des chasses qui suivirent et dont plusieurs furent mémorables, Miraut, aidé des conseils de son maître, ou guidé par l'exemple de Bellone, ou inspiré par son flair supérieur et sa presque infaillible initiative, apprit bien des ruses et des ficelles de son métier de courant.

Il sut ainsi qu'il ne faut jamais perdre son temps à « ravauder » en plaine, sur un pâturage, qu'il faut immédiatement chercher la rentrée ; ce fut Lisée qui le lui enseigna et il se rendit très vite compte que son maître avait raison, puisqu'il manquait rarement de débusquer l'oreillard quand il suivait docilement ses conseils ou ses ordres. Il apprit à aller doucement derrière les levrauts qui ne vont jamais loin, mais zigzaguent, contournent, cabriolent, se font rebattre et vous obligent, pour les suivre sans faute, à prendre cent fois plus de précautions qu'avec les grands bouquins et les vieilles hases. Il sut que tous les capucins, pour quitter les chemins qu'ils suivent quand ils veulent se faire perdre, font de grands sauts et retombent les quatre pieds réunis et lorsqu'il lui arriva de se trouver perplexe dans ce cas chenilleux, Bellone lui enseigna à rebattre à droite, puis à gauche de la route pour retrouver le nouveau sillage. De même les doublés et les pointes ne l'embarrassèrent qu'au début et ce fut encore la chienne qui lui enseigna à décrire autour du point où les pistes se mêlent un ou plusieurs cercles de rayons variables afin de retrouver la nouvelle. Il n'ignora pas longtemps que certains lièvres, audacieux et roublards, longent quelquefois une haie d'un côté, puis reviennent de l'autre, parallèlement au chien qui ne s'en doute guère et repassent en le narguant à deux pas de lui ; aussi eut-il, en même temps que le nez, l'œil et l'oreille au guet quand d'aventure il se trouva dans ce cas.

Il apprit qu'au coup de fusil un chien de chasse, un vrai bon chien, doit tout lâcher pour filer à vertigineuse allure auprès du maître qui a tiré, car un chasseur, quand donnent les chiens, ne doit faire feu que sur un gibier d'importance et il faut que son collaborateur à poil soit là tout de suite pour l'aider, le cas échéant, à poursuivre et prendre ou achever ou retrouver la pièce tuée ou blessée par son plomb. Il sut distinguer, dans la voix de la corne, le coup long, qui hèle le confrère éloigné, du roulement qui le rappelait, lui ou Bellone ou Ravageot ; il apprit et très vite, en chassant avec la chienne sa compagne, à reconnaître les coups de gueule qui indiquent que le fret est bon ou médiocre ou mauvais. Il sut aller à la voix comme un vieux soldat marche au canon et cette habitude, avec les camarades, devint bientôt réciproque.

Bref, il devint un bon chien et il fallait que les matins fussent bien mauvais, que le fret fût insignifiant, que le canton fût bien pauvre en gibier pour qu'il n'arrivât pas à débrouiller coûte que coûte une piste et à lancer un capucin.

Sa tactique varia selon que les maîtres étaient avec eux ou qu'il se trouvât être seul avec Bellone, car il lui arriva souventes fois, quand les patrons n'avaient pas le temps, de partir soit tout seul, soit de compagnie avec la chienne.

Les bons cantons, les bons endroits lui devinrent familiers ; au bout de quelques chasses, il connut même personnellement, si l'on peut dire, certains oreillards qu'il devait certainement distinguer des autres à leur fret particulier, à un détail odorant insensible à tout autre qu'à lui, de même que Lisée, son maître, reconnaissait le citoyen en question au gîte choisi ou au domaine bien délimité qu'il occupait depuis longtemps.

Un bon chien doit toujours ramener son lièvre au canton du lancer ; Miraut, bon gré mal gré, après des circuits plus ou moins longs, ne perdit jamais la piste et, sauf des cas exceptionnellement rares, il ramena presque toujours dans la direction que devait occuper Lisée le capucin qu'il courait.

Maints lièvres pourtant lui donnèrent du fil à retordre, car au bout de peu de semaines, les adultes, les lièvres d'un an, forts de l'expérience d'une chasse, n'ignorèrent plus qu'ils avaient affaire à forte partie.

Dès qu'ils entendaient à proximité de leur gîte le timbre du grelot ou les éclats de voix de Miraut, ils n'attendaient point qu'il vînt les dénicher, trop certains qu'il y parviendrait tôt ou tard malgré les savantes précautions de la remise. Et, en grand mystère, fort silencieusement, ils se dérobaient, oreilles rabattues, pattes allongées, filant droit devant eux, pour gagner le plus possible de terrain et aller très loin, très loin, préférant les aléas d'une poursuite et d'une course en pays inconnu, au hasard d'un retour dangereux souvent marqué, pour les camarades, par le tonnerre éclatant et mortel d'un inopiné coup de fusil.

Miraut les suivit quand même et malgré tout, patient et fort, avec l'acharnement du vrai limier. Il les retrouvait dans leurs remises lointaines, les relançait de nouveau, les poursuivait jusqu'à épuisement et, comme il était robuste, malheur au lièvre dont les pattes n'étaient pas bonnes, dont les jarrets n'étaient pas d'acier, dont les ruses n'étaient pas originales et infaillibles. Tôt ou tard, Miraut arrivait à lui, lui cassait l'échine et le dévorait.

Cela ne traînait guère. La course l'avait affamé, la poursuite si longue, en le fatiguant, l'avait enfiévré et mis en rage et, du ventre ouvert de la victime, les tripes chaudes sortaient bientôt qu'il avalait presque sans les mâcher. Il léchait le sang avec soin puis broyait les côtes sous ses dents, dépiautait le râble musculeux et passait au train de devant. Souvent il abandonnait la tête pour revenir, quand sa fringale n'était pas apaisée, aux cuisses de derrière fermes et charnues qu'il déglutissait jusqu'à la dernière bouchée. Il se flanqua ainsi des ventrées gargantuesques à la suite desquelles, l'estomac garni, la peau du ventre tendue, il reprenait d'un trot alourdi, après s'être préalablement orienté, le chemin de Longeverne. Il suivait rarement les grandes routes et les voies importantes, préférant, sous bois, les petits sentiers, ou, en rase campagne, l'abri des haies et des murs, le couvert des récoltes, pour se dissimuler aux regards des inconnus malveillants. Car Miraut n'ignorait pas que certaines femelles, genre Guélotte, sont toujours à craindre et qu'il ne faut point, en dehors de son village, se fier aux sales moutards de tout sexe qu'un honnête chien comme lui ne peut décemment effrayer ni mordre et qui profitent lâchement de votre bonté pour vous flanquer, eux, toutes sortes de projectiles sur le dos ou dans les pattes.

Dans les débuts, lorsque son lièvre était trop gros, Miraut, une fois repu, abandonnait le reste; plus vieux, avec l'expérience et les leçons de la faim, il dut réfléchir sans doute et conclure que cette pratique était tout simplement stupide; dès lors, quand il ne mangea pas tout, il rapporta à sa gueule, du côté de Longeverne, le quartier de derrière de sa prise.

Bien malins eussent été ceux qui l'auraient attrapé dans ces cas-là. Souvent pourtant il fut poursuivi par des hommes, mais il savait fort à propos prendre le pas de course, se défiler derrière les haies, doubler les murgers et les buissons touffus et gagner la forêt, refuge absolument inviolable aux voleurs à deux pattes.

Arrivé à quelque cinq cents mètres du village, dans un champ de pommes de terre le plus souvent, là où la terre est plus meuble que partout ailleurs, il creusait un trou, y enfouissait sa bidoche qu'il recouvrait avec soin, puis rentrait à la maison paisiblement. Le jour suivant ou le surlendemain, il venait la reprendre dès que son estomac réclamait, car la Guélotte, qui l'avait toujours en grippe, oubliait assez souvent, les lendemains de fugue, de lui tremper sa soupe, si Lisée d'aventure ne l'en priait pas énergiquement.

Le chasseur ne soupçonnait pas son chien de tant de roublardise. Il fut littéralement ébahi le jour où il le surprit en train de s'offrir, en guise de goûter, un succulent râble d'oreillard. Miraut, cependant, ne fut pas le moins ennuyé de la découverte, car son maître, jugeant que son compagnon avait eu largement sa part, lui reprit sans façons aucune son quartier de lièvre et, après l'avoir lavé, le fit mettre à la casserole. Ce fut une leçon et le chien, à dater de cette heure, prit bien soin de se dissimuler quand il se rendit à ses caches.

Les prises toutefois ne couronnaient pas chaque poursuite et, plus souvent qu'il ne l'eût désiré, Miraut, après une journée exténuante, rentra à la maison, harassé et vide. Ces jours-là, sa patronne hurlait, car on ne pouvait pas, disait-elle, rassasier la « viôce ». Cependant les lièvres finissaient fatalement par avoir le dessous.

Il y eut pourtant un oreillard qui, toute une saison, se paya la tête de Lisée et de son chien, un vrai sorcier que ce cochon-là, jurait le braconnier, et Miraut le connaissait bien, lui aussi, cet impayable animal.

C'était un vieux bouquin, prince sans doute des capucins de Longeverne et d'ailleurs, qui, certain jour, on ne sait pourquoi ni comment, était venu élire domicile dans un coin touffu du Fays, au centre d'un labyrinthe de sentiers, de tranchées, de chemins et d'autres voies plus ou moins frayées.

La lutte commença un beau matin givré de novembre que la terre sonnait sous le talon où le limier trouva son fret à cinquante sauts de son gîte et, sans perdre de temps, vint, après quelques coupes savantes, lui fourrer sans façons le nez au derrière.

Le vieux coureur des bois comprit qu'il avait affaire à un maître et, bondissant de son gîte, allongé de toute sa longueur, ventre à terre, yeux tout blancs, moustaches brandies, fila, tandis que la bordée coutumière de coups de gueule suivait son déboulé.

Miraut, si bien découplé qu'il fût, ne put longtemps le suivre à vue, car le courte-queue, qui n'ignorait sans doute rien de l'homme et de ses coups de fusil, avait grand soin pour se défiler de profiter de tous les abris et de tous les couverts utilisables. Au bout de cinq minutes de ce train d'enfer, l'aboi du chien était à plus d'un kilomètre derrière lui... il avait le temps.

Le capucin fit des pointes, des doublés, des crochets, puis, après un raisonnable détour, suffisamment long pour dérouter un moins habile que son poursuivant, il redescendit l'un des chemins qui menait au bas du Fays, à la croisée de toutes les voies où ces imbéciles d'humains venaient généralement attendre ses congénères, mais où il se gardait bien de jamais passer.

Dès qu'il arriva à deux ou trois portées de fusil de ce poste dangereux, il s'arrêta, s'assit sur son derrière, tourna les oreilles dans la direction des quatre vents, pissa un coup, ressauta au bois, fila vers le haut des jeunes coupes et disparut.

Lorsque Miraut, qui n'avait point perdu de temps aux doublés du citoyen, arriva quelques instants après, qu'il eut repris la piste coupée et l'eut suivie jusqu'au haut des jeunes coupes, hors du fossé du bois, il trouva quelques pointes qu'il ne suivit pas selon sa vieille tactique, mais il tourna tout alentour de l'endroit pour retrouver la bonne piste et ne trouva rien. Il raccourcit le diamètre de son cercle : rien encore ; il le doubla : toujours rien ; il suivit l'une après l'autre toutes les pistes, plus de fret. Alors, ahuri et furieux, Miraut jappa, gueula, brailla, hurla comme jamais il n'avait fait, et Lisée, étonné grandement, vint le rejoindre, ahuri lui aussi de voir pour la première fois en défaut ce chien admirable, cette maîtresse bête, ce nez extraordinaire, ce roublard des roublards.

Il n'y avait point de buisson dans la plaine et la coupe, récemment nettoyée, était tondue comme un champ d'éteules. Le chien et l'homme longèrent des deux côtés le mur d'enceinte, pierre à pierre, abri par abri ; ils visitèrent le pied de tous les arbres qui demeuraient : baliveaux, chablis, modernes, anciens ; rien, rien, rien !

Ils s'en allèrent bredouilles.

Deux jours après, Miraut vint relancer son animal que Lisée cette fois attendit sur le chemin où il était passé le premier jour, mais l'oreillard en prit un autre et vint se faire perdre, tout comme l'avant-veille, au même endroit.

Deux jours après, cela recommença :

— Ne te bute donc pas, disait Philomen à Lisée qui lui proposait de l'accompagner dans sa chasse à ce phénomène unique en son genre. Je le connais, ce salaud-là, c'est-à-dire que je n'ai jamais pu le voir, mais je l'ai chassé, on ne lui peut rien.

Lisée s'entêta. Et chaque matin qu'il eut de libre, ils retournèrent, lui et Miraut.

A la fin, dès le lancer, il monta à ce poste extraordinaire afin d'en avoir le cœur net. Ce jour-là, le lièvre, qui était assez vieux pour ne pas se fier seulement à son oreille, mais qui savait aussi sans doute voir un peu et renifler, approcha bien de la coupe, mais il n'y entra point et alla se perdre loin, loin, très loin, au tonnerre de Dieu, comme disait le chasseur.

Et toute la saison ils s'acharnèrent, lui et Miraut, à poursuivre ce lièvre fantôme, ce capucin sorcier que personne n'avait jamais pu joindre ni voir, qui crevait les chiens les plus forts et roulait les meilleurs. Mais chaque fois que Lisée montait en haut de la coupe, le lièvre n'y venait pas et chaque fois qu'il se postait ailleurs, Miraut hurlant de rage et fou, l'œil hors de l'orbite, le poil hérissé, venait le perdre là et s'en retournait, la tête basse et la queue entre les pattes, malade de dépit et de fureur, vers son maître Lisée qui sacrait bien de toute sa gorge comme un bon braco qu'il était mais n'y pouvait rien tout de même.

Enfin un jour de février, la chasse étant close depuis une quinzaine et lui n'ayant pas son fusil, Lisée, à deux cents pas de l'endroit, caché derrière un gros chêne, eut la clef de l'énigme.

Le cœur tapant d'émotion, il vit son oreillard sauter du bois, faire ses doublés et ses pointes, revenir à son centre d'opérations et d'un seul saut bondir en l'air, d'un élan fou, comme s'il escaladait le ciel pour retomber. Ah ! ça ! — la coupe était nette — où donc était-il retombé ? Lisée, de derrière son arbre, écarquillait les quinquets : le lièvre avait disparu.

Celle-ci, par exemple, elle était forte !

Miraut en râlant de rage, car ce n'étaient plus des abois qu'il poussait, arriva juste à pic pour se trouver nez à nez avec son maître. Celui-ci sûr — ou presque — de n'avoir pas eu la berlue, et blême d'émoi, regardait de nouveau par tout le sol, examinant méthodiquement chaque pouce de terrain où son gibier aurait pu se trouver.

Ce devait être au pied de cette souche. Mais non, rien ; il fallait qu'il se fût envolé dans le ciel. Lisée le braco, Lisée le mécréant, pâlit presque et trembla un peu ; ses regards, instinctivement, quittèrent le sol pour interroger l'azur et... ah ! sacré nom de Dieu !...

Au sommet de la vieille souche pourrie, dédaignée par les bûcherons, à quatre ou cinq pieds au-dessus du sol, entre quelques rejets gris comme le dos du capucin qui se fondait entièrement avec eux, son « asticot », aplati, immobile, les oreilles rabattues, sans souffle, n'émettant aucune odeur et, bon Dieu ! aussi souche que la souche elle-même.

Que de fois le braconnier, son fusil à la main, avait passé à un pas de lui, inspectant le pied de la souche sans songer le moins du monde à regarder dessus : on dit tant que les lièvres ne font pas leur nid sur les saules.

— Ça t'apprendra, idiot, rageait-il, à sortir sans ton flingot sous ta blouse.

Il ramassa un rondin pour en asséner un coup sur le râble de l'oreillard ; mais l'autre, qui n'avait jamais bronché les fois d'avant, ce jour-là, avant que Lisée eût levé le bras… frrrrt… se détendit comme un ressort, repartit d'un train d'enfer avec Miraut à ses trousses, Miraut qui le chassa tout le reste de la journée, mais ne le ramena point et ne rentra pas non plus de la nuit.

CHAPITRE IV

Plus furieux, plus acharné que jamais, Miraut avait suivi la chasse avec une ardeur décuplée par les vieilles colères et la haine enracinée avec les poursuites vaines d'auparavant. Mais il était écrit sans doute que ce lièvre-là porterait malheur à ses chasseurs.

Il le suivit loin, loin, très loin, toujours donnant, toujours gueulant, toujours hurlant, bien au-delà des cantons qu'il avait parcourus jusqu'ici, même au cours de ses randonnées les plus folles et les plus hasardeuses.

Ce lièvre-là avait un jarret de fer. Les bûcherons de divers villages racontèrent ce soir-là, à la veillée, qu'ils avaient vu ou entendu passer une chasse, une chasse extraordinaire avec un grand lièvre haut comme un chevreuil et un grand chien qu'ils ne connaissaient point. Des gardes en tournée s'émurent de ce bacchanal insultant et prolongé et voulurent, mais en vain, essayer de cerner ce chien qu'ils ne connaissaient point davantage : tous perdirent leur temps.

Miraut traversa des bois nouveaux, des coupes

particulières, sauta des fossés, franchit des ruisselets, coupa des routes et des sentiers mais ne rejoignit point son oreillard qu'il perdit enfin dans un terrain singulier et bizarre, fort loin de son canton, en plein marais inconnu.

Le soleil commençait à décliner quand il s'aperçut que son estomac criait famine, que ses pattes devenaient raides et qu'il se trouvait loin du logis.

Il jugea prudent aussitôt de faire demi-tour, s'orienta, flaira le vent, et au petit trot s'ébranla le nez en quête de quelque vague os à ronger, quelque proie facile à conquérir ou toute autre pitance, plus ou moins délicate, mais propre à lui remplir un peu le ventre.

Il rejoignit un chemin dont il suivit les accotements et bientôt un village se présenta. Il l'évita en faisant un prudent contour, trouva une ou deux taupes crevées qu'il dévora et continua sa route de son trot soutenu.

Après une randonnée assez longue au cours de laquelle il contourna ainsi divers pays, hameaux ou communes, il arriva au crépuscule dans un village qu'il lui sembla reconnaître pour y être déjà venu avec Lisée et pour ce qu'il y avait une rivière à traverser.

Craignant l'eau très froide en cette saison, croyant pouvoir se fier à l'ombre croissante pour franchir sans encombre cette agglomération mal connue et peut-être dangereuse de maisons et d'humains, il s'engagea dans la rue principale et, longeant les murs, se rasant autant que possible, s'avança rapide, inquiet et prudent, afin de gagner promptement le petit pont de pierre et passer l'eau ainsi sans se mouiller les pattes.

Il allait toucher au but lorsqu'une clameur d'enfants

qui jouaient et se poursuivaient en venant à sa rencontre l'arrêta et le contraignit à se dissimuler quelques minutes derrière un fumier qui se trouvait à proximité.

C'était l'heure de la sortie de la prière : quelques femmes pressées passèrent vivement avec leur coiffe, leur caule, noire ou blanche sur la tête et leur paroissien à la main ; puis ce furent les gosses qui arrivèrent sur le pont et s'amusèrent à lancer des cailloux pour faire des ricochets dans l'eau.

L'un d'eux, tout à coup, s'écria : il venait d'apercevoir Miraut qui les épiait, tendant le cou prudemment, hésitant, crotté, hérissé, affamé, efflanqué, misérable à la fois et lugubre.

— Un chien !

— Un sale chien qui n'est pas d'ici, ajouta un deuxième.

— Peut-être un chien enragé, émit un troisième ; ciblons-le !

Immédiatement, les beaux cailloux plats qui devaient glisser sur l'onde s'abattirent en une gerbe écrasante dans la direction de Miraut. Sans mot dire, bien qu'il eût été atteint dans le dos, dans les reins et aux pattes, et même un peu partout, le chien vivement battit en retraite au grand galop, poursuivi par tous les gosses, hurlant et gueulant, heureux enfin de pouvoir taper sur quelque chose de vivant et de donner, pensaient-ils, un but utile et même héroïque à leurs coups de frondes.

Le chien traversa tout le village et s'enfuit, longeant les haies et les fossés jusqu'à quelques centaines de mètres des premières maisons où il se cacha, écoutant les clameurs fanfaronnes et menaçantes de ses poursuivants. Le courage de ceux-ci tomba d'ailleurs avec la fin du village et, arrivés à la dernière bicoque, ils s'arrêtèrent, n'osant s'aventurer ainsi parmi les ténèbres en rase campagne.

Très déprimé par sa longue course, par la fatigue et par la faim, apeuré par les cris entendus et les cailloux reçus, Miraut n'osa plus effectuer une deuxième tentative pour arriver au pont. Il jugeait ce pays très dangereux, plein d'embûches et d'ennemis et, malgré la nuit noire et le grand silence qui pouvait cacher des pièges, il resta sur ses gardes. L'idée de traverser la rivière à gué ou à la nage ne lui vint pas : il n'y avait pas de rivière à Longeverne et, comme tous les chiens courants d'ailleurs, Miraut redoutait l'onde et sa fraîcheur traîtresse.

Il erra toute la nuit autour du village, furetant, cherchant, quêtant, grattant de-ci, grattant de-là une nourriture innommable.

Les maigres ressources qu'offraient les champs dépouillés, l'abri des murs ou le couvert des haies, furent vite épuisées, car il n'osait point s'approcher trop près des maisons ni chercher parmi les fumiers. Alors il battit en retraite plus loin et revint vers un autre village qu'il espéra plus hospitalier et dont il se disposait à écumer les alentours. Deux jours s'étaient passés qu'il ne songeait déjà plus, harassé, recru de fatigue, l'estomac et la tête vides, qu'à chercher à manger coûte que coûte. Trois ou quatre jours et trois ou quatre nuits il erra encore ainsi, désemparé, de village en hameau, comme une barque dont le gouvernail est brisé ou fêlé, en ayant bien soin de se dissimuler et de s'enfuir dès qu'il voyait un homme ou une femme et qu'il pouvait supposer que quelqu'un pût se diriger de son côté.

Pendant ce temps, à Longeverne, Lisée se désolait. Il était allé narrer à Philomen sa mésaventure, lui confier ses appréhensions, et son ami qui, le lendemain, lui avait facilement remonté le moral, n'arrivait plus maintenant, fort inquiet lui-même, à le rassurer.

Miraut avait pu tomber dans un piège, se prendre dans un collet comme il était arrivé jadis à un des chiens de Pépé. Traversant une tranchée, le malheureux, en effet, avait passé le cou dans la boucle d'acier destinée à un oreillard, et le jeune foyard plié auquel était relié le nœud coulant, se relevant dans la détente imprimée par la bête, le chien s'était trouvé brusquement pendu en l'air par le cou. Heureusement, le fil avait glissé sur le collier et le chien mal pendu, étranglé à demi, avait pu brailler. Il avait braillé, braillé éperdument durant six heures consécutives. Enfin, les bûcherons des alentours, inquiétés et intrigués par tant de potin, arrivèrent. Ils lui rendirent la liberté et il partit comme un fou. Huit jours durant, il n'arrêta point de secouer la tête comme s'il sentait encore au cou l'étranglement du laiton.

Peut-être aussi que Miraut avait été pincé par des gardes particuliers sur une chasse gardée ! Qu'avaient-ils fait du chien ? Il y a des hommes si lâches. Lui avaient-ils tiré dessus et son cadavre pourrissait-il dans quelque coin, ou simplement, reconnaissant en lui un chien de race, lui avaient-ils retiré son collier pour l'expédier au loin et le vendre à leur profit ?

Il n'était guère admissible que Miraut, en effet, fût quelque part aux alentours, car il serait déjà rentré ou même, s'il s'était réfugié dans une commune quelconque de l'arrondissement, le maire ou n'importe qui aurait fait écrire pour qu'on vînt le rechercher. Il paraissait impossible qu'un confrère ne l'eût pas recueilli alors : ce sont services qui se rendent couramment entre chasseurs et entre braconniers.

Et malgré tout, Lisée espérait toujours que le facteur lui apporterait la lettre annonçant que Miraut, en pension quelque part, attendait sa venue. Il avait fait en vain le tour des villages voisins et maintenant, il guettait impatiemment l'arrivée de Blénoir.

La Guélotte, elle, espérait bien que c'en était enfin fini avec cette charogne et, toute joyeuse, se félicitait en dedans, tout en grognant très haut que c'était bien la peine de dépenser des sous à élever des chiens pour les perdre sitôt qu'ils sont dressés, que ça ne manquait jamais de mal finir et que ces êtres-là, ça n'était que des bêtes à chagrin.

Cependant Miraut, affamé, crotté, apeuré et tremblant, errait craintif au hasard des champs, des prés et des buissons, aux abords des villages inconnus dont il redoutait les populations plus inconnues encore, sans doute dangereuses, perfides et méchantes. Il ne pensait plus qu'à son estomac qui criait la faim, oubliant tout, ne se rappelant peut-être même plus Lisée et sa maison, ne songeant plus à rechercher le chemin bien perdu de Longeverne, aboli ou effacé dans sa mémoire.

Enfin, un beau matin, épuisé, rejeté de partout, n'ayant rien absorbé depuis de longues heures et crotté au point de n'avoir plus, par tout le corps, un poil de propre, le long de la route, à l'entrée d'un village, il eut comme une vision suprême de tout ce qui avait fait son passé : il se souvint de son maître Lisée qu'il n'avait pu rejoindre et qu'il ne reverrait jamais plus sans doute et il se mit à hurler désespérément au perdu.

Assis sur son derrière, l'air minable et désolé, il tendait le nez vers le ciel et poussait un cri, un hurlement long, très long, tragiquement long qui finissait comme un sanglot.

A ce cri de désolation, à ce signal lugubre, tous les chiens du village se mirent à répondre par des jappements précipités de fureur ou de peur et les gamins, attirés eux aussi par ce vacarme insolite, s'approchèrent, à distance respectueuse toutefois, de ce désespoir de bête.

— C'est un chien perdu qui pleure son maître, disait l'un d'eux.

— La pauvre bête !

— Si on lui donnait du pain, proposait un autre.

— Il se sauverait, objectait un troisième.

Dans le village, tout le monde avait entendu la plainte mais si la plupart des gens n'y avaient point prêté grande attention, car un paysan ne s'émeut pas pour si peu, il se trouva toutefois, parmi la population, un vieux braco, le père Narcisse, qui dressa l'oreille à cet appel et pensa différemment de ses concitoyens.

— Tiens, un chien de chasse ! s'écria-t-il.

Et immédiatement il sortit pour voir si d'aventure il

le connaissait, pour lui donner à manger et, s'il avait un collier, chercher à qui il appartenait afin de le rapatrier au plus vite.

Lentement, l'œil allumé, il s'approcha de l'endroit où Miraut, plus désespéré que jamais, hurlait toujours, à cent pas des gosses.

— Restez, petits, recommanda-t-il aux enfants qui voulaient le suivre, restez, vous lui feriez peur.

Il faut croire que certains hommes sont naturellement sympathiques aux bêtes ou que leur sûr instinct, dans la grande détresse, les avertit mystérieusement ; peut-être bien aussi que Miraut, à bout de forces, était résigné à tout. Mais, lorsque Narcisse s'avança, il n'eut pas peur et il sentit en lui un ami.

Dès qu'il fut à portée de voix, l'homme, en effet, lui parla doucement et il savait parler aux chiens :

— Tia, mon petit, tia ! Viens voir ici, mon beau ; voyons, qu'est-ce qu'il y a, voyons !

Et l'homme aborda le chien qui, non seulement n'avait pas fui, mais se tortillait aimablement pour saluer celui qui venait si opportunément à lui.

Le père Narcisse tapota le chien sur le crâne, le gratta sous le cou et sous les oreilles et tout en faisant cela, il se penchait sur le collier. Il lut difficilement la lettre gravée d'un poinçon malhabile sur une méchante plaque de fer-blanc, clouée au cuir par deux rivets : « Lisée, cultivateur à Longeverne », et aussitôt ne put retenir un cri de stupéfaction, car entre chasseurs ou bracos d'une même région on se connaît ; il avait bu assez souvent avec Lisée aux foires de Vercel et de Baume et il connaissait déjà de réputation son brave chien dont Pépé encore lui avait parlé, il n'y avait, parbleu, pas si longtemps !

— C'est Miraut ! s'exclama-t-il.

Entendant son nom prononcé par cet inconnu si sympathique, Miraut, l'œil plein de confiance et de joie, redoubla ses démonstrations d'amitié et, comme l'autre l'invitait à aller avec lui, il le suivit fort docilement à sa maison.

— C'est le chien de Lisée de Longeverne, expliqua Narcisse à ceux qu'il rencontra : il est perdu depuis on ne sait quand et il n'a presque plus « figure humaine de chien », la pauvre bête ; je vais lui faire à manger et écrire un mot à son patron qui doit être joliment en souci.

Le nom de son maître qu'il distingua nettement accrut la confiance du chien qui se remit entièrement entre les mains de son protecteur et n'eut pas à s'en plaindre.

Sitôt qu'ils furent arrivés chez lui, Narcisse fit tremper par sa fille une grande terrine de soupe au lait qu'il offrit immédiatement à son invité et que Miraut lappa jusqu'à la dernière goutte ; pendant ce temps, il lui préparait à l'écurie une litière de paille fraîche et le mena coucher sans plus tarder. Miraut tourna dans la paille pour faire son rond, se lécha copieusement pour une toilette complète et depuis trop de jours négligée, et, propre et confiant, dormit douze longues heures sans plus bouger qu'une véritable souche.

Et le lendemain, Lisée qui, de désespoir, s'arrachait les cheveux et la barbe, jurant que ce salaud de lièvre était sûrement un sorcier qui lui avait fait crever son chien, reçut vers les dix heures une lettre ainsi conçue :

Bémont, le 27 février.

« Mon cher Lisée,

« Je t'envoie ces deux mots pour te dire que j'ai ramassé aujourd'hui ton Miraut qui gueulait au perdu près du " bouillet[1] " du chemin de Chambotte. Il était bien mal foutu. Je lui ai donné à manger et maintenant il roupille au chaud à l'écurie, tranquille comme Baptiste. Viens le chercher quand t'auras un moment.

« Ta vieille branche,

« NARCISSE.

« P.-S. — J'en ai tué dix-sept cette année. Et toi ? »

Sitôt qu'il eut lu, Lisée, ne fit qu'un saut jusque chez Philomen, pour le rassurer et lui conter en deux mots la bonne nouvelle ; mais il ne s'attarda guère et immédiatement refila chez lui s'apprêter, car il voulait partir le jour même, et il y a une assez longue trotte de Longeverne à Bémont.

S'étant sustenté d'un reste de soupe, d'un bout de lard avec du pain et d'une chopine de piquette, s'étant par précaution muni d'une laisse au cas où il aurait rencontré des gardes peu commodes ou des cognes chatouilleux sur les règlements, il s'embarqua le bâton

1. Bouillet : corruption de gouillas, petite mare.

à la main et marcha d'un pas alerte dans la direction de Bémont.

En passant à Velrans, il fit part à Pépé de l'aventure et celui-ci ne le retint qu'une petite minute, le temps juste de lamper une goutte, car il comprenait fort bien l'impatience de son ami. En traversant Orcent, le chasseur apprit en effet qu'on avait, une huitaine auparavant, aperçu un sale chien crotté à qui les gamins avaient fait rebrousser chemin quand il avait voulu passer le pont ; mais personne n'en avait entendu reparler et nul ne savait à qui il était ni d'où il partait ; on pensait bien que, depuis le temps, il s'était retrouvé.

Quand il arriva chez Narcisse, Lisée s'était déjà tout expliqué ou presque tout : Miraut, épouvanté au passage du pont, n'avait osé revenir et avait erré, Dieu savait où, jusqu'à ce qu'il fût recueilli par son fidèle camarade.

Narcisse lui serra la main avec effusion. C'est toujours une joie pour deux chasseurs de se rencontrer lorsqu'ils n'ont, comme c'était le cas, aucune raison de se jalouser l'un l'autre.

— Attends, proposa-t-il, on va voir s'il te reconnaîtra à la voix : je vais passer près de lui à l'écurie, et dès que j'aurai refermé, tu blagueras fort.

Dès qu'il eut fait comme il avait dit, Lisée se mit à parler et Miraut, qui se laissait câliner par Narcisse, dressa l'oreille subitement ; puis, ayant écouté à deux reprises, debout, les yeux brillants, il se précipita violemment vers la porte qu'il se mit à gratter avec frénésie, aboyant et pleurant pour qu'on la lui ouvrît bien vite.

— Ah ! ah ! s'écria en riant Narcisse, il est là et on le reconnaît ! Oui, mon beau, tu vas le revoir.

Et, ayant ouvert la porte, il vit Miraut se précipiter sur Lisée, jappant, pleurant, aboyant, léchant, se frôlant, lui sautant à la poitrine, aux épaules, lui mordillant les doigts, lui mouillant les mains, lui peignant la barbe, battant du fouet, se tordant et se retordant de joie, tandis que son maître, de bien bon cœur, une petite larme au coin des paupières, riait de plaisir lui aussi.

Narcisse, en détail, conta alors comment il avait recueilli Miraut et voulut absolument que son visiteur se restaurât : il avait fait cuire une saucisse à son intention et avait même en outre gardé au fond d'une casserole certain fricot dont Lisée tout à l'heure lui donnerait des nouvelles.

Les deux hommes se mirent à table suivis de Miraut qui, maintenant, ne quittait plus son maître d'une semelle et, tout le temps qu'il resta assis, demeura auprès de lui, le museau sur sa cuisse, ne cessant de le regarder et n'arrêtant de lui moduler des tendresses que pour happer au passage des bouts de peau de saucisse et les croûtes de pain qu'on lui jetait de temps à autre.

— Tiens, insistait Narcisse, prends-moi un mor ceau de ce... lapin.

— Ce n'en est pas un que tu as élevé, remarqua Lisée en se servant. Où l'as-tu rasé ?

— A l'affût, il y a quatre ou cinq jours, du côté de Chambotte : il n'a pas rebougé sur mon coup de fusil.

Là-dessus, les deux compères se mirent à conter l'histoire de tous leurs oreillards de l'année et Lisée en fut amené forcément à parler de son salaud de lièvre sorcier, lequel avait failli porter malheur à Miraut, un brave chien qui avait d'extraordinaires qualités de lanceur et n'avait pas son pareil pour tenir les bouquins des journées entières.

— C'est rare, des chiens comme le tien, avoua Narcisse avec admiration. Moi, j'ai un petit basset qui ne va pas trop mal ; il est avec mes garçons, sans quoi je te l'aurais montré, mais tu sais, à bon chasseur, bon chien ! Mets ton Miraut entre les mains d'un « calouche », je ne dis pas qu'il deviendra mauvais tout à fait, mais il se gâtera sûrement : pour avoir un bon chien, il faut tuer devant lui et souvent. J'ai connu, moi, un vieux braco d'Auvergnat qui est mort maintenant : il s'était bâti une petite baraque sur le communal et s'appelait Mélo. Jamais je n'ai vu tel écumeur ; eh bien ! mon ami, en fait de chiens, ce gaillard-là n'avait jamais que des bâtards de roquets de rien du tout à qui nul ne faisait attention, les gardes et les gendarmes moins que personne. Ces roquets-là te trouvaient aussi bien les lièvres que n'importe qui : c'est que Mélo savait les dresser. Je me souviens même d'un de ses derniers, un vague roquet tout noir qu'il appelait Vaneau. Un jour, descendant une tranchée tous les trois, son chien, lui et moi, le Vaneau a trouvé un fret et, en rien de temps, il est allé dégoter au gîte le citoyen. Naturellement, il lui a sauté dessus aussitôt, mais il avait affaire à un grand bouquin et le chien était si petit que le lièvre l'a emporté sur son dos pendant plus de cinquante mètres et qu'il a fini par se faire lâcher. Tiens, Pépé est comme ça : donne-lui un loulou, un ratier, il t'en fera un chien d'arrêt ou un courant, il a le don, mon vieux. Les chiens, ça ne se manie pas n'importe comment et nous savons les prendre, nous autres, mais pas comme lui tout de même. Toi, tu as une bête exceptionnelle ; aussi tu parles si je l'ai ramassé vivement quand je me suis aperçu que c'était le tien.

— Je ne sais vraiment comment te remercier, mon vieux ; c'est un service qu'on n'oublie pas.

— C'est un service qui se doit entre chasseurs. Si les gens d'aujourd'hui n'étaient pas si égoïstes et si méchants, il n'aurait pas attendu huit jours avant d'être recueilli.

— Tu me diras au moins combien je te dois pour la pension.

— Est-ce que tu plaisantes, par hasard ? Tu aurais le toupet, toi, de me faire payer, si la chose m'était arrivée.

— Oh ! mon vieux, peux-tu croire ?

— Eh bien, alors, fous-moi la paix ! tu paieras un verre quand je passerai à Longeverne ou qu'on se rencontrera à la foire.

— D'accord, mais on va d'abord prendre quelque chose à l'auberge.

— Il n'y a pas d'auberge à Bémont et nous sommes très bien pour boire ici. J'ai du vin à la cave et pas de femme pour nous engueuler. Je suis veuf, mon vieux, et mes enfants sont grands : la fille s'occupe du ménage et les garçons sont à la coupe, ils ont voulu être bûcherons cette année.

N'ayant rien de mieux à faire, les deux camarades continuèrent à boire en se narrant des histoires de chiens.

Comme le jour baissait, Lisée partit enfin, mais les émotions, de même que le vin, avaient de beaucoup diminué la souplesse de sa démarche et la vivacité de son pas.

En cachette, il glissa à la jeune fille une pièce de cent sous pour la remercier d'avoir fait la soupe à son chien, serra à plus de vingt reprises les mains de Narcisse, qui lui fit un bout de reconduite, et revint vers Longeverne avec Miraut sur ses talons.

Toutefois, pour ne pas faire mentir le proverbe : « Qui a bu boira » il ne manqua point de s'arrêter au bistro d'Orcent où il qualifia de sauvages les indigènes et, en passant à Velrans, il fit également payer quelques bouteilles à l'ami Pépé.

La Guélotte ne le revit que vers une heure du matin, aussi saoul que le soir de l'entrée de Miraut dans la maison. Connaissant sa capacité et sa résistance à l'ivresse, elle jugea de ce qu'il avait dû avaler et, par contrecoup et conséquence, de l'argent qu'il avait probablement dépensé. Alors, après les avoir invectivés violemment tous deux, elle jura à son époux qu'elle foutrait le camp de la maison puisque cette sale charogne de « viôce », non contente de lui faire toutes les misères possibles, était encore un prétexte à saoule rie pour son arsouille de patron.

— Comme s'il n'avait déjà pas assez d'occasions sans ça !

CHAPITRE V

Il s'écoula un assez long temps avant que Lisée, son fusil cassé en deux sous sa blouse, ne se hasardât à ressortir seul ou avec Miraut.

Occupé à la maison aux mille et un travaux de l'hiver et du commencement de printemps, ils passaient de longues heures en compagnie l'un de l'autre, le maître bricolant à la grange ou à l'écurie, arrangeant un râtelier, réparant une crèche ou travaillant à son établi à fabriquer des râteaux et des fourches, le chien le suivant comme une ombre fidèle, sommeillant à ses côtés ou le regardant en silence.

De temps à autre, par besoin de causer, Lisée prenait son compagnon à témoin de ce qu'il venait de faire, lui exhibait un cornon ou une queue de fourche bien réussis, en disant :

— Hein, mon vieux Mimi, c'est-t'y de la belle ouvrage ! A quoi le chien répondait soit en bâillant et en montrant une gueule immense, soit en se levant battant du fouet et se frottant contre son pantalon, dans l'espoir, vainement formulé, qu'on irait enfin se dégourdir les pattes et faire un petit tour.

Quelquefois, Mitis ou Moute, au cours d'une chasse, passaient par-là, marchant prudemment ainsi qu'il convient à de prudents traqueurs sur le sentier de la guerre ; ils venaient se frôler contre Miraut, faire un gros dos et un ronron, se laissaient lécher ou pucer, puis repartaient.

On vivait enfin dans la maison des jours de paix. La Guélotte avait presque désarmé, mais elle avait exigé de Lisée qu'il couchât à la chambre haute dès le lendemain de sa rentrée de Bémont ; son cochon d'homme, ce soir-là, n'avait-il pas eu le toupet de faire coucher le chien au pied du lit ! Le lendemain, en arrangeant la chambre, elle s'en était aperçue au poil collé sur la couverture et à la crotte qui décorait la courtepointe.

Lisée avait convenu qu'il avait, en effet, peut-être eu tort, mais afin qu'un tel fait ne pût se reproduire, Miraut, chaque soir, était, pour plus de sûreté, relégué à la remise.

Pourtant, de temps à autre, après le déjeuner, le patron montait assez régulièrement « faire son midi », c'est-à-dire piquer un petit somme avant de se remettre à la besogne. Il aurait bien aimé garder Miraut auprès de lui et, quand la patronne était au village, le faisait toujours monter ; mais lorsqu'elle se trouvait là, il ne disait rien, regardait son chien d'un air ennuyé et montait seul se reposer.

Miraut s'ingénia à le rejoindre malgré tout. Deux choses malheureusement le gênaient beaucoup pour réaliser son désir : d'un côté, le grelot qu'il portait toujours et qui, lorsqu'il marchait, signalait sa présence ; de l'autre, les portes à ouvrir. Un jour, cependant, son maître étant couché et la patronne venant de partir en commission, il réussit, frappant de la patte les loquets et poussant du museau, à ouvrir chacune des deux portes. Pour celle du bas qui ouvrait de dedans en dehors, cela fut assez facile et, le loquet pressé, elle céda sous la poussée de ses pattes ; il fut arrêté plus longtemps à celle du haut de l'escalier qui s'ouvrait de la même façon, mais pour laquelle il se trouvait en dehors. Il avait beau taper sur le levier, sur la ticlette, comme on dit là-bas, et bourrer du poitrail, rien ne s'ouvrait ; enfin il fourra son nez entre le chambranle et le montant, s'effaça de côté et découvrit le procédé qu'il n'eut garde d'oublier.

Lisée, ronflant formidablement, fut tout à coup surpris de sentir une langue douce et chaude lui laver les mains et le nez : il en ouvrit tout grands les quinquets, reconnut Miraut, jeta un coup d'œil inquiet sur l'escalier, craignant l'irruption soudaine de sa tendre épouse, mais n'entendant aucun bruit et rassuré, il se laissa aller pleinement à l'attendrissement et à la joie de penser que son brave chien avait trouvé tout seul et malgré sa femme le moyen de le rejoindre.

Il le laissa monter sur le lit, le caressa et lui parla tandis que Miraut, jappotant, riant et causant lui aussi, témoignait à sa manière sa bonne affection et son amitié à son maître.

Toutefois, prudemment, avant que sa femme ne fût de retour, il redescendit avec son camarade après avoir eu bien soin d'effacer sur le lit, autant que possible, toutes les marques du passage de la bête. Et tout l'après-midi il eut, devant la Guélotte, un air triomphant et narquois dont l'autre s'intrigua fort à chercher les causes qu'elle ne parvint point à découvrir.

Dorénavant, dès que la patronne s'absenta de la chambre du poêle, Miraut monta lui aussi faire la sieste en compagnie de Lisée et le chasseur riait de bien bon cœur lorsqu'il l'entendait au pied du lit se ramasser pour l'élan.

— Roulée, la vieille ! rigolait-il.

Un jour pourtant, que la femme ne quittait pas la maison, Miraut profita d'un instant pendant lequel elle passait à la cuisine pour entrebâiller la porte du bas de l'escalier et se faufiler vivement derrière. La femme, préoccupée, revenait sans faire attention à lui et ne pensait d'ailleurs guère à le surveiller. Alors, avec des précautions infinies pour ne pas que le grelot sonnât, il monta l'escalier, à pas feutrés, la tête immobile et le cou tendu, ouvrit avec non moins d'habileté silencieuse la seconde porte, grimpa sur le lit et vint se coucher en rond aux pieds de son maître où il ne dormit que d'un œil tandis que Lisée, lui, pionçait plus bruyamment.

La Guélotte n'avait rien vu ni entendu : ce fut le ronflement de Lisée qui, l'heure d'après, les trahit. Trouvant qu'il prolongeait par trop sa méridienne, elle s'en fut le réveiller sans songer trop à s'épater de trouver cependant toutes portes ouvertes.

— Tas de cochons, piailla-t-elle en apercevant les deux dormeurs !

Lisée se frottait les paupières, tandis que Miraut,

très inquiet, les yeux arrondis, s'aplatissait autant que possible.

— C'était donc ça, continua-t-elle, que ma couverture se salissait si vite. Je me demandais bien aussi pourquoi ; et ce grand idiot qui le laisse faire !

Miraut, violemment jeté à bas du lit, à grand renfort de coups de poing, dégringolait en grande vitesse l'escalier pour échapper aux coups de sabots, tandis que Lisée prenait un air innocent pour s'excuser :

— C'est drôle, je l'ai pas entendu monter !

Dès lors, le chien fut surveillé plus étroitement, mais cela ne l'empêcha point de déjouer les ruses et les précautions de l'ennemie et de monter souventes fois tenir compagnie à son ami.

Entre-temps, il allait faire un tour au village, visiter les cuisines amies, saluer Bellone et Philomen, explorer les fumiers, tourner autour des maisons et surtout manger de la corne devant la forge de l'ami Martin, le maréchal-ferrant.

Ah ! la corne de cheval : quel régal exquis ! Tous les chiens du village étaient les copains du forgeron Martin et ne manquaient jamais de lui rendre visite au passage. Très souvent un cheval était là, attaché par le licou à la boucle du mur, attendant son tour de ferrage.

Attentivement Miraut, comme les camarades, regardait l'apprenti empoigner le boulet, soulever le sabot, et suivait avec des regards de convoitise les mouvements du rogne-pied qui coupait des lames translucides de corne, ou du boutoir faisant sauter de grands bouts odorants d'une belle couleur ambrée.

Fraternel, pour que les braves toutous ne s'exposassent point à recevoir un malencontreux coup de pied du carcan, Martin ramassait à poignées la corne arrachée et la jetait à Miraut ou aux autres amateurs en leur disant régulièrement :

— Tiens, mon vieux, fiche-t'en une bosse, mais tu ne viendras pas péter chez moi !

Car on reconnaissait aisément, à la puissance asphyxiante des gaz qu'il lâchait, les jours où Miraut avait fait une tournée fructueuse à la forge de Martin.

Miraut connaissait intimement toutes les ressources de la maison et la Guélotte renonça à le laisser jeûner quand elle s'aperçut qu'il était de taille à se servir tout seul.

Ce n'était point pour rien qu'il avait appris à ouvrir les portes des chambres ; bien que les verrous et targettes fussent un peu plus compliqués ici, il en vint tout de même à bout et certains jours fit... gueule basse sur tout ce qu'il trouva de comestible, chanteaux de pain, platées de choux, voire de respectables bouts de lard.

Il y eut bien discussion à la maison ces soirs-là, mais en fin de compte Lisée, par des arguments frappants, tirés de ses semelles, convainquit sa femme qu'elle avait tort, ajoutant qu'au surplus, c'était bien fait pour elle et qu'à la place du chien, crevant de faim, il en aurait fait tout autant.

Un autre jour, ce fut une saucisse trempant dans de l'eau tiède au fond d'un pot juché sur un rayon, que Miraut s'adjugea : du moins fut-il soupçonné du méfait, aucune preuve n'ayant pu être fournie à l'appui de cette accusation.

La Guélotte se demandait vainement quels moyens cette grande charogne avait bien dû employer pour réussir à voler, au fond d'un pot presque plein, ladite saucisse sans jeter à bas le récipient, ni renverser d'eau, ni faire le moindre bruit.

Un pain au lait qui refroidissait sur le rebord d'une fenêtre se contracta tellement qu'il n'en resta pas vestige et Miraut fut bien encore, à bon droit, soupçonné d'être pour quelque chose dans ce vol domestique, car la bonne femme crut remarquer, parmi ses poils de barbe, quelques restes du corps du délit.

Lisée, en toute occasion et par principe, soutenait son chien contre sa femme, mais il n'était plus question maintenant de l'empoisonner ou de le tuer ; Miraut, depuis longtemps, avait de haute lutte conquis au village et dans la maison droit de cité.

Comme le temps n'était guère favorable, Miraut n'était pas tenté d'aller pérégriner par les champs et par les bois, mais dès que les jours devinrent plus soleilleux et plus tièdes, il regarda plus souvent du côté de la forêt et, chaque fois que Bellone, libérée par son maître, vint le trouver, il n'hésita pas à s'offrir en sa compagnie une petite partie de chasse.

Il partait rarement seul, mais quelquefois il arriva que les hasards d'une sortie amenèrent la chienne en rase campagne, où elle trouva du fret et lança un lièvre.

Attentif instinctivement à tous les bruits qui l'intéressaient, Miraut ne se trompa jamais dans ces cas-là. Reconnaissant les coups de gueule de sa camarade, où qu'il fût, quoi qu'il fît, il n'hésitait point, lâchait la maison, plaquait Lisée, puisqu'il ne voulait pas venir, et filait à la voix.

Dès qu'il approchait, il écoutait avec attention. S'il s'apercevait que la chasse s'éloignait, il redoublait de vitesse et, de minute en minute, donnait de la gorge lui aussi pour annoncer sa venue ; si, au contraire, elle se rapprochait et venait de son côté, il réfléchissait un instant, filait dans le plus grand silence occuper le passage qu'il jugeait le meilleur et, comme les renards, attendait, légèrement dissimulé, la venue du capucin, pour lui bondir dessus et lui casser les reins d'un bon coup de mâchoire. Il en pinça ainsi plus d'un, mais en manqua pas mal aussi, car un lièvre qui n'est pas fatigué ne se laisse pas comme ça passer la dent en travers des côtes.

Sans perdre de temps, si d'aventure il avait réussi, il dépouillait sa proie, lui ouvrait le ventre, léchait le sang, engloutissait les entrailles et continuait à s'emplir jusqu'à ce que la chienne arrivât.

Quelquefois, il faut le dire, cela n'allait pas tout seul et Bellone, furieuse, craignant de n'avoir point sa part, reprenait violemment le tout en grognant férocement ; au début, il hésitait à se hasarder à remordre, mais quand il se fut aperçu qu'il ne risquait que de fort anodins coups de dents, il revint bâfrer hardiment avec elle au même morceau. Quand ils avaient pris ensemble le lièvre, ils se mettaient à tirer de toutes leurs forces, l'un à la tête, l'autre au derrière ; ensuite, chacun de son côté dévorait la part qui lui était échue au petit bonheur du déchirement.

Il n'y eut jamais entre eux de grandes batailles, de légers différends tout au plus, des coups de dents un peu secs et des grognements un peu vifs et seulement lorsque la proie n'était pas très grosse. Mais lorsqu'il y avait beaucoup à manger, celui qui était en avance se régalait d'abord et abandonnait ensuite et de fort bon gré à l'autre le reste de la pitance, au besoin même il l'appelait s'il tardait trop à trouver le lieu du festin.

Il arriva aussi qu'ils ne furent pas que les deux pour le partage. Souvent à leur chasse se joignit un troisième larron, connu ou inconnu, chien d'un chasseur du village voisin, accouru à la voix, qui participait à la randonnée dans l'espoir de partager la prise.

On le laissait faire naturellement et donner de la gueule lui aussi, car durant la poursuite on n'avait pas le temps de chercher noise à un auxiliaire, convié ou non. Mais, si d'aventure le lièvre était pris, c'était une autre affaire et les choses tant soit peu se corsaient.

D'un commun accord alors, Miraut et Bellone, par des grognements fort significatifs, priaient l'intrus d'aller quérir pitance ailleurs. S'il insistait, ainsi qu'il faisait toujours, ils se précipitaient simultanément sur le malheureux et lui administraient à coups de crocs une de ces danses qui le décidait, sans plus d'hésitation, à se retirer bien vite en hurlant.

Le vaincu n'allait cependant pas bien loin. Derrière le premier buisson, à une cinquantaine de sauts du lieu du carnage, il s'arrêtait, surveillant anxieusement le repas des deux alliés, espérant qu'ils ne mangeraient pas tout et oublieraient peut-être quelques os demirongés ou quelques morceaux de peau dont il ferait ses délices.

Grognants et terribles, ces jours-là, Miraut et Bellone bâfraient avec une voracité effrayante, comme des loups vraiment affamés. Il semblait que la présence de ce spectateur intéressé décuplât leur appétit qui, en temps normal, était déjà pourtant magnifique ; pour ne rien laisser à l'autre, ils se seraient fait taper : poil, os, griffes, tout y passait. Ils reléchaient la place ensanglantée, partout où le gibier avait été traîné et ne s'éloignaient que lentement en se pourléchant les babines. Et souvent même, lorsque le malheureux, jaloux et affamé, s'amenait craintivement pour voir si rien n'avait été oublié, ils se retournaient, piquant de concert une nouvelle charge sur lui dans l'appréhension ou le remords de n'avoir pas, par hasard, tout engouffré jusqu'au dernier vestige.

CHAPITRE VI

Un soir que le grand François de la ferme des Planches s'en était venu au village avec sa chienne, il y eut, parmi toute la gent canine mâle du pays, une grande perturbation.

Sans doute le fermier ne fit que traverser le pays sans presque s'y arrêter et sa chienne ne fit aucune station, mais bientôt, devant les seuils où ils dormaient, sur les fumiers où ils quêtaient, derrière les maisons où ils rôdaient, les Azors dressèrent le nez, humèrent à petits coups, reniflèrent longuement, puis joignirent les oreilles, arrondissant les quinquets et, prenant le vent, vinrent tous, à la queue leu leu, tomber sur le sillage odorant qui les avait si profondément émus.

Rien ne les retenait : fidélité au logis ou au maître, soif et faim, sentiment du devoir ou de l'honneur : ah bernique ! Tom, de l'épicier, abandonna la boutique ; Berger, qui devait repartir à la pâture, lâcha d'un cran son troupeau de vaches ; Turc, du Vernois, quitta la voiture du meunier ; Miraut plaqua froidement, si l'on peut dire, son maître Lisée ; le roquet de l'abbé Tâtet planta là toute idée de religion et de pudeur, et jusqu'au Souris de la vieille Laure qui s'évada lui aussi de sa cuisine protectrice et prit, les yeux hors de la tête et bavant de désir, le chemin des Planches.

Tous les cabots des fermes environnantes rôdaillaient déjà autour de la maison et d'autres des villages voisins, prévenus on ne sait comment, arrivaient encore à toutes jambes, le nez au vent et le cou tendu, tirant une langue d'un demi-pied.

Seul, le vieux Samson du moulin de Velrans, trop vieux et ayant reçu tout dernièrement de Turc, son ennemi, une raclée terrible au cours de laquelle il avait eu l'oreille horriblement déchirée, avait jugé prudent de rester chez lui. Encore n'était-on pas très sûr que, dans sa maison retirée, située à plus d'une heure de la ferme des Planches, il avait pu être touché par la nouvelle odorante qu'une chienne se trouvait en folie dans son canton.

François n'était pas encore à deux cents mètres du village que déjà Turc, Miraut, Tom et Berger, pour ne citer que les plus forts, arrivés bons premiers, le flanquaient à droite et à gauche en jetant sur sa chienne des regards non dissimulés de concupiscence et de convoitise.

— Allons, bon ! ragea-t-il, car il ne s'était encore aperçu de rien ; allons ! cette vache-là va encore se faire emplir si je n'y fais pas attention. Mais je vais la barricader sérieusement. Et arrachant une trique à la haie du chemin, il la brandit de façon significative, en prenant un air menaçant, afin d'empêcher les suiveurs de venir trop près. François n'ignorait pas qu'il faut très peu de temps à un vieux praticien pour se mettre en batterie et perpétrer l'acte d'amour. Turc pour cela était connu long et large. S'il est des chiens timides qui meurent puceaux, lui n'était fichtre pas de cette catégorie ; les autres, pour être moins réputés, n'en étaient pas moins des gaillards hardis et entreprenants, sauf toutefois Miraut qui n'avait point trop encore, au su du public, fait ses preuves.

Dès qu'il arriva à la maison, François fit rentrer la chienne la première, menaça d'un geste de son bâton les galants désappointés, mais pas découragés, qui le regardaient attentivement et sans avoir le moins du monde l'air de vouloir s'enfuir.

Les portes refermées, ils rôdèrent d'abord assez loin de la ferme, tournant de tous les côtés, repassant plusieurs fois aux mêmes endroits, examinant avec soin, guettant les issues, portes, fenêtres et lucarnes, notant les points faibles de la forteresse, cherchant à déterminer l'endroit précis où la chienne pouvait bien être enfermée. Ils se croisaient, se rencontraient, s'arrêtaient fixes, droit sur leurs pattes, dédaignant de se reconnaître, se jugeant sommairement, selon leur taille et leur force, et le plus souvent, au bout d'un instant, passaient sans desserrer les mâchoires, sans même froncer le nez, continuant individuellement leurs recherches et investigations. La proie amoureuse était loin encore et ils n'avaient point, en effet, trop lieu de se disputer avant l'heure ce qu'ils n'étaient que fort peu certains d'obtenir. Ils faisaient pourtant deux cercles bien tranchés d'assiégeants : au centre et le plus rapprochés de la ferme, les gros, les grands, les forts :

Turc le doyen, Miraut le hardi, Tom le joyeux, Berger le taciturne, quelques inconnus des métairies environnantes ou des villages circonvoisins ; plus éloignés, les petits, les mesquins, les roquets, non moins ardents ni acharnés que leurs camarades, mais craignant à plus d'un titre les coups de crocs et les raclées des premiers.

François, de temps à autre, sortait pour vaquer à sa besogne. Comme il ne manquait, à chaque occasion, de proférer à leur adresse des injures et de leur faire des gestes menaçants, ils n'osèrent point, tant qu'il fit jour, se rapprocher de la maison ; mais avec la nuit, le silence et les ténèbres, ils s'avancèrent peu à peu et cernèrent tout à fait la demeure. Les distinctions et les barrières avaient disparu entre eux également : roquets, moyens et molosses se trouvèrent réunis et confondus dans le même désir du siège à faire de cette place forte bien défendue, pour en conquérir la châtelaine, dame commune de leurs pensées.

Toutes les ouvertures de la maison de François furent tour à tour, et par chacun des galants, minutieusement visitées, sondées, vérifiées, senties, reniflées ; mais le patron, qui savait à quoi s'en tenir, avait eu soin de faire lui-même, avant de se coucher, la tournée des portes et fenêtres, poussé tous les verrous, fermé toutes les trappes, bouclé tous les guichets, s'était assuré que rien ne clochait non plus dans la fermeture des fenêtres et que ne manquait aucun carreau.

Il avait cependant, comme trop petite et infranchissable, négligé de fermer l'ouverture en carré qui se découpait dans le bas de la porte d'écurie et par laquelle, chaque matin, les poules sortaient pour aller aux champs.

Cette circonstance favorisa les roquets. Tour à tour, ils essayèrent de s'introduire par l'ouverture en question, mais elle était décidément trop étroite et, l'un après l'autre, ils durent tous y renoncer. Pourtant Souris, qui, très mal vu et très poltron, se trouvait au dernier rang, s'avança lui aussi pour tenter l'aventure. Il était si mince, qu'il passa facilement la tête et les pattes de devant dans le guichet, le bas du poitrail touchant le seuil ; mais, très enhardi par ce léger avantage, il tira en avant de toutes ses forces et, les flancs aplatis, le ventre comprimé, les pattes de derrière totalement allongées, il réussit tout de même à s'introduire tandis que les camarades, au-dehors, furieux de ce succès, écoutaient, grognaient et reniflaient au trou, redoutant que la chienne se trouvât là et, faute de grives on mange des merles, se laissât faire par ce méprisable animal.

Mais la bête n'était pas là. Prudent, François l'avait séquestrée dans une pièce inoccupée du rez-de-chaussée et qui n'avait, pour toute ouverture, en dehors de la porte intérieure de communication, qu'une fenêtre scellée dans le mur et assez élevée au-dessus du sol pour prévenir, croyait-il, toute tentative des assiégeants, si lestes et si bien découplés qu'ils fussent.

Souris, dans la place, fureta avec ardeur, mais ne trouva rien. Malheureusement pour lui, son manège inusité, ses trottements étourdis, ses reniflements trop bruyants émurent dans leurs cages les lapins, réveillèrent les poules et le coq qui gloussèrent et piaillèrent, et les vaches et les bœufs, eux aussi, étonnés et agacés de ces frôlements, se levèrent en secouant leurs chaînes et en meuglant avec fureur.

Les bêtes ne meuglent jamais pour rien, surtout la nuit. François, réveillé par leurs cris, pensa qu'il se passait à son étable quelque chose de sûrement pas ordinaire ou que l'une de ses bêtes était peut-être malade. Il se releva, enfila son pantalon, chaussa ses sabots, prit d'une main une lanterne allumée, de l'autre saisit une trique et alla « clairer » ses vaches.

Entendant la sabotée, Souris, effrayé, jugea qu'il était grand temps de déguerpir et se précipita vers la porte. Mais le fermier le vit et, dans la demi-obscurité, ne sachant à qui il avait affaire, croyant peut-être que c'était une bête puante, fouine ou putois, qui venait à ses poules il lui lança à toute volée sa trique dans les côtes et courut à sa poursuite.

Souris hurla de peur en entendant le ronflement du bâton, car l'autre ne l'avait pas touché, et, dans son trouble, dépassa la porte. Revenu bien vite en arrière, il engagea dans le guichet la tête et les pattes, croyant échapper, mais l'opération était difficile, la traversée laborieuse et François, baissant sa lanterne, reconnut un sale roquet qui se tortillait comme un ver pour ficher son camp.

Furieux, il le saisit un peu en arrière de la nuque, par la peau du dos, lui fit rebrousser chemin en le tirant à lui et l'emporta ainsi suspendu à sa cuisine, après avoir toutefois barricadé avec un tronc de poirier l'ouverture dangereuse.

— Sacré bougre de salaud, grognait-il, si c'est pas malheureux ! Ça n'est pas gros comme le poing et ça veut sauter des chiennes dix fois plus hautes que soi. Mais, sacré dégoûtant, tu n'arriverais seulement pas, en te dressant, à lui lécher le cul !

Nonobstant, Souris, toujours prisonnier, renâclant et soufflant, le corps autant que possible rattroupé, la queue entre les jambes, tremblait comme la feuille, en se demandant ce qui allait lui arriver.

— Attends, nom de Dieu ! je vais t'apprendre, moi, à venir aux femelles, menaça le fermier.

Et l'azor provisoirement attaché au pied du buffet, il prépara un vieil arrosoir qu'il avait en réserve et se disposa, au moyen de nœuds savants où le fil de fer et la ficelle se mêlaient, à attacher à la queue du roquet cette ferraille sonnante. Quand ce fut préparé, saisissant le chien par le collier, il l'amena jusqu'au seuil de la porte qu'il ouvrit et le lança dans la nuit avec un vigoureux coup de pied au derrière. Ensuite de quoi il fit claquer son fouet fortement en hurlant à l'adresse des autres :

— Venez-y donc, tas de salauds, si vous voulez que je vous en fasse autant !

Sur ce, il referma la porte et regagna son lit.

Aux claquements de fouet et aux coups de gueule de Souris suivis du charivari provoqué par l'arrosoir sonnant sur les cailloux, il y eut dans les lignes assiégeantes un silencieux et prompt et général mouvement de retraite.

Souris, traînant sa ferraille, après avoir couru un instant avec cette grosse caisse particulière qui lui battait les fesses, s'était arrêté bientôt, n'étant plus poursuivi, et essayait, des pattes et des dents, de désolidariser sa queue d'avec ce tintamarresque assemblage. Les autres, prudemment accourus, le regardaient et le flairaient ; mais l'attention qu'ils lui prêtèrent fut de courte durée, et, deux minutes plus tard, repris par leur désir et rassurés par le silence, ils étaient déjà revenus flairer les ouvertures et ronger les portes.

Toute la nuit, mais en vain, ils travaillèrent à cette besogne. Au petit jour, la sortie du fermier les décida prudemment à gagner le large, mais ils ne s'éloignèrent pas beaucoup. Insensibles à la soif et à la faim, nourris par leur seule fièvre amoureuse, ils rôdaient aux alentours, ne perdant pas de vue la maison, attentifs à toute sortie, prêts à s'élancer dès que paraîtrait la chienne. Pas un ne déserta ; cependant quelques-uns, las de rester debout ou de trotter en vain, s'étaient choisi derrière un mur ou un buisson un léger abri, et de là, couchés sur le ventre, les pattes allongées en une attitude héraldique, ils attendaient, la tête droite, le nez frémissant, les yeux attentifs, prêts à bondir au premier bruit, à la première senteur, au premier signal intéressants.

Vers midi, François ayant, pour ses besoins, fait sortir la chienne, tous simultanément, comme mus par le même ressort, sautèrent sur leurs quatre pieds, se réunirent en un groupe compact et suivirent avec des yeux arrondis et brillants tous les pas et évolutions du maître et de la bête. Dès qu'ils furent rentrés, il y eut une ruée générale de tous ces mâles vers les lieux parcourus. Les museaux ardemment se précipitaient aux endroits où la chienne s'était arrêtée, et ils léchaient, reniflaient, humaient, très excités, bougeant les narines, fronçant les sourcils, puis tour à tour levaient la patte pour lâcher un jet saccadé, se bousculant, se grognant des injures, se menaçant de leurs crocs afin de conquérir les bonnes places, lécher les premiers et compisser expressément le bon endroit.

Et la plupart, et tous restèrent là à rôdailler et à renifler sur cette piste humide jusqu'à ce que la nuit revînt et que le même siège que la veille recommençât, sans Souris toutefois, lequel, dégoûté à juste titre, était redescendu au village, son arrosoir au derrière, à la grande joie des gamins et à la grande colère de sa patronne.

Lisée, cette fois, ne fut pas inquiet sur le sort de Miraut. Il savait que tous les chiens du pays manquaient à l'appel et connaissait la cause de leur absence.

— Il fait comme tous les autres ! songea-t-il. J'avais toujours pensé, depuis l'histoire de Bellone, qu'il serait porté sur la chose.

Cependant, deux jours et trois nuits passèrent sans amener d'autre résultat que de faire partir, pour un temps au moins, les affamés et les timides ; mais les forts, les costauds, eux, restaient tous là, de plus en plus excités et furieux peut-être aussi d'être si longtemps tenus en haleine pour rien. Ils devenaient extrêmement audacieux, et lorsque François sortait sa cagne, comme il disait, malgré les menaces du bâton, ils se rapprochaient chaque fois davantage. Ils se rapprochèrent si près même, que Turc put hasarder quelque part un galant coup de langue, dont la femelle ne fut guère effarouchée, puisqu'elle détourna la queue de côté afin d'être parée pour toute éventualité.

Turc, qui était, si l'on peut dire, un lapin, et qui la connaissait, se porta de côté, levant carrément le train de devant, et tandis que François, un instant distrait par une voiture qui passait, ne faisait plus attention, pensant qu'il n'aurait pas le culot...

Il l'avait bel et bien; mais cela ne faisait point l'affaire des camarades, qui, furieux de cette préférence, se précipitèrent avec ensemble sur le galant et se mirent en devoir de lui rendre de concert les piles qu'il leur avait distribuées à tous en détail.

François profita du conflit pour rentrer sa chienne vivement, ensuite de quoi il revint, en amateur, assister à la bataille. Une mêlée terrible agitait ces sept ou huit mâles qui se secouaient à pleines gueules, mordant, grognant, hurlant, griffant et déchirant. Ceux qui avaient le dessous piaillaient, cherchant à pincer la gorge pour l'étrangler; ceux qui étaient dessus piétinaient de leurs pattes armées et tenaillaient avec une rage frénétique les vaincus. Ce n'était plus à Turc seulement qu'on en voulait; tous maintenant se détestaient; la mêlée était devenue confuse : on lâchait un adversaire pour en attaquer un autre, et il n'y avait pas de raisons pour que cela finît avant qu'ils ne fussent tous ou presque hors de combat. Au bout d'une heure, pas un n'était indemne; certains boitaient, les muscles des pattes troués, les os meurtris; d'autres saignaient et se léchaient; d'autres, la mâchoire transpercée, les oreilles déchirées, se secouaient avec douleur ; Berger avait eu l'extrémité de la queue rasée net d'un coup de dent ; Tom, une oreille décollée, s'écartait ; seul à peu près, dans cette affaire, Miraut, qui pourtant s'était toujours tenu au plus épais de la bataille, et avait cogné et mordu en conscience, s'en tirait sans trop d'anicroches, un peu serré et froissé peut-être, mais n'écopant que de quelques coups de dents et d'insignifiantes déchirures à la cuisse.

Cette échauffourée refroidit notablement les enthousiasmes et la plupart des combattants se retirèrent ; de toute la bande restèrent Turc, acharné tout de même malgré une patte en lambeaux qui avait abondamment saigné, et Miraut, qui eut bien soin d'ailleurs, ainsi que son rival, de se dissimuler derrière de vagues buissons pour se soigner en paix.

Le fermier s'aperçut bientôt que tous les assiégeants fichaient le camp ; du moins il le crut, n'ayant pas remarqué les deux fanatiques qui veillaient malgré tout.

Il se réjouit de la chose, qui lui permettait de laisser sa chienne sortir un peu. Immédiatement, il alla la chercher dans la chambre, où elle ne tenait pas en place, pleurant et grognant, pour l'amener devant la porte où elle devrait rester sous sa surveillance.

Il se mit à scier du bois et la fit se coucher dans un petit coin, sur de la sciure, à l'abri d'un tas de bûches.

L'autre, qui avait meilleur nez que son maître, éventa tout de suite les deux galants et, filant subrepticement sans crier gare, rejoignit aussitôt Miraut, qui se trouva être le plus proche de la maison. Mais prudemment, avant d'en venir aux actes, les deux amoureux mirent plusieurs centaines de mètres ainsi que quelques haies protectrices entre eux et le patron.

Cependant Turc avait vu lui aussi, et bientôt il fut là. Fort de son habitude et d'un droit qu'il croyait bien consacré, il se prépara, sans même prendre garde à Miraut, à recommencer le coup qui lui avait si mal réussi l'heure d'avant. Un tel toupet n'était pas pour faire plaisir à celui-ci, et il le lui fit bien voir en administrant à l'invalide, que sa patte mettait dans un état d'infériorité notoire, une de ces piles magistrales, une volée de coups de crocs telle, que Turc, boitant plus que jamais, bien vaincu et dépossédé de son antique privilège, se sauva à une centaine de pas, tandis que Miraut, triomphant, jouissait enfin devant lui d'une victoire si laborieusement conquise et si patiemment attendue.

Courbé sur son chevalet, au bout de quelques instants, François, ayant jeté un coup d'œil sur sa chienne, ne vit plus que la place où elle était couchée.

— Sacrée garce ! jura-t-il, je parie qu'elle leur court après ; pourvu qu'il ne soit pas resté un de ces salauds-là aux alentours !

Et, sans perdre de temps, il partit à sa recherche, un bâton à la main.

Ce ne fut qu'au bout d'un quart d'heure qu'il découvrit le couple, attaché cul à cul, attendant stupidement que cela voulût bien se détacher.

Il poussa un juron furieux et se précipita. Les deux prisonniers sexiproques, effrayés, tirèrent chacun de son côté et se décollèrent.

— Bougre de cochon ! grommela-t-il en s'élançant sur Miraut, qui ne l'attendit point.

Mais, songeant qu'il était arrivé trop tard, qu'il n'y avait plus rien à faire, que tout était consommé, pris d'admiration malgré tout pour ce gaillard qui l'avait si bien roulé :

— Oh ! et puis merde ! ajouta-t-il. Puisque tu as commencé, continue tant que tu voudras. Je ne vois pas pourquoi vous vous en priveriez plus que le reste de l'humanité. C'est égal, fripouille, dans deux mois il faudra que je m'appuie la corvée d'assommer ta progéniture. Tu pourrais pas les bouffer ou les noyer toi-même comme... oh ! quoique...

Et philosophiquement, François les laissa à leurs amours, et Miraut, ayant tanné Turc et grandi par une telle victoire, eut la suprématie et fut le coq de tout le canton.

CHAPITRE VII

Avec l'automne revint l'ouverture, et Miraut et Lisée connurent derechef les joies pures des matins de chasse.

C'était pourtant, pour les chasseurs et pour les chiens, une mauvaise année que cette année-là. Depuis plus de deux mois, ce qui avait permis d'admirables moissons et laissait espérer une vendange d'une merveilleuse qualité, un soleil implacable avait pompé sans relâche toute l'humidité de la terre, séchant les bas-fonds, tarissant les sources, faisant baisser le niveau des rivières.

Les prés « grillaient », disaient les paysans ; tout espoir de regains s'évanouissait et, dans la forêt, atteinte elle aussi, les frondaisons, précocement mûries et roussies, tombaient et jonchaient le sol. Lorsqu'on marchait dans les tranchées ou les clairières, cela faisait un bruit de foulée qui s'amplifiait considérablement : un saut de grenouille, le moindre grattement de mulot ou de musaraigne, le saut d'un merle venu sur le sol pour écarter les feuilles et chercher des graines ou des vermisseaux produisaient un cliquètement comparable, quant à l'intensité, à une course de renard ou à une fuite précipitée de bouquin.

Passé huit heures du matin, il était vain d'espérer lancer un lièvre ; suivre une piste à plus de deux cents mètres au-dehors du taillis était absolument impossible, et Miraut et Bellone, et Lisée et Philomen connurent des matins où, malgré la meilleure volonté du monde et le profond désir et le merveilleux travail des chiens, on doit quand même rentrer bredouille.

Bien avant le lever du soleil, pour profiter, dans les bas-fonds abrités, d'une vague et problématique rosée, ils partaient tous quatre de concert. Les chiens quêtaient, avec frénésie, trouvaient de-ci, de-là, de mauvais frets, hésitaient sur les rentrées parmi de vagues pistes à peine frayées, très embrouillées et extrêmement ténues.

Ce fut là que l'intelligence de Miraut et son sens profond de la chasse s'accrurent encore et se développèrent.

Le nez ne lui donnant que d'insuffisantes indications, il regarda aussi avec ses yeux, fit des efforts de mémoire, rapprocha certains faits, évoqua les chasses passées et, selon le sens de ses conclusions, visita telle cache plutôt que telle autre, ce fourré-ci de préférence à celui-là.

On arrivait tout de même à lancer grâce à lui. Mais si les chasseurs n'étaient point à portée pour arrêter l'oreillard dès le début de sa course, cinq minutes plus tard, ayant gagné la plaine ou quelque chemin, c'était fini et bien fini ; Miraut et Bellone, le nez obstrué, éternuant dans la poussière, renonçaient à la poursuite, d'autant que la chaleur, une chaleur impitoyable, leur faisait tirer une langue de six pouces au moins.

Ah ! c'est quelquefois un rude métier que celui de chien, et, la saison d'avant, la chasse n'était guère plus drôle. Les pluies, cette année-là, avaient détrempé le sol et on ne pouvait flairer une piste sans que les narines ne s'emplissent d'eau immédiatement, ce qui vous faisait éternuer des cinq minutes consécutives. Et si l'on voulait suivre parmi les hautes herbes, l'eau ruisselante lavait tout fret, dissolvait toute odeur, au point qu'il était absolument impossible de faire revenir le gibier quel qu'il fût, renard ou lièvre, au canton du lancer.

Du moins, dans ces moments-là, si pénibles qu'ils soient, la soif ne torture pas les chiens, et s'ils étaient, après chaque partie, trempés comme des soupes, une heure après ils avaient l'agrément d'être absolument secs et d'une merveilleuse propreté.

Mais avec cette terrible sécheresse, rien à faire, et des dangers étaient à craindre, car les sous-bois pullulaient de vipères qui s'y étaient retirées, cherchant la fraîcheur et l'humidité.

Une d'elles avait même un jour fichu une fameuse frousse à Lisée. Voyant Miraut immobile, tel un chien d'arrêt, il s'était demandé qu'est-ce qui pouvait bien l'arrêter ainsi, car son chien n'avait pas, en chasse, l'habitude de flâner.

— Bah ! songea-t-il, c'est un hérisson qui l'épate, et il ne sait pas par quel bout le prendre, je comprends ça.

Néanmoins, il alla se rendre compte ; il était temps.

Devant une énorme vipère qui le fixait, Miraut, non point hypnotisé, bien sûr, mais intrigué, se demandait s'il n'allait point sauter sur cette sale bête et lui casser l'échine, tandis que l'autre, le corps replié, la tête levée, se préparait non moins fermement à se détendre et à lui flanquer une vigoureuse morsure.

— Ah ! bon Dieu !

Lisée n'avait pas hésité. En rien de temps, il avait épaulé et fait feu, et Miraut, qui ne s'attendait point à la secousse, sautait tout droit en l'air sur place, des quatre « fers » à la fois.

— Tu l'échappes belle, mon ami, félicita Lisée.

Et Philomen arrivant, il lui montra sa chasse.

— Ces charognes-là, s'exclama-t-il, c'est la plaie de nos chiens. Une fois piqués, ils sont autant dire foutus. Non pas qu'ils en crèvent, et souvent même on les sauve, mais pas avec de l'alcali, ainsi que le racontent ces charlatans de vendeurs de drogues. C'est de la foutaise, leur « armoniac », comme ils l'appellent ; il faudrait, pour que ça fasse effet — et encore — être là tout de suite après la morsure. Et ça n'empêche pas les chiens de perdre tout odorat.

« J'ai eu un chien d'arrêt, moi, mordu comme ça, à la chasse : un quart d'heure après, mon vieux, il avait enflé, enflé, tellement enflé, qu'on ne lui voyait pas plus les pattes qu'à un cochon gras prêt à saigner. La pauvre bête était insensible à tout. Sais-tu ce que j'ai fait ? C'est un vieux remède et, crois-moi, il vaut mieux encore que toutes les saloperies des vétérinaires qui n'y connaissent rien, rien du tout, absolument rien, tu m'entends, et ne sont qu'une bande de jean-fesses. J'ai pris une forte épine, une solide branche d'églantier garnie de tous ses dards, et avec cet outil, je me suis mis à taper sur mon chien à grands coups, de tous les côtés, dans tous les sens, en ne laissant aucune place, pas un endroit, où la peau ne soit mordue et piquée et déchirée par les aiguillons.

« Il n'a pas plus bougé qu'une souche : je te l'ai dit, il ne sentait rien ; le soir, je lui ai, de force, fait prendre un peu de lait. Au bout de quatre ou cinq jours d'immobilité et d'abrutissement, il lui est venu sur la peau des sortes de poches, des cloques pleines d'un liquide vaguement coloré, et qui perçaient de temps à autre. A partir de ce moment-là, il a désenflé petit à petit et a été sauvé.

« Il s'est même très bien guéri et je ne me suis pas aperçu que son nez ait été moins subtil, mais il était devenu craintif et froussard ; à aucun prix il ne voulait suivre les haies, surtout quand elles étaient garnies d'herbes sèches, car c'était en en faisant une qu'il avait été mordu par la vipère.

« Tu vois qu'il leur en reste toujours quelque chose, et il est préférable que Miraut n'ait pas eu à passer par de telles étamines. »

On continua la promenade et l'on gravit le Geys. Naturellement, on ne put lancer, mais on s'arrêta au haut de la roche qui domine tout le riche vallon de Longeverne, si facile à exploiter, à défruiter, et l'on contempla un instant le paysage.

— Est-ce tondu, bon Dieu ! est-ce rasé, disaient les deux hommes en fixant la plaine aussi loin que possible.

Les chiens, cependant, s'étaient approchés eux aussi, et, devant l'espace, reniflaient le vide béant, intrigués de ne rien sentir et de ne rien voir au-dessous d'eux.

C'est que l'œil des chiens ne peut s'accommoder immédiatement, comme celui de l'homme, à la vision à longues distances. Cela se conçoit, l'œil n'est généralement pour eux que le complément du nez ; ce n'est qu'avec une longue pratique qu'ils arrivent à s'en servir convenablement. Comme son nez, en l'occasion, ne lui permettait pas de se faire la moindre opinion, Miraut fut surpris, et il le manifesta en lâchant à tout hasard une bordée de coups de gueule dont l'accent décelait à la fois de la menace et de la frousse.

Bellone, qui connaissait mieux le pays, ou pour qui cette impression n'était plus inconnue ni même neuve, ne l'imita point, et l'on continua à gravir le Geys.

Miraut devait d'ailleurs éprouver, au cours de cette journée, bien d'autres étonnements.

Le désœuvrement, le hasard, l'espoir de trouver ailleurs ce qu'ils ne dénichaient point chez eux avaient justement amené à Ormont le gros et Pépé, qui chassaient, c'est-à-dire qui se baladaient ensemble ce jour-là.

Il y eut une retrouvaille pleine d'effusion et de joie.

— Eh bien ! on en abat ?

— Oui, des kilomètres. M'en parle pas, mon vieux, pas moyen de lancer.

— Sale temps, vraiment !

— Pas un brin de regain.

— On n'a au moins pas le mal de le faire ; ça fait qu'on est tous rentiers, maintenant.

— Oui, heureusement qu'on a eu beaucoup de foin et que la moisson a été bonne.

— Ça n'empêche qu'on crève de soif, dans ce pays ! fit remarquer Pépé.

— J'allais le dire, souligna Lisée.

— Y a-t-il pas moyen de dégoter une ferme où l'on trouvera du vin frais ?

— Mais si ; nous allons descendre aux Planches, chez François : il ne refusera pas de nous donner à boire à nous et à nos chiens, puisque, si j'en crois les bruits qui ont couru, Miraut a été du dernier bien avec sa chienne.

— Tous les vrais bons chiens sont... carnassiers, affirma Pépé ; allons chez François, j'ai une pépie qui n'est pas dans un sac.

C'était uniquement pour rendre service aux voyageurs et aux passants que François leur donnait ou leur laissait, selon qu'ils étaient pauvres ou aisés, le vin qu'ils lui demandaient au passage. Selon une vieille et touchante coutume qu'il avait religieusement conservée, en même temps que le litre, il apportait toujours la miche de pain avec un couteau, car il est mieux et plus conforme aux règles paysannes de bienséance et d'hygiène de casser une croûte en buvant un verre.

Lisée qui, de temps en temps, venait lui donner un coup de main gratuit, était un ami ; aussi, dès qu'il le vit arriver avec ses camarades, il se mit en quatre pour leur « faire honnêteté », comme on dit là-bas.

Sa femme vivement essuya les verres avec un

torchon propre tiré de l'armoire, et Pépé la pria cordialement, pour elle et son mari, d'ajouter deux verres afin que tout le monde pût trinquer.

Lorsque quatre chasseurs sont réunis, c'est habituellement pour parler chasse, et quand quatre chasseurs parlent chasse, on peut en déduire qu'ils en ont pour un certain bout de temps. Les litres et les litres se succédèrent sur la table ; on n'avait rien de mieux à faire qu'à boire en blaguant, de sorte que, au bout de deux ou trois heures de ce régime, si la soif avait à peu près disparu, l'appétit, par contre, était venu.

— Tu n'aurais pas un bout de lard par là et des œufs à nous faire cuire ? questionna Philomen.

— Mais si, mais si ! Tant que vous voudrez, s'empressa François, toujours d'avis.

— Ah ! et puisqu'on est réunis, zut ! ça n'arrive pas si souvent, on va faire un peu la « bringue ». Tu n'as pas un poulet bon à saigner ? demanda le gros.

— Il y a tout ce qu'on veut, répondit François.

— Montre-le-moi donc, que je lui flanque un coup de fusil.

— Ne laisse pas sortir les chiens, intervint Lisée ; si Miraut, qui a eu autrefois du goût pour ces sacrées bestioles, te voyait tirer sur une d'elles, il serait dans le cas d'exterminer tout le reste.

Un instant après, les chiens, dûment enfermés dans la pièce, sursautaient au coup de fusil et se mettaient à brailler à plein gosier, ce qui fit rire aux larmes les gosses de François.

Une saucisse fut adjointe à ce menu improvisé, et

l'on fit, en pleine semaine, une de ces ripailles comme seuls chasseurs pris impromptu savent en faire.

On raconta, ma foi, des histoires de chasses édifiantes et admirables et d'autres qui, pour toucher à des sujets plus profanes, n'en étaient pas moins hautes en couleur et fort savoureuses.

Cependant, Miraut, qui avec ses camarades chiens avait recueilli quelques reliefs du festin, était en train de se torcher le derrière à sa façon. L'orifice en question sur le sol, bien assis, la queue en l'air, les jambes de derrière allongées et passant de chaque côté des autres, il progressait de ses seules pattes de devant, son postérieur frottant le plancher en appuyant contre de tout son poids.

— S'il allait se planter une écharde dans le cul ! s'écria François.

— Penses-tu qu'il n'a pas regardé avant ! c'est un malin !

— Je me souviens avoir lu quelque part, intervint Pépé, l'histoire de Gargantua qui épata son paternel en inventant, encore tout jeunet, des tas de torche-cul. Miraut est un type dans son genre. Savoir encore si le nommé Gargantua, s'il avait eu des pattes au lieu de mains, aurait été capable de trouver celui-là.

En entendant son nom, Miraut revint se dresser contre la table pour demander un os, une peau de saucisse ou une couenne de lard. On lui donna, mais comme il insistait toujours et que cela devenait inconvenant, Lisée, déjà un peu excité par les libations, lui dit :

— Tu veux boire un coup, mon petit, tiens.

Et il lui tendit son verre plein de vin, que le chien flaira et duquel il se détourna avec dégoût.

Là-dessus, nouvelles histoires de chiens et d'autres bêtes à poil et à plume ayant mangé ou bu les choses les plus extraordinaires et les plus bizarres qu'on pût rêver.

— C'est égal, jamais mes chiens n'ont bu de vin, affirma Lisée, et la bourgeoise voudrait bien que je leur ressemble de ce côté-là.

— Qu'est-ce qu'on deviendrait, s'exclama Pépé, si on n'avait pas le jus de la treille pour se consoler de l'existence ? Ah ! le père Noé était un sacré bougre, et nous lui devons tous une fière chandelle.

Comme Miraut revenait à la charge, Philomen conseilla :

— Montre-lui voir le miroir, ça l'épatera.

On décrocha du mur une petite glace et on la plaça devant le chien, qui ne vit d'abord rien du tout, puis, s'apercevant que cela bougeait et remarquant son double dans le cadre, s'approcha tout près afin de flairer cet être qu'il ne connaissait point.

Son nez heurta le verre, touchant ainsi au nez de l'adversaire. Comme nulle odeur ne monta, il ne tenta point, ainsi que certains singes, de regarder derrière : son opinion était faite ; s'il eut connu l'Ecclésiaste, il aurait certainement dit que tout cela n'est qu'illusion, abus de vanité ; il le pensa, du moins, ou quelque chose d'analogue, car il s'en fut se coucher dans un coin auprès des autres.

— Ça leur fait honte, concluait à tort le gros en continuant de boire.

Vers cinq heures, comme le jour baissait, on régla la dépense, qui ne montait pas à quarante sous chacun, et l'on prit congé de l'ami François et de sa femme après avoir donné une dizaine de sous d'épingles à ses gosses, ce dont il se défendit d'ailleurs très vivement.

— C'est malheureux, maugréait Pépé, je n'ai pas pu tirer un seul coup de fusil aujourd'hui.

— Moi si, répliquait Lisée, j'ai tué une vipère.

— Belle chasse ! vraiment.

— On fait ce qu'on peut, affirma Lisée, on n'est pas des bœufs.

— C'est pas comme les gens de Vernierfontaine, du moins à ce qu'en disait le capitaine Cassard, un vieux dur-à-cuire pas très catholique, et à qui ils avaient fait pour cela pas mal de petites saletés.

— Capitaine, je crois que les gens d'ici sont bien dévots ?

— Oh ! répliquait le père Cassard, ils sont assez vieux pour être des vaches !

— Ça ne fait rien, ça m'embête de ne pas dérouiller aujourd'hui ; parions que si tu lances ta casquette en l'air, je te la perce !

— La belle affaire, je parie d'en faire autant !

— Eh bien, chacun à tour de rôle va lancer son couvre-chef, et le voisin va tirer dedans. On tire avec du quatre ; celui qui mettra le moins de plombs en sera pour l'apéritif.

— Penses-tu que je veux lancer la mienne, protestait Philomen ; elle est quasi toute neuve, je ne l'ai portée qu'un an. Ma femme gueulerait salement !

— Ah ! merde pour les femmes ! A la guerre comme à la guerre ! ordonna Lisée.

Et, ayant armé leurs fusils, chacun à tour de rôle fit feu sur la casquette du copain, lancée en l'air lestée d'un caillou assez pesant, afin qu'elle montât suffisamment haut.

Après le dernier coup de fusil, les chiens, croyant qu'un lièvre se dérobait qu'ils n'avaient point remarqué, s'élancèrent de tous côtés en donnant à pleine gorge.

Au second coup, ils ne donnaient pas moins, mais étaient très étonnés ; au troisième, leur épatement grandit encore en voyant Philomen ne ramasser qu'une casquette, et au quatrième, Miraut, enfiévré par l'odeur de la poudre, mais ne voyant toujours point de gibier, se demandait si Lisée n'était pas tout simplement devenu louf.

Ce fut le gros qui paya le Pernod ; la casquette, la bonne casquette de Philomen, sur laquelle il avait tiré, montrant juste deux trous de plomb alors que les autres étaient littéralement criblées.

Il mit la faute sur son fusil et sur ses cartouches dont la poudre était vieille, affirmant, au reste, que deux plombs bien placés étaient plus que suffisants pour arrêter un oreillard.

CHAPITRE VIII

Lorsque les quatre hommes sortirent de l'auberge, il faisait nuit. Le ciel s'étoilait, l'air était tiède, un léger vent du sud-ouest courait dans les arbres du bois de la Côte, apportant distinctement les sept coups de l'heure qui sonnait à la tour de l'église de la grande paroisse, à une lieue de là.

— Ah ! se réjouit Lisée, c'est le vent du haut, cela pourrait bien tout de même nous amener la pluie ; il ne serait que temps, en vérité, si l'on veut mettre un peu les bêtes au pâturage avant les gelées et tuer quelques lièvres, histoire de payer le permis.

A ce moment, tout à coup, Miraut, qui venait de humer bruyamment le vent, allongea le cou vers le ciel et poussa un long et sinistre hurlement, hurlement de douleur et d'effroi ainsi qu'il avait fait déjà lorsqu'il entendit la première fois sonner les cloches ou qu'il se trouva perdu.

Presque aussitôt, comme s'ils l'eussent compris, Bellone, Ravageot et sa mère Fanfare l'imitèrent en hurlant éperdument eux aussi.

— Qu'est-ce qu'ils ont donc ? s'étonna le gros. On ne sonne pas, et la lune, je l'ai vu hier encore sur l'almanach, ne doit se lever que vers les deux heures du matin.

Une vieille femme du pays, la mère Baromé, venait dans la direction de l'auberge. Elle souhaita le bonsoir à tous et, de ses mauvais yeux, reconnaissant péniblement, après les avoir dévisagés, Lisée et Philomen, leur demanda si son garçon Clovis ne se trouvait pas d'aventure avec eux, chez Fricot.

— Ma foi, non, répondit Lisée ; il n'y avait que nous quatre. Vous le cherchez ?

— Oui, expliqua-t-elle ; il se fait tard et nous l'attendons pour souper. J'avais pensé qu'en rentrant de Mont-Tanevis, où il était allé élaguer des frênes, il s'était arrêté pour boire un verre à l'auberge.

— Il est sans doute allé aux filles dans quelque ferme de sur la Côte, plaisanta Philomen.

Les chiens hurlaient de plus belle, et Pépé, un peu en arrière et qui n'avait rien entendu de la conversation engagée, s'écria tout haut, très étonné :

— On dirait qu'ils hurlent à la mort.

— Mon Dieu, fit la vieille en se signant, pourvu qu'il ne soit pas arrivé malheur à mon garçon !

Frappés de cette coïncidence qui n'avait pourtant pas de motif de les retenir, Lisée et Philomen n'en reçurent pas moins, comme ils le dirent plus tard, une secousse au cœur.

Ils se trouvèrent instantanément dessoulés, rassurèrent du mieux qu'ils purent leur vieille voisine et s'en retournèrent chacun chez soi, après avoir fait leurs adieux au gros et à Pépé, lesquels n'avaient à aucun prix voulu accepter à souper chez l'un ou chez l'autre et tenaient absolument à rentrer chez eux de bonne heure.

Une fois isolés, les autres chiens ne crièrent plus ; seul Miraut, de temps à autre, agité et inquiet, demandait la porte et se reprenait à hurler.

— Ça doit annoncer un malheur, prophétisa la Guélotte.

Lisée ne put s'empêcher de confier à sa femme ses appréhensions, tout en ayant soin d'ajouter qu'il pouvait fort bien avoir tort de penser à de pareilles bêtises et qu'au surplus il le souhaitait vivement.

Ils se couchèrent, mais vers dix heures, n'ayant pu fermer l'œil ni l'un ni l'autre, en raison du vacarme que menait toujours le chien, Lisée sauta du lit et mit le nez à la fenêtre. Il ne fut point étonné d'apercevoir des gens avec des lanternes qui se hélaient et déambulaient par les rues.

— Je vais aller voir, décida-t-il.

Le Clovis Baromé n'était toujours pas rentré, et sa mère, qui craignait un malheur, n'avait eu trêve ni repos qu'elle n'eût décidé son mari et ses voisins à se rendre sur Mont-Tanevis à l'endroit où son fils avait dû travailler durant l'après-midi.

Lisée s'enquit de leur affaire, puis, secoué lui aussi, il revint chausser ses souliers et, emmenant Miraut avec lui, partit rejoindre les chercheurs.

Le chien hurlait toujours et d'autres maintenant lui répondaient : Berger de sa pâture, Tom du seuil de la boutique, Turc au loin, vers le moulin, et tous ceux des alentours ; c'était sinistre.

Le chien prit le trot, et on le suivit avec peine, moitié marchant, moitié courant. On arriva tout essoufflé au sommet de la Côte et, derrière le chien toujours, on gagna rapidement le grand enclos où Clovis Baromé avait dû venir travailler.

D'assez loin, au clair d'étoiles, on apercevait la stature squelettique et triste de quelques frênes dévêtus à côté d'autres qui ne l'étaient pas, ce qui indiquait que, pour une raison quelconque, le garçon avait dû abandonner la besogne commencée.

L'anxiété grandissait : on courait maintenant derrière le chien, dont le poil du dos se hérissait, et qui bientôt s'arrêta, figé de peur, hurlant plus lamentablement que jamais.

Au pied de l'arbre, l'échine brisée, le jeune homme gisait, la figure ensanglantée par endroits, jaune, cireux, déjà froid, tué dans la chute qu'il avait dû faire. Une branche cassée presque au sommet de l'arbre attestait son imprudence et indiquait l'accident : il n'y avait rien à faire qu'à ramener au village le cadavre. Deux hommes s'en chargèrent, qu'on relaya de temps en temps, pendant que les autres pensivement suivaient : ce fut un triste retour.

La vieille et le vieux Baromé n'avaient plus que ce fils ; ils avaient déjà perdu leur aîné au régiment, où il était mort d'une pleurésie, et leur désespoir fut navrant. Les gens, devant leur douleur, ne pouvaient retenir leurs larmes, et Miraut, lui aussi, témoigna de son chagrin en hurlant, car Clovis le caressait chaque fois qu'il passait devant leur maison.

Ce fut ensuite l'enterrement et peu à peu, sauf pour les vieux, inconsolables, l'oubli fatal ; mais le chien de Lisée, dans tout le pays et aux alentours, s'en trouva grandi. N'était-ce point cette intelligente bête qui, la première, avait prévenu les gens, qui avait insisté et conduit enfin son maître et les autres sur le lieu du drame et, en cette occasion, avait en outre témoigné d'une sensibilité dont beaucoup de brutes à deux pattes n'étaient certes pas capables ?

— Miraut, c'est un sacré chien, disait-on.

Et la Guélotte, flattée tout de même, en oubliait tout à fait de le rosser et de le faire jeûner.

La chasse fut décidément mauvaise, cette saison. Les chiens, déroutés par le manque de fret et rendus furieux, poursuivaient tout ce qu'ils rencontraient, même et surtout les chats, les matous qui, attirés par le beau temps, friands d'oiseaux, s'aventuraient à travers champs et venaient se poster à l'affût, au bord des sources, afin de tuer pour leur compte personnel. C'étaient de courtes chasses qui finissaient au premier gros arbre rencontré. Le chat, effaré, grimpait bien vite, se juchait à la deuxième ou à la troisième fourche et, de là, regardait de ses yeux verts, ronds et fixes, son poursuivant désappointé.

Les chasseurs venaient se rendre compte et rejoignaient leurs chiens et, quand ils avaient reconnu le gibier, cela se terminait généralement par d'amicales engueulades.

Miraut chassa aussi les renards, les renards qui, eux,

ne quittent que rarement le bois, ne suivent pas de chemins, laissent un fret plus abondant, plus fort et plus facile à suivre.

— Faute de grives on mange des merles, proclamait Lisée ; autant ça que rien.

Les peaux ne valaient pas grand-chose encore, malgré l'adage courant qui les prétend bonnes dès que les citoyens à longues queues ont marché sur les éteules ; mais il y avait la prime, vingt sous pour un mâle, quarante sous pour une femelle. Naturellement, les renards tués, fussent-ils couillards comme taureaux, étaient tous, pour les besoins de la prime, baptisés renardes, avec la complicité de ce brave Jean, le secrétaire de mairie, qui d'ailleurs n'y connaissait rien du tout, n'y voyait jamais que du feu et se laissait complaisamment rouler.

Ces chasses-là ne duraient guère qu'une demi-heure, trois quarts d'heure au plus, et se terminaient, quand on ne tirait pas, par la rentrée du goupil dans son trou. Plusieurs d'entre eux furent ainsi repérés et Lisée et Philomen se promirent de préparer leurs pièges pour l'hiver, dès que les peaux seraient bonnes.

Arrivé devant le terrier, Miraut habituellement reniflait et gueulait, essayant même de s'aventurer dans l'intérieur du boyau ; mais il était trop grand et trop gros, et son maître ne l'autorisait pas à le faire. Il renonça d'ailleurs de plein gré à affronter gueule à gueule les renards à partir du jour où il fut bel et bien mordu par un vieux goupil à qui Lisée avait cassé les reins d'un coup de fusil.

Il était là sur le sol, allongé, ventant et soufflant,

attendant le coup de grâce, quand le chien, très excité, furieux, arrivant à toute allure, lui sauta dessus.

En désespéré, le renard attrapa Miraut où il put, saisit l'oreille droite et ferma la mâchoire. Quand un renard blessé a mordu, c'est bernique pour le faire lâcher : Miraut, pincé, avait beau se secouer et hurler, l'autre serrait dur et ne bougeait mie. Lisée, très inquiet et fort ennuyé, dut, pour obtenir la délivrance de son chien, allumer une poignée d'herbe sèche et la fourrer tout enflammée dans la gueule du sauvage.

Cependant, Miraut, délivré et plus furieux que jamais, retomba sur l'adversaire, mais en ayant bien soin d'éviter la gueule. Il le saisissait par la queue, le secouait, lc tirait violemment, tandis que l'autre, qui l'échine brisée, ne pouvait l'atteindre, lui bourrait des yeux farouches en grinçant des dents.

Lisée aussitôt mit fin aux souffrances du blessé en l'assommant d'un coup de trique.

Il y eut aussi la chasse aux blaireaux, qui, eux, ne quittent que rarement les fourrés et, moins rapides que les chiens, font tête résolument quand ils vont être saisis. Plus prudent, Miraut, en cette occurrence, ne se hasardait pas à affronter leur terrible mâchoire ; il « donnait au ferme » alors, aboyant longuement pour inviter Lisée à s'approcher ; mais, dès que le pas de l'homme retentissait, le blaireau repartait, quitte à recommencer cinquante pas plus loin et ainsi de distance en distance, jusqu'à ce qu'il eût atteint enfin son terrier, d'où l'on ne pouvait plus le dénicher.

Il y eut encore, vers la fin de la saison, au printemps suivant, la sinistre histoire avec le goupil pris au piège, que Lisée ramena vivant à la maison et qu'il relâcha ensuite dans des circonstances terribles pour le sauvage [1].

Quand la chasse clôtura, Lisée n'avait occis que quatre lièvres ; c'était vraiment peu pour un tel fusil ; jamais lui et Miraut n'avaient fait si mauvaise année ; aussi le gibier, l'été suivant, foisonnait-il et, pour avoir son compte tout de même, aux jours de fête ou pour quelques réunions d'amis, Lisée s'embarqua-t-il de temps à autre, le soir, histoire d'en « sonner un » à l'affût, comme il disait.

Dans ces expéditions crépusculaires il n'emmenait jamais avec lui Miraut, dont l'aboi intempestif eût prévenu les gardes et il faisait au contraire tout son possible pour l'enfermer alors à la maison.

Cela n'empêcha point le chien, quelques beaux soirs où ça lui disait, de filer seul ou en compagnie de Bellone faire une petite partie. La chose n'avait pas grande importance, surtout le soir, car les représentants de la loi ne poussent habituellement pas le zèle jusqu'à veiller pendant que dorment leurs concitoyens ; mais de jour, c'était plus dangereux ; aussi Lisée avait-il l'œil sur son chien.

Nonobstant toutes défenses et surveillances, il fila cependant un beau matin. Il devait « savoir » un lièvre et connaître son gîte, bien sûr, car dix minutes après il donnait à pleine gorge par le vallon de la fin dessus.

Le brigadier l'entendit. C'était un vieux forestier d'une scrupuleuse honnêteté et qui ne connaissait que

1. Voir *De Goupil à Margot (La tragique aventure de Goupil).*

le service. Droit et solide encore, malgré la cinquantaine, la moustache à la gauloise, les sourcils en broussaille, le père Martet avait été dans son jeune temps la terreur des braconniers, qu'il traquait de jour comme de nuit, sans pitié ni merci. Il pouvait se vanter d'en avoir réduit la race, car on ne pouvait guère confondre Lisée, bien qu'il tuât de temps à autre un lièvre en temps prohibé, avec les voraces qui écumaient autrefois le pays et mettaient en coupe réglée champs et forêts. Toutefois, Martet n'aimait pas entendre chasser les chiens en dehors des époques fixées, et s'il était enclin à l'indulgence envers ses compatriotes et disposé à pardonner une première faute, il laissait nettement entendre qu'en cas de récidive son devoir de fonctionnaire l'obligeait à sévir vigoureusement.

Comme il connaissait, en bon forestier, la voix de tous les chiens de son triage, il reconnut parfaitement le lancer de Miraut et vint sans délai trouver Lisée.

— Pourriez-vous me dire où est votre chien ?

Lisée n'essaya point de chercher de biais, il se gratta la tête, s'excusant :

— Je vous assure, brigadier, que ce n'est pas de ma faute. Il a fichu le camp comme ça, sans que je le voie.

— Je m'en doute bien, parbleu, il ne manquerait plus que ça que vous l'ayez envoyé ; mais il n'en est pas moins en contravention, et mon devoir est de vous déclarer procès-verbal.

— Pour la première fois ! voyons, brigadier, vous savez bien que je ne braconne pas.

— La première fois !... La première fois !... enfin c'est bon. Entre gens d'un même pays, on n'est pas pour se bouffer le nez ; vous allez partir me le chercher et faire bien attention une autre fois, parce qu'alors, la loi c'est la loi, ce sera malgré moi, vous savez, mais tant pis, le service avant tout ; mes chefs n'admettraient pas... et puis si je permettais à un, il faudrait que je permette à tous ! Non !

— Je comprends bien, approuva Lisée qui mit ses souliers dare-dare et s'en fut rechercher Miraut.

Il le ramena, et, pour l'empêcher de filer en sourdine, lui attacha au cou, par une corde, une grosse boule de quilles à mortaise qui lui interdisait tout galop.

Miraut la traîna patiemment deux jours, puis, un matin qu'il avait résolu de s'offrir une randonnée, il rongea la corde, abandonna la boule et s'esbigna. Lisée, à temps, heureusement s'en aperçut, le vit, partit sur ses pas, le rattrapa, le ramena et cette fois, pour plus de sûreté, lui rattacha la boule au collier avec un vieux bout de chaîne.

Clopin-clopant, écartant les pattes pour traîner son boulet, un jour que son maître allait faucher du foin au bord du bois, Miraut le suivit. Malgré la boule qu'il faisait rouler sur le sol, il s'enfila tout de même en forêt et alla fourrer le nez au derrière d'un levraut dont il connaissait le gîte.

Le père Martet qui partait en tournée et passait justement par là marcha droit à Lisée, s'étonnant à juste titre de cette imprudente désobéissance à ses ordres.

— Vous n'entendez donc pas le raffut que fait votre chien ?

— Sacre nom de nom, il était là il n'y a pas deux minutes avec sa boule de quilles au cou.

Ils s'en furent tous deux à sa recherche et n'eurent pas de mal à le dénicher avec son boulet de forçat en effet, mais qui chassait quand même.

— Je vois bien que ce n'est pas de votre faute, concéda Martet, mais quel animal enragé de vice ; avec un bout de bois d'un pied pendu au collier, il irait peut-être plus difficilement encore et cela le fatiguerait moins, essayez donc.

On tâta de l'entrave. C'était, en effet, pour marcher comme pour courir, plus dur qu'avec la boule de quilles, et cela obligeait Miraut à avancer à la façon des échassiers. Cependant, le jour où il décida qu'il irait lancer un lièvre, le bout de bois, pas plus que la boule, ne l'arrêta. Il s'en fut jusqu'à la forêt, clopinant et trébuchant, mais dès qu'il eut trouvé un bon fret, afin que son entrave ne le gênât pas pour courir, il la prit en travers de sa gueule et chassa sans dire un mot.

Le brigadier qu'il rencontra un jour au cours d'une partie fut désarmé par tant de constance et une si noble obstination ; il le laissa faire et s'en revint au village.

— Je l'ai vu, confia-t-il à Lisée en prenant un verre avec lui.

« Savez-vous ce qu'il faisait pour ne pas que le bout de bois le gêne ? il le portait dans sa gueule et il trottait, le brigand, si vite que j'aurais été bien incapable de le rattraper ; mais enfin, comme ça, vous comprenez, il ne peut pas brailler ; je suis couvert et je peux dire que je ne l'ai pas entendu ; personne ne le sait d'ailleurs, par conséquent personne ne daubera.

« Vous avez tout de même un sacré chien ! »

CHAPITRE IX

Quatre automnes passèrent qui firent de Miraut un maître. La chasse n'avait plus pour lui de secrets : il n'était pas dans tout le territoire de la commune un canton de lièvre qu'il ne connût, un gîte possible qu'il ne soupçonnât, un terrier dont il ne pût désigner le propriétaire. Il savait qu'à toutes les saisons un nouveau lièvre revenait s'installer dans telle haie, dans tel gros buisson, un jeune levraut s'établir dans telle combe ou dans tel murger ; il distinguait les jours où ces locataires maniaques préféraient les logis de plein air des luzernes et des trèfles à l'abri touffu des grands bois ; il connaissait les haies giboyeuses et n'ignorait pas qu'au moment de la chute des feuilles et les jours de grand vent, les sillons des grands labours bruns recèlent plus d'un capucin.

Quant aux ruses déployées par les adversaires, il les connaissait, les devinait, les pressentait. Dès qu'il lui arrivait de lever un lièvre, il devait se dire pour des tas de raisons qui eussent échappé même à Lisée : toi, mon gaillard, tu es jeune, tu feras une pointe en dehors du bois et tu reviendras soit à droite, soit à gauche, j'aurai l'œil ; ou encore : oh ! oh ! voici une vieille connaissance ; où va-t-il faire ses doublés et crocher aujourd'hui, le citoyen ? Selon la direction prise, il savait où la piste s'embrouillerait et de quel côté il faudrait opérer les recherches pour démêler la nouvelle.

Il connaissait la voix de tous les chiens des environs ; quand on était du côté de Velrans, il savait qu'il était autorisé à marcher à la chasse de Ravageot, et du côté de Rocfontaine aux abois de la vieille Fanfare.

Il avait un accent particulier, un timbre différent de jappement, un mouvement de chanson de gueule spécial pour chaque gibier et dès son premier mot, dès sa quête même, Lisée pouvait déduire : c'est un lièvre, ou un renard, ou un blaireau, ou un écureuil, ou encore il est sur un piétement de perdrix ou de cailles.

De même, si le matin était bon, cela se voyait immédiatement à son allure, à son entrain, à sa joie, à sa façon de renifler et de chercher ; si cela ne marchait pas, il montrait moins de goût, regardait souvent Lisée et l'on sentait une légère humeur dans sa dégaine, une certaine amertume dans son coup de gueule.

Il connaissait aussi bien et même mieux que son maître les passages favoris des oreillards, et quand il chassait avec Bellone, ils opéraient maintenant régulièrement à la façon des renards, elle faisant le chien et lui le chasseur.

Longeverne était son domaine, il y régnait en souverain. Depuis le jour où, à la ferme de François, il ruina la suprématie amoureuse de Turc, les femelles se soumirent passivement à son joug et les autres chiens reconnurent sa puissance. Ils ne lui gardaient point trop rancune d'être le préféré, d'ailleurs ils n'y perdaient rien puisque, avant lui, c'était Turc ; avant Turc, c'était Samson. Miraut se montrait moins jaloux et moins féroce que les deux premiers, témoignant souvent, après la chevauchée victorieuse et jusqu'à ce que le talonnât de nouveau le désir, d'un certain abandon philosophique dont profitaient sans vergogne les rivaux.

Ils lui cédaient leur tour de corne devant la forge de Martin, lui abandonnaient le fumier qu'ils mettaient en coupe et ne lui cherchaient jamais de querelles.

Quand ils se rencontraient par les rues, ils dressaient le nez, battaient du fouet, s'approchaient sans défiance, se flairaient réciproquement le museau et le reste et, selon que cela leur disait, jouaient quelques minutes à se mordiller, à se rouler, ou à d'autres jeux encore d'une naïve obscénité.

Si d'aventure, dans les jeux de gueule, il arrivait à l'un d'eux de serrer un peu trop fort et qu'un léger nuage s'ensuivît, le jeu cessait purement et simplement et l'on partait chacun de son côté.

Miraut avait appris à connaître toutes les maisons du village et les ressources particulières qu'elles offraient selon les heures et selon les jours. Sans doute il était nourri chez Lisée et n'avait pas grand-faim, mais toute trouvaille est une joie que décuplent encore le plaisir de la recherche et la fièvre de la découverte. Combien lui paraissaient supérieures à la pâtée domestique, et hautes en goût et pimentées selon la norme canine, les ventrailles faisandées et puantes découvertes en un coin de haie ou les délivrances de vache arrachées de vive lutte au fumier puissant dans lequel elles avaient croupi et fermenté !

Il savait que telle cuisine est toujours ouverte et que l'on y peut impunément boire, dans le seau des cochons, une eau savoureuse, épaissie de son et de pommes de terre cuites délayées ; que dans certain coin ou au pied du pilier, l'assiette du chat recèle toujours une lapée de lait ou un relief de fricot qu'on peut s'adjuger sans inconvénients. Il n'ignorait pas que, parmi les balayures de la grosse maison du bout du village et derrière l'auberge de Fricot, près du jeu de quilles, on trouve régulièrement des os à ronger, des bouts de peaux appétissants, des couennes de lard et des tendons doublement savoureux. Il avait repéré avec soin les baraques hostiles et dont les gens n'aiment pas les bêtes. Il savait que le fromager du pays était enclin à l'indulgence et lui voulait du bien et que sa femme — décidément, une sale race que les porte-jupons — était loin de professer à son égard les mêmes sentiments, qu'il fallait, avant d'aller saluer le mari, s'assurer au préalable qu'il se trouvait seul, si l'on ne voulait point obtenir un bon coup de balai au lieu d'une belle rondure de gruyère ou d'un appétissant morceau de « serret ».

Il connaissait de même toutes les personnes du pays, distinguait dans la rue les amis qu'il saluait d'un sourire, d'un tortillement du derrière, d'un battage de queue ou d'un lessivage de mains ; il avait déterminé, à une bouchée près, le degré de générosité des gosses à qui il ne faisait jamais de mal et qu'il caressait au passage. Tous d'ailleurs l'aimaient et il en était peu, parmi eux, qui, à l'heure du goûter, ne prélevassent sur leur chanteau de pain un morceau de croûte ou de mie, pour le jeter au chien et s'émerveiller de ce qu'il l'attrapât toujours si facilement, au vol. Il se prêtait assez volontiers à leurs fantaisies, se laissait coiffer d'une casquette ou d'un béret, couvrir d'un tricot et serrer la patte pour la poignée de main amicale de la séparation.

Il témoignait d'une indifférence polie, d'une réserve digne et légèrement dédaigneuse envers les étrangers qu'il ne connaissait point, à condition qu'ils fussent à peu près vêtus selon la norme paysanne. Il professait pour les messieurs à pardessus et à chapeau melon un mépris non dissimulé et pour toute la gent mal vêtue et déguenillée une haine violente qui pouvait aller quelquefois jusqu'au coup de dent. Le gibus lui faisait horreur non moins que la besace ; toutefois sur ce dernier point, Lisée, brave homme, arriva, à force de leçons et de discours, à lui faire admettre un distinguo. Respect aux vieillards, lui enseigna-t-il, et s'il ne put parvenir à extraire du cœur de son chien tout sentiment d'antipathie envers les vieux mendigots, du moins obtint-il qu'il les laissât pénétrer dans la maison et réciter leur « Notre Père » sans trop montrer les crocs. Mais pour ceux qui étaient jeunes et solides, les rouleurs, les trimardeurs, commerçants d'occasion, industriels à la manque, marchands de peaux de lapins ou de mine de plomb, il resta impitoyable et féroce et faillit même faire arriver à son maître une sale histoire pour avoir déchiré, en même temps que les bandes molletières, un peu de la viande d'un gentilhomme cornemuseux qui mettait vraiment une insistance trop grande à vouloir, malgré les portes closes, souhaiter le bonjour à Lisée ou à la Guélotte.

Mordu et saignant, il criait qu'il irait trouver le maire si on ne lui payait pas des dommages-intérêts, une indemnité, la forte somme, quoi ! Philomen, qu'il ne connaissait point et interrogeait à ce sujet, lui apprit justement que les gendarmes arrivaient à l'entrée du village et qu'il pourrait bientôt, en toute justice, leur exposer ses griefs. La chose d'ailleurs était absolument fausse, mais l'autre, dont la conscience n'était probablement pas très nette, profita du conseil pour s'éclipser rapidement.

Au reste, si Miraut n'avait aucun des instincts ni des habitudes du chien de berger et s'il ne s'approchait jamais des vaches, il n'en constituait pas moins un fameux et très sûr chien de garde. Son nez subtil, sa fine oreille l'avertissaient avant tout le monde de ce qui se passait aux alentours de la maison. Lui, qui avait tant massacré de poules au temps de sa jeunesse folle, protégeait maintenant ces bestioles domestiques, la nuit et en hiver, du putois et de la fouine ; le jour, des attaques de la buse et de l'épervier. Les lapins ne l'intéressaient plus ; il dédaignait profondément, et pour cause, leur insignifiant fumet, et même libérés de leur cage, il les regardait tourner autour de lui sans envie d'y toucher.

Durant le jour, quand il n'était pas occupé à sa tournée au village, il se tenait, soit auprès de Lisée, soit couché sur la paille de la levée de grange ou sous l'auvent de la porte de l'étable. Il signalait régulièrement par un aboi la présence d'un arrivant ou d'un passant, son oreille ne le trompant jamais.

Les soirs d'hiver, couché derrière le poêle avec les chats, on le voyait de temps à autre lever le mufle, pousser un grognement d'amitié, d'indifférence ou de colère et de surprise selon que c'était un ami proche, un parent, un voisin quelconque ou un étranger qui approchait. On pouvait même savoir quand c'était Philomen qui venait en traversant l'enclos. Miraut alors poussait la politesse jusqu'à se lever pour aller le recevoir à la porte ; si c'était un mendiant en qui il soupçonnait le rapineur, on avait grand-peine à le tenir ; il aurait dévoré l'intrus si on l'eût laissé faire. Quant à la Phémie, il ne la gobait toujours pas ; sa patronne lui avait interdit de japper quand elle venait ; cela ne l'empêchait point de grommeler quand il entendait sa sabotée particulière et de lui montrer les dents dès que le regard du maître ne l'obligeait plus à dissimuler ses véritables sentiments.

Tant de qualités professionnelles et domestiques avaient fait de Lisée et de lui deux amis fraternels qui se pardonnaient mutuellement leurs fautes : lièvres bouffés par le chien sans autorisation préalable ni partage équitable avec le maître, stations trop prolongées du patron chez les bistros quand on allait en voyage. La Guélotte, elle-même, à la longue, nul accident fâcheux n'ayant endeuillé sa basse-cour et amoindri son porte-monnaie, avait fini par l'admettre et par lui témoigner, dans ses rares bons moments, quelque affection.

La réputation de Miraut avait franchi les frontières naturelles de sa région. Non seulement par le canton où son premier maître, le gros, et Pépé, son parrain en somme, avaient exalté ses vertus et proclamé sa gloire, mais ailleurs, dans les pays voisins, au chef-lieu d'arrondissement, à Besançon même, les professionnels de la chasse n'ignoraient pas qu'il se trouvait quelque part, dans une commune appelée Longeverne, un chien courant vraiment extraordinaire, épatant, mon cher, et qui faisait l'admiration de tous ceux qui avaient pu le voir à l'œuvre.

Et l'on venait le voir. Les gros bonnets du canton, le notaire, le juge, le receveur d'enregistrement, le percepteur, lorsqu'ils avaient besoin d'un lièvre, ne dédaignaient pas de pousser, comme par hasard, jusqu'à Longeverne et de venir proposer, au débotté, une partie à Lisée pour le lendemain.

Roublard et finaud, le chasseur, quand il avait le temps, acceptait pour ne point se faire mal voir de ces vindicatifs et jaloux personnages, mais il n'ignorait pas que ces flagorneries intéressées s'adressaient beaucoup plus au patron de Miraut qu'à Lisée lui-même, et l'orgueil qu'il aurait pu ressentir en était de beaucoup mitigé, car tous ces beaux phraseurs ne l'eussent pas seulement regardé s'il n'eût eu qu'une carne incapable de lancer, au lieu du maître chien qu'il avait la joie et l'honneur de posséder.

D'ailleurs, dès que Lisée, contraint par la besogne, avait quitté la chasse commencée, le chien, s'en apercevant, ne moisissait pas en la compagnie des gens à chapeaux et rentrait aussitôt dans ses foyers.

— Vous ne le vendriez pas, votre chien ? demanda un jour au chasseur maître Gouffé, le notaire, Méridional hâbleur, menteur, traître comme l'onde elle-même, qui eût vendu son père pour traiter une affaire avantageuse et dont les paysans appréciaient beaucoup les qualités administratives.

Lisée éclata de rire à cette proposition.

— J'aimerais mieux vendre ma femme, ricana-t-il, et même la donner pour rien.

— J'ai pourtant un de mes amis à Besançon, un juge, qui désirerait un bon courant, je lui ai parlé de Miraut. Il est millionnaire, vous savez, et en offrirait un très bon prix. Il viendra en auto un de ces jours, vous pourrez vous arranger.

— Jamais de la vie, protesta Lisée.

— Allons, mon cher, concilia maître Gouffé, il ne faut jamais dire : fontaine, je ne boirai pas de ton eau. Il viendra dimanche, vous verrez, je crois qu'il monterait bien jusqu'à cinq cents francs ; cinq cents balles, c'est une somme, réfléchissez !

— C'est tout réfléchi, trancha Lisée ; dites à votre juge qu'il continue à condamner les pauvres bougres au profit de quelques drôlesses pour faire plaisir au sénateur cocu de sa région et qu'il me foute la paix avec Miraut.

— Voyons, ne vous montez pas ; c'est un charmant garçon, vous vous entendrez très bien, vous verrez.

La Guélotte, qui était présente à cet entretien, avait ouvert des yeux énormes à la proposition d'achat et sa gorge, d'émotion, en était devenue sèche. Tant que le notaire resta là, elle se contint, mais quand il fut parti, elle entreprit son homme aussitôt.

— Y as-tu pensé ? Cinq cents francs ! On aurait presque deux autres vaches avec cette somme-là. Songe au lait que nous pourrions porter à la fromagerie, aux sous qu'on toucherait tous les trois mois. Tu ne vas pas t'entêter ; un chien, ce n'est qu'une bête après tout et, puisque tu tiens absolument à en avoir un, tu en trouveras facilement un autre...

— Tais-toi, tonna Lisée : Miraut n'est pas un chien comme les autres, c'est un ami et un enfant, je suis habitué à lui et lui à moi, je ne veux pas que tu me parles de cette affaire et si l'autre, malgré sa galette, a le toupet de venir dimanche, je me charge, tout en étant poli, de lui montrer qu'un paysan qui n'est pas un vendu vaut bien un juge.

— Tu n'as jamais été qu'un âne et une brute, ragea-t-elle. On n'a pas idée, quand on peut faire un si beau marché...

— Assez, nom de Dieu ! coupa Lisée.

Le dimanche, en effet, en compagnie de maître Gouffé, l'amateur s'amena de bon matin et s'invita à chasser avec Miraut et Lisée. Au premier coup d'œil, le chien lui plut et, fort complaisamment, Lisée lui permit d'admirer, au cours des chasses que l'on fit, les qualités de son compagnon et ami.

Le richard invita Lisée à déjeuner chez Fricot où le notaire avait fait composer un menu soigné, agrémenté de vins capiteux. Défiant, Lisée déclina l'offre ; mais Gouffé avec sa faconde habituelle invervint :

— Voyons, cher ami, vous avez été si aimable de nous accompagner, vous ne pouvez pas refuser…

Et le chasseur dut se mettre à table où il mangea et but consciencieusement.

On parla chasse ainsi qu'il convenait, mais, dès que les autres voulurent aborder la fameuse affaire, Lisée fut intraitable.

Après avoir, fort poliment d'ailleurs, répondu en invoquant des questions sentimentales auxquelles l'autre ne sembla rien comprendre et comme il insistait trop, jonglant avec les billets de cent, Lisée, tout d'un coup, très pâle, s'écria :

— Tenez, monsieur, vous êtes bien honnête de m'avoir invité et je vous remercie de votre repas, mais aussi vrai que vous êtes millionnaire et que je ne suis, moi, qu'un pauvre bougre de paysan, vous n'aurez jamais mon chien. S'il vaut cinq cents francs pour vous, pour moi il n'a pas de prix : on ne m'achète pas un ami tel que lui comme on achète une conscience de député, et je vous jure sur ma tête qu'il ne crèvera que dans ma maison.

Là-dessus, il se leva, salua la compagnie et partit à Velrans voir Pépé.

TROISIÈME PARTIE

CHAPITRE PREMIER

La Bellone se faisait vieille. Philomen, un jour, hochant la tête avec regret, le fit constater à Lisée : c'est qu'elle atteignait ses dix ans. Sans doute ce n'était point encore l'extrême vieillesse et décrépitude, car elle avait toujours été bien soignée, bien nourrie, bien traitée. Elle ferait encore au moins deux saisons de chasse, mais il était temps, tout de même, de songer à sa succession. Evidemment, elle mourrait à la maison, de sa belle mort ; Philomen, à l'encontre de beaucoup de brutes qui prétendent au titre de chasseurs et tuent leurs chiens en guise de remerciement lorsque ceux-ci deviennent vieux et infirmes, gardait toujours les siens jusqu'à leur dernière heure. Oh ! ce n'était souvent pas réjouissant : la vieillesse les rendait claudicants et baveux, quelquefois ils pelaient, une gale maligne leur croutelevait la peau, les oreilles se mettaient à couler, ils devenaient sourds, ils n'y voyaient plus, qu'importe ! on les soignait tout de même et il leur restait toujours, avec la bonne écuelle quotidienne de pâtée, une litière fraîche dans un coin paisible et chaud de l'étable pour attendre le grand départ.

Philomen fit remarquer à Lisée que la chienne éprouvait maintenant en chasse assez de peine à suivre Miraut, que son poil se décolorait par endroits, qu'elle blanchissait sur les tempes, que la paupière s'allongeait et se fripait et que la lippe pendait légèrement, découvrant un peu les crocs de la mâchoire inférieure dont la gencive était moins ferme.

Aussi lorsque le printemps, remueur de sèves et stimulateur du sang, l'eut rendue amoureuse, il lui donna Miraut durant une huitaine pour compagnon afin de lui faire faire une dernière portée de laquelle il conserverait une petite chienne.

Car Philomen tenait essentiellement à conserver une bête de cette race, une race un peu particulière et point cataloguée parmi les numéros des grands amateurs, mais qui, pour être moins connue, n'en avait pas moins un nez excellent et un jarret infatigable. C'étaient des chiens de taille moyenne, aux formes sveltes, ni bien ni mal coiffés, avec un os du crâne pointu et des attaches solides. Leur robe, d'un blanc sale avec des taches marron ou grises, n'était rien moins qu'agréable et leur poil, ni ras, ni rude, semblait intermédiaire entre celui des porcelaines et des griffons. Philomen avait toujours vu chez eux de ces chiens-là, son père et lui en avaient toujours été contents ; c'étaient des animaux pleins d'intelligence et de feu, excellents lanceurs et qui manifestaient généralement assez de répugnance pour le renard.

Bellone fut donc couverte par Miraut.

La grossesse, qui dura comme celle de la louve et de la renarde, neuf semaines et trois jours, au dire de Pépé, ne fut signalée par aucun des phénomènes particuliers à cet état qui se remarquent d'ordinaire chez la femme enceinte. Du moins, si elle souffrit, nul ne le sut, car elle ne manifesta ni par des cris, ni par des mouvements, ses sensations. La première portée quelquefois présente des accidents et des bizarreries assez remarquables : fièvre intense, écoulements sanguins et noirâtres, salivation abondante, perte momentanée de l'appétit et beaucoup de symptômes assez comparables à ceux de l'empoisonnement, mais cela ne se revoit pas aux gestations suivantes.

Bellone s'alourdit assez vite. Quand elle se sentit prête à mettre bas, ce que Philomen remarqua au sexe qui saignait un liquide rosé, elle s'éclipsa, chercha dans l'écurie un coin solitaire et écarté, piétina la paille, la cassa, l'assouplit et, dans le plus grand mystère, accoucha de six chiots que l'on découvrit le lendemain matin dans une couche propre, nette, entièrement lessivée par la mère qui s'était elle-même délivrée et seule avait vaqué à sa toilette personnelle et à celle de ses nouveau-nés.

Lorsque son maître la visita, il la trouva couchée en rond, les petits blottis bien au chaud dans son giron, se chevauchant, s'enchevêtrant l'un dans l'autre pour jouir de plus de chaleur encore. Le chasseur les prit un à un pour les examiner, tandis que la mère, les yeux inquiets, regardant tantôt celui qu'il venait de déposer, tantôt celui qu'il reprenait, le laissait faire cependant sans protestations.

C'étaient des espèces de gros boudins longs de quinze à vingt centimètres, queue comprise, absolument informes. Dans la tête, à peine distincte du corps, aux yeux clos, la bouche laissait échapper un frêle vagissement, le nez rosâtre vaguement frémissait, les oreilles avaient l'air de deux petits clapets qui, selon le balancement de leur propriétaire, se soulevaient à demi et retombaient bien vite. La robe ne présentait aucune nuance : ils étaient ou tout blancs ou tout noirs, sauf l'un d'eux qui offrait quelques îlots circulaires noirs dans un océan de blancheur. Les pattes, comme rejetées latéralement, étaient trop petites et sans force et ils se déplaçaient ainsi que de gros vers trop gras lorsqu'ils voulaient saisir un des six nénés de la maman. Les mieux remplis étaient ceux de derrière ; aussi d'instinct, quand venait l'heure des tétées, ils s'y bousculaient avec énergie, cherchant goulûment à s'y agripper. La mère, de son nez, rapprochait les mal partagés des mamelles libres et les côtés de leurs têtes se gonflaient alors comme des joues. On entendait de temps à autre ainsi qu'un bruit claquant de baiser et, quand ils étaient tous alignés le long du ventre, on voyait distinctement leurs petites pattes coopérant elles aussi à l'œuvre de vie ; celles de derrière se crispant au sol pour les maintenir en bonne place, tandis que celles de devant, alternativement, piétinaient le sein, le pressant rythmiquement afin sans doute de faciliter la succion, et toutes les petites queues vermiculaires vibraient légèrement.

Pour choisir la chienne que Philomen devait garder, Lisée prévenu vint voir la portée et Miraut l'accompagna dans sa visite. Il y avait quatre chiennes et deux mâles, lesquels, sacrifiés d'avance, furent habilement subtilisés, sans que la mère s'en aperçût trop et disparurent. Il lui sembla bien toutefois, en venant retrouver les autres, qu'il y avait quelque chose de changé dans sa portée et elle en fut un peu inquiète. On avait, par la même occasion, transporté ailleurs les quatre rejetons restant afin de l'obliger à choisir elle-même la préférée, ainsi que la vieille Fanfare, mère de Miraut, avait fait jadis pour lui. Elle n'hésita pas ou presque pas et emporta d'abord dans sa gueule la noire et blanche, puis chacune des autres à son tour.

Les deux hommes étaient debout auprès d'elle qui s'était recouchée, entourant et léchant sa géniture, lorsque Miraut, intrigué, entrouvrit à son tour la porte d'écurie et s'introduisit sans façons pour voir un peu ce qui se passait.

Il n'eut pas l'honneur de contempler ses enfants. Dès qu'elle l'eut aperçu, grondante, Bellone se redressa, montrant les crocs et lui signifiant nettement qu'il n'avait rien à voir dans l'élevage et l'éducation de sa famille. L'heureux père n'insista pas. C'est qu'une chienne qui a des petits n'est pas un animal commode ni bienveillant : nuls autres que le maître Philomen et l'ami Lisée n'avaient le droit de toucher aux jeunes toutous, pas même la maîtresse de la maison ni les gosses.

Miraut se le tint pour dit : il fila sans mot dire par où il était venu, la fibre paternelle ne vibrant d'ailleurs pas beaucoup et même pas du tout en lui ; un banal sentiment de curiosité l'avait simplement porté à s'approcher afin d'examiner ce qui pouvait si vivement intéresser son maître et son ami.

On laissa la chienne à sa marmaille et l'on vint, en buvant un verre, attendre qu'elle sortît elle-même et s'éloignât de sa portée pour régulariser définitivement sa situation familiale.

Deux heures après, elle venait à la cuisine manger et boire et Philomen et Lisée, étant après un prudent contour rentrés à l'écurie, lui enlevaient les trois bêtes qu'elle ne devait point garder, une seule étant suffisante aux besoins du chasseur alors que plusieurs eussent fatigué et épuisé la nourrice.

Dans un tablier, Philomen déposa les trois nouveau-nés vagissants et fila, avec son compagnon, par la porte de dehors qu'il reboucla soigneusement derrière lui. Et tandis que, dans le fond du jardin, Lisée, à coups de pioche, creusait un trou assez profond pour y enfouir les cadavres, Philomen simplement assommait les trois bêtes en les projetant violemment contre une grosse pierre. Ce n'était pourtant point sans un serrement de cœur qu'il perpétrait ce triple massacre d'innocents qu'un autre avait déjà précédé, mais les nécessités de la vie l'y obligeaient, et d'ailleurs les petits êtres, tout à fait inconscients, à peine éveillés, n'avaient le temps ni de sentir ni de souffrir. Le choc brutal les tuait net, les os fragiles du crâne étaient défoncés, les viscères broyés ; une goutte de sang venait perler, au bord des narines et c'était tout.

Avec ses sabots, Philomen essuyait sur la terre les traces humides qui eussent pu le trahir et venait enfouir les chiots tués dans le trou creusé par son compère.

— Sale corvée, murmurait-il. Et la chienne en va avoir pour deux jours à suer la fièvre, car si, après le premier escamotage, elle n'avait point trop remarqué grand-chose, elle s'apercevra bien maintenant qu'il manque beaucoup de petits à l'appel et les cherchera en pleurant.

— Du moment qu'il lui en reste un, elle se consolera et ne l'en aimera que mieux, reprit Lisée. Ah ! si on ne lui en avait point laissé, ç'aurait été une autre histoire. Pendant trois jours, mon vieux, elle aurait couru comme une folle, cherchant partout, dans tous les coins et recoins et jusque sous les lits en appelant plaintivement. Elle aurait gratté à tous les endroits où elle aurait remarqué que la terre a été remuée, fouillé l'écurie et la grange, sondé les trous les plus petits, les passages les plus étroits dans l'espoir de retrouver quelques-uns de ses enfants disparus. Souvent même dans ces cas-là, elles soupçonnent les chiens voisins de les avoir tués et dévorés ! J'ai vu des mères, ainsi dépouillées, flairer le nez de leurs camarades mâles et te leur flanquer des rossées terribles, probablement parce qu'elles les soupçonnaient de multiples assassinats domestiques dont ils étaient, après tout, peut-être capables, mais sûrement point coupables.

— Les lapins mâles dévorent pourtant leurs enfants !

— Ce n'est point pour la même raison, affirma Lisée. Les lapins sont toujours en chaleur, toujours en désir ; quand la femelle allaite, elle ne veut pas, comme de juste, se laisser faire ; alors pour se venger ou pour lui ôter toute raison de se refuser, ils suppriment purement et simplement la cause du refus : ce sont des espèces de satyres, pas autre chose.

Pour Bellone, dès qu'elle fut retournée à sa niche, elle témoigna, devant le seul bébé qui lui restait, d'un étonnement plein d'angoisse. Ses yeux fouillèrent tous les recoins environnants, elle gratta la couche avec ses pattes et, ne trouvant rien, fureta par toute l'écurie, derrière les crèches et jusque sous les pieds des vaches.

Sitôt qu'elle vit reparaître Lisée et Philomen, qui avaient eu bien soin de se débarbouiller les mains, elle vint à eux et les flaira. Les soupçonna-t-elle ? C'est possible, ses soupçons s'étendaient à tout son univers connu, mais tout à coup, craignant peut-être qu'ils ne lui enlevassent encore son dernier enfant, elle se précipita sur son lit et entoura son chiot avec une précautionneuse et craintive tendresse.

La petite bête, réveillée, chercha la mamelle aussitôt et la mère le lécha copieusement, ne s'interrompant que pour regarder les deux hommes avec de grands yeux fiévreux, tout brillants d'une douloureuse inquiétude.

Deux jours durant, appréhendant quelque malheur nouveau, elle se refusa obstinément à quitter l'étable et l'on dut lui apporter à manger et à boire devant sa couche toujours propre, car les mamans chiennes, tant que les petits les tètent et ne mangent rien d'autre, nettoient elles-mêmes les ordures de leurs enfants en les avalant tout simplement.

Au bout de quelques jours la petite chienne, qu'on

avait baptisée Mirette en honneur de son père, commença à ouvrir un peu les yeux, des yeux vagues d'un bleu gris, absolument sans expression et sans vie, petits globes translucides où jouait vaguement la lumière et qui sans doute ne voyaient rien encore. En même temps, les pattes lourdaudes prirent un extraordinaire développement et la tête, se détachant du cou, devint énorme par comparaison avec le reste du corps. La peau poussait plus vite que les muscles, pelure trop vaste, plissée au col et aux jointures et tendue sous le ventre. Mirette tétait avec une gloutonnerie admirable, passant d'un néné à l'autre avec rapidité et pressant avec énergie de part et d'autre de la mamelle. Enfin, vacillant sur ses pattes, elle commença à explorer les frontières de sa couche.

Maintenant, lorsque sa mère l'abandonnait pour aller manger et faire son tour de promenade hygiénique, qu'elle ne sentait plus la douce chaleur naturelle qu'elle appréciait tant, elle essayait de la suivre des yeux, de ses petits yeux enfoncés sous leurs gros bourrelets de paupières au moins jusqu'à la porte, et pleurait comme un petit enfant dès qu'elle ne la distinguait plus. Mais ses chagrins ne duraient guère et, l'instant d'après, alourdie du repas, elle s'endormait où elle était, tantôt sur le côté, tantôt sur le ventre, le museau bayant aux mouches ou enfoui à même la paille de sa litière, d'un sommeil de plomb d'où la tirait seules la venue et l'odeur de sa mère, car c'est probablement le sens de l'odorat qui s'éveille le premier chez le chien. Elle n'était encore sensible ni aux gloussements des poules, ni aux meuglements des vaches : pourtant la lumière commençait à l'intéresser.

Ce ne fut qu'au bout de plusieurs mois qu'elle prit sa forme élégante et son définitif pelage, en tout semblable à celui de Bellone. Mais, durant ce temps, elle fit connaissance avec bien des choses, apprit à marcher, à craindre le sabot des bœufs, à sortir du lit pour vaquer à ses besoins et laper le lait et la soupe dans l'assiette, à côté de sa mère qui lui faisait encore elle-même sa toilette.

Cependant, elle savait déjà toute seule se gratter et quand une puce — les jeunes chiens n'en manquent point — errant à travers ses poils, la chatouillait, elle jetait avec une promptitude amusante son petit mufle sur sa peau ou bien grattait avec frénésie l'endroit sensible. D'ailleurs, elle apprit bien vite à lustrer toute seule son habit et bientôt, chaque jour, ne laissa nulle place où la langue ne passât ni ne repassât.

Elle connut les hommes et les gosses, reconnut les êtres de la maison et ne manqua pas un jour à embêter sa mère en la mordillant consciencieusement.

Quand on la laissa courir dehors, la vieille l'accompagna, et, bonne éducatrice, la prévint de tous dangers, la tirant par la peau du cou quand elle ne se garait pas assez vite des voitures et ne permettant aux autres chiens de l'approcher que quand elle était bien assurée de la pureté de leurs intentions.

Miraut ne fut admis à lui être présenté, c'est-à-dire à la flairer et à la sentir sur toutes les coutures, qu'assez tard, car il avait été vu dans la maison le jour de la disparition des autres petits, et si la chienne les avait bien oubliés à l'heure actuelle, elle n'en avait pas moins conservé un vague sentiment de méfiance envers lui.

Il témoigna à sa fille de la sympathie, mais il serait sans doute exagéré d'attribuer la manifestation de ce sentiment à autre chose qu'à une galanterie naturelle et de vouloir penser que la vibration de la fibre paternelle y fût pour quelque chose.

Et, comme tous les jeunes chiens, Mirette grandit, rongeant quantité de pieds de chaises, d'armoires et de lits, dévorant force chaussettes, souliers et savates et poil et plume et corne et tout ce qui avait odeur ou saveur, pour sa plus grande joie, en attendant les plaisirs de l'âge adulte et la saison prochaine de chasse où, vers le milieu de décembre, elle ferait enfin ses premières armes sous les hautes directions de son père et de sa mère.

CHAPITRE II

Mirette, à l'ouverture, n'avait que quatre mois et demi ; elle était donc encore trop jeune pour prendre part aux randonnées... cynégétiques, comme disait le copain Théodule, si éreintantes du début. Dès qu'elle atteindrait ses six mois, on commencerait à la mener pour l'habituer petit à petit.

La saison de chasse s'annonçait bien, cette année-là ; le temps allait, disaient les chasseurs, et quant au gibier, c'en était tout gris. Le premier dimanche fut particulièrement fructueux : Lisée et Philomen tuèrent chacun deux oreillards et le lendemain ils allongèrent encore chacun le leur.

Mais le mardi, à midi, Lisée qui, retenu à la maison par une besogne pressante, n'avait pu profiter de cette rosée, apprit par un voisin une nouvelle épouvantable : Philomen avait tué sa chienne.

Le camarade qui lui confia la chose et qui la tenait d'un voisin, lequel l'avait apprise d'un troisième, émettait au sujet des motifs ou des mobiles de cet acte des opinions contradictoires dont l'une au moins semblait si absurde que Lisée crut d'abord que c'était un bateau qu'on lui montait.

Suivant les uns, le chasseur, exaspéré par la mauvaise volonté persistante de la bête, lui avait, dans un accès de colère, envoyé dans les flancs tout le plomb d'une cartouche de quatre ; suivant certains autres, c'était un lièvre lancé, suivi de trop près par la chienne et tiré imprudemment, qui était cause de leur mort à tous deux ; suivant d'autres encore, la mort de Bellone était due à un accident, une chute qui avait fait partir le coup de feu juste dans la direction où elle quêtait.

Lisée, bouleversé, ne fit qu'un saut pour ainsi dire, de la Côte chez Philomen. Il trouva la petite chienne dormant sur le seuil de la porte, entourée des gosses qui pleuraient et lui disaient comme si elle eût pu les comprendre :

— Tu ne reverras plus ta maman, mais on t'aimera bien quand même.

Cela lui serra le cœur.

— Elle est bien foutue, pensa-t-il, ce n'était pas une blague.

Et, songeant à la docilité de la bonne bête perdue qui, au signal de son ami, le suivait comme un second maître, il sentit papilloter ses paupières et éprouva le besoin de se moucher.

La femme de Philomen comprit le but de sa visite. Elle aussi, quoique moins sensible à ce malheur, avait les yeux rougis, car la chienne avait été élevée en même temps que son dernier enfant et elle était fort attachée à cette brave bête qui ne les avait jamais mordus et se prêtait complaisamment à leurs fantaisies et à leurs jeux.

— Où est le patron ? s'enquit Lisée.

— Sur son lit, à la chambre du fond.

Lisée traversa le poêle et ouvrit la porte :

— Allons, mon vieux, fit-il à son ami qui, couché sur le côté, le nez au mur, essayait en vain de dormir pour oublier son malheur; dis-moi ce qu'il y a. Comment, diable, ça s'est-il passé ?

Philomen, à la voix de Lisée, montra sa figure contractée et ses traits douloureux :

— Tu sais ce que c'est, s'excusa-t-il. Je ne me cache pas d'avoir pleuré, c'est plus fort que moi. Dire que je l'ai tuée ! Ah ! bon Dieu de bon Dieu ! Salaud de lièvre !

— Conte-moi ça, demanda Lisée.

C'était dans les buissons du Chanet. On avait indiqué à Philomen un coteau où se tenait un jeune levraut de trois ou quatre livres et il s'était dit le matin :

— Puisque Lisée ne peut pas venir, laissons ceux du bois tranquilles et allons tenir un peu les buissons. Sa chienne rencontrait et il avait le fusil sur le bras, prêt à viser.

Tout à coup, elle s'enfonça dans un gros buisson de noisetiers et d'épines, sans rien dire, les oreilles jointes, le fouet battant comme un balancier d'horloge.

« Ça y est », pensa le chasseur, qui porta la crosse à son épaule ; et, effectivement, le levraut déboulé filait aussitôt, sautant du buisson.

Vit-il Philomen qui l'ajustait ? on ne sait. Toujours

est-il que ce misérable, après deux sauts en avant, crocha brusquement, retournant presque sur ses pas, mais en descendant le revers du remblai.

Philomen qui le suivait de son canon, un œil déjà fermé dans la mise en joue, pressa la détente au moment juste où Bellone sortait du buisson sur les traces du capucin. La gâchette déjà serrée, le chasseur n'eut même pas le temps de relever son canon et la chienne, qui coupait la trajectoire, reçut, en lieu et place du levraut, plus de la moitié de la charge en pleine tête.

L'oreille droite avait sauté entièrement ainsi que l'œil : la bête était tombée en hurlant et elle s'agitait convulsivement tandis que l'oreillard, cause de tout le mal, tirait ses grègues, comme bien on pense, à belle allure.

Philomen avait posé son fusil et, frappé de stupeur, s'était agenouillé devant sa chienne qui souffrait et qui râlait. Que faire ? L'emporter, la soigner ? Le coup était trop mauvais pour qu'elle guérît ; à quoi bon prolonger d'inutiles souffrances ? Et alors, désespéré, il avait repris son fusil et, les yeux embués de larmes, lui avait déchargé dans l'autre oreille son second coup.

Bellone, tuée raide, gisait.

Philomen s'en était venu, avait pris une pioche et, dans un coin perdu de ce Chanet qu'elle avait si souvent tenu, où ils avaient tant buissonné de concert, il lui avait creusé sa fosse à l'abri d'un bouquet de houx.

— Je ne chasserai plus, mon vieux, affirmait-il, non, plus jamais, c'est trop triste !

Lisée le consola de son mieux.

— Ta petite Mirette grandit et Miraut nous reste. Il est assez fort et assez roublard pour nous en faire occire suffisamment à tous les deux. Nous irons ensemble, mais quand je serai empêché, tu ne te gêneras pas et tu viendras le prendre : il te suit presque aussi bien que moi.

— Pour te le tuer aussi, comme ma Bellone !

— Ça, mon vieux, c'est des coups de malheur et personne de nous n'en est préservé. Le destin, c'est le destin : viens boire un verre ce soir à la maison, ça te changera un peu les idées.

Miraut fut très étonné, après plusieurs visites consécutives, de ne pas revoir Bellone ; il la chercha, l'appela et, pendant plus de quinze jours, ne manqua pas un matin de revenir pour la trouver ; à la longue, distrait par ses occupations journalières, il sembla l'oublier, car on ne sut jamais au juste ce qui se passait dans le tréfonds de son être.

Pourtant, la saison si bien commencée, suivie d'un si malheureux accident, continua désastreuse.

Huit jours après la mort de la chienne, Lisée et Philomen apprenaient que Pépé s'était cassé la jambe. On avait d'abord conté que l'accident lui était arrivé durant une chasse en sautant un mur, mais c'était absolument faux. Pour être hardi, Pépé n'en était pas moins prudent et à un vieux chasseur de sa trempe, les accidents, quels qu'ils soient, sont rares et quasi impossibles. C'était tout bêtement à la maison que le malheur lui était arrivé.

En préparant son manège pour battre à la mécanique, il avait chancelé sur une planche disjointe, voulu sauter à terre et était tombé si malencontreusement qu'il s'était fracturé le tibia.

Le médecin, venu en hâte, après lui avoir remis les os en place et emboîté la quille dans un appareil, l'avait consigné pour deux mois au moins au lit où il se mangeait les sangs à la pensée qu'il ne pourrait profiter le moins du monde de son permis.

Les mauvaises nouvelles se succédèrent. Il n'arrive pas deux malheurs sans qu'un troisième ne survienne à son tour : une semaine plus tard, le facteur Blénoir annonça à Lisée que la mère de Miraut, la vieille Fanfare, la chienne du gros, était périe on ne savait au juste de quoi et que son maître en avait bien de la peine.

Lisée en reçut au cœur un troisième choc. Tous ses amis, ses meilleurs copains étaient frappés ; c'était d'un mauvais présage et il avait de sinistres pressentiments :

— C'est une année de malheur, prophétisait-il ; vous verrez qu'à moi aussi il m'arrivera quelque chose, et il attendait, vaguement angoissé.

Pourtant, malgré son pessimisme et ses craintes, la saison de chasse passa sans incidents ni accidents pour lui ni pour Miraut.

L'espoir reverdit en son âme. Il alla voir à Velrans Pépé, lui portant un lièvre qu'ils mangèrent ensemble en se promettant, pour l'année à venir, de bonnes parties ; il invita plusieurs fois le gros à chasser avec lui en attendant qu'une nièce de Miraut, fille d'une de ses sœurs de portée, fût assez forte pour prendre les champs et les bois, et se montra, dans le partage, généreux ainsi qu'il se devait d'être envers celui qui lui avait donné une si bonne bête.

La Guélotte, avare, rageait bien un peu de ces lièvres perdus pour le ménage, mais la civilité, c'est la civilité ; elle savait se taire à propos et montrer sa figure généreuse quand le cœur n'y était guère.

Philomen, malgré sa décision — promesses de chasseurs sont, comme serments d'ivrognes, vite oubliées — chassa de moitié, aussi souvent qu'il le voulut, avec son ami, et ce fut sous la seule direction de son père que Mirette fit ses premières sorties. Elle se montra, disons-le tout de suite, digne de ses auteurs et bientôt fut capable de lancer seule, de suivre et de ramener son oreillard.

Au cours de l'hiver, Lisée, de son poêle, veilla les renards qu'attirait un quartier de veau crevé, négligemment et savamment jeté parmi la neige gelée, dans le champ de sa fenêtre. Il en tua plusieurs qu'il venait ramasser aussitôt et qu'il écorchait le lendemain matin. Le brigadier n'entendait pas ou faisait la sourde oreille ; d'ailleurs, la nuit, il est bien impossible, à moins de guetter expressément, ce qui, par cette température, eût été pure folie, de savoir au juste qui a tiré. Personne ne voulait dénoncer Lisée qui, généreusement, abandonnait aux amateurs fort nombreux de superbes quartiers de bidoche et de magnifiques gigots de goupil.

Suivant ses conseils, ses clients passionnés mettaient tremper le morceau qui leur était échu dans une grande seille pleine d'eau salée. La viande dégorgeait, l'eau devenait rouge, on la jetait et on recommençait la nuit suivante ; ensuite on n'avait qu'à mettre geler le quartier de venaison, puis le faire mariner et cuire enfin comme un civet, et les plus enthousiastes, pour flatter le chasseur sans doute, lui affirmaient avec force serments que c'était meilleur que du lièvre.

Cette opinion avait cours par le pays et l'on fit même un jour, avec tout un train de derrière, arrosé de nombreux litres, un gueuleton soigné chez Jean, le secrétaire de mairie, vieux célibataire endurci qui avait convié à ce festin, moyennant une quote-part de deux bouteilles au minimum, tous les garçons du pays, les chasseurs, eux, étant invités sans conditions. Le renard fut enseveli dignement, mais Miraut, également appelé, refusa avec indignation de toucher aux os de la bête de même qu'à la viande, jugeant que les hommes, vraiment, ça n'a ni goût ni odorat pour oser s'ingurgiter, avec d'ignobles sauces puant le vin, des nourritures aussi nauséeuses et aussi malodorantes.

Cependant la chasse clôtura. Lisée rangea au sec ses munitions et nettoya avec le plus grand soin son fusil, qu'il graissa non moins soigneusement en attendant la saison suivante ou simplement une occasion propice, bien que non réglementaire, de s'en servir.

Maintenant qu'il n'avait plus Bellone pour le débaucher, Miraut montrait moins d'enthousiasme à partir seul en chasse.

Le mois de mars venu, il accompagna Lisée à ses diverses besognes, se couchant à proximité de son maître, sans grande envie d'aller plus loin et de faire courir un oreillard. Ses seules sorties ne furent d'abord que quelques bordées qu'il tira au moment des chiennes en folie ; mais elles étaient depuis longtemps réglementaires et le patron ne songea pas une seule fois à s'inquiéter dans ce cas de ses absences prolongées. Pourtant, quand la température s'adoucit, que les arbres se prirent à bourgeonner et à feuiller, il sembla s'éveiller de sa léthargie et tendit assez souvent le nez dans la direction de la forêt ; mais comme il n'avait ni boule ni entrave, cela le tenta moins et il résista assez longtemps aux poussées de son instinct.

Toute résistance a une fin ; qui a chassé chassera encore, de même que qui a bu boira, et un beau soir, sans prévenir personne, il gagna la Côte. Une demi-heure après, dans la nuit très calme, son aboi forcené ravageait le silence.

Comme il n'était pas trop tard, tous ceux qui n'étaient point encore couchés et prenaient le frais sur le pas de leurs portes purent l'entendre :

— Ce sacré Miraut, hein ! comme il les mène tout de même !

— Eh bien ! brigadier, il se fout de vous, celui-là ; il aime autant que la chasse soit fermée, ça ne lui fait rien, goguenarda sans trop de malice le père Totome en s'adressant à Martet qui rentrait, recru de fatigue.

Celui-ci, très vexé, croyant à tort ou à raison que l'autre avait voulu lui faire une observation au sujet de son service, s'en vint aussitôt trouver Lisée.

— Vous entendez Miraut, dit-il ; il chasse tant qu'il peut par les Cotards et tout le monde le sait. Je ne peux pas laisser la chose comme ça ; cet imbécile de Totome, avec son air bête, vient de me le faire remarquer devant témoins. Vous comprendrez que je suis forcé de sévir, je vais prendre ma retraite bientôt et je suis proposé pour la médaille, il suffit d'une dénonciation pour qu'on me rase et que je me brosse.

— Brigadier, répondit Lisée, c'est la première fois cette année ; je ne veux pas vous faire arriver des histoires, mais je vous en supplie, ne me faites pas de procès-verbal.

— Ah ! je lui ai bien dit, intervint la Guélotte, que cette sale bête nous ferait des misères. S'il m'avait écouté !... Dire qu'on nous en a offert un si bon prix et qu'il a refusé de le vendre !

— Je comprends, interrompit Martet, qu'on s'attache à une bête ; on s'attache bien à une femme et souvent, pour ne pas dire toujours, ça ne vaut pas un chien.

— Ramasse, fit Lisée, ça t'apprendra.

Ils sortirent ensemble.

— Je vais vous attendre chez moi, déclara le brigadier. Je ne me coucherai pas et ne dormirai pas tranquille tant que vous ne serez pas revenu et que vous ne l'aurez pas ramené.

Lisée, familier avec tous les passages et trajets des lièvres, écouta la chasse et vint attendre son chien à un sentier où il était certain qu'il traverserait tôt ou tard. Quand il l'entendit approcher, il le corna et l'appela de la même façon que lorsqu'il tenait le lièvre. Miraut, trompé, accourut et, à la faveur de cette ruse, le maître put le saisir et lui passer une chaîne dans la boucle de son collier.

Mais quand le chien vit de quoi il était question et qu'on l'obligeait à abandonner son gibier, il témoigna, en se cramponnant sur ses pattes et en tirant vers la piste abandonnée, d'un très vif mécontentement et d'une énergique volonté de poursuivre, envers et malgré son patron, le capucin qu'il avait lancé.

Il fallut que Lisée, après avoir épuisé les moyens conciliants, les caresses, les promesses, les appels à la douceur et à l'obéissance, en vînt à la force pour le décider, de très mauvais gré, à le suivre au logis. Toutefois, quand il se fut armé d'une verge de noisetier, Miraut, qui n'avait jamais été battu par lui et craignait d'autant plus la correction, obtempéra enfin et, la tête basse et la queue dans les jambes, suivit son seigneur en se demandant quelle idée de folie avait pu subitement traverser ainsi le cerveau de Lisée.

CHAPITRE III

Miraut fut claustré sévèrement ce soir-là et passa à la remise toute sa matinée du lendemain. Vers midi, on l'appela pour lui faire manger sa soupe. Il avait certainement sur le cœur l'affaire de la veille et boudait un peu. Cependant, par habitude sans doute, il condescendit à se présenter devant Lisée et à secouer deux ou trois fois la queue en son honneur, mais il ne poussa pas plus loin ses démonstrations et s'en alla retrouver dans son coin la Mique, sa vieille amie qui, ayant tout à fait renoncé, vu son grand âge, à la chasse aux souris, passait maintenant ses jours et ses nuits à sommeiller au soleil ou à dormir en rond derrière le fourneau de la chambre. Miraut lui murmura un vague et très doux grognement, la poussa un peu du museau et gratta de la patte pour la prier de bien vouloir lui céder une partie de la bonne place chaude qu'elle occupait. Dès qu'elle eut satisfait à son désir, il se coucha lui aussi tout près d'elle et, la tête sur les pattes, les yeux grands ouverts, se livra tout entier à des méditations certainement pleines de misanthropie.

Lisée s'en aperçut bien et il en fut quelque peu peiné, mais il ne crut néanmoins point utile de lui tenir de longs discours explicatifs dans le but de lui faire entendre que la chasse est permise à certaines époques et défendue à d'autres.

Il n'était point non plus nécessaire de mettre en garde Miraut contre les individus à uniformes et à képis, empêcheurs de chasser en rond, car le chien avait toujours manifesté à leur égard une antipathie et une méfiance aussi irréductibles que légitimes.

Faut-il en déduire que Miraut, en cela, partageait les préjugés paysans et bourgeois, lesquels prétendent que la sueur puissante transsudée par la gent porte-bottes et, selon les uns, très chère parce que rare, selon les autres trop abondante et généreuse, éloigne irréductiblement de ces honnêtes fonctionnaires tous les êtres à narine délicate ?

Je ne le pense pas. En odeurs, de même qu'en goûts et en couleurs, tout est relatif et Miraut avait sur ces notions diverses des idées particulières, originales et fort différentes de celles des hommes.

Je croirai plutôt que la façon bizarre, grotesque, carnavalesque dont ces êtres se vêtaient choquait son goût très sain de naturel et de simplicité.

Donc Miraut se méfiait des gendarmes et des gardes ; mais pour lui, chien, inaccessible aux stupides conventions humaines et dégagé des contraintes sociales, se méfier, c'était ne point se faire mettre la main au collier et non pas ne point se faire voir.

Il était d'ailleurs profondément convaincu que son maître, la veille au soir, avait accompli un abus de pouvoir odieux en l'empêchant, après une si longue inaction, de poursuivre une chasse si vigoureusement commencée. Un certain esprit de rancune l'animait ; des idées de vengeance se présentaient et il balançait sans doute entre l'envie de repartir à la première occasion et la résolution de ne rechasser jamais, même lorsqu'il y serait invité de façon très pressante.

C'était compter sans le temps, l'instinct, l'habitude et le désir s'exaspérant par la contrainte.

Tous les matins maintenant, on le laissait à la paille jusqu'au repas de midi, ensuite de quoi il lui était permis de prendre place à la cuisine ou au poêle et même d'accompagner Lisée lorsqu'il allait au village.

On n'eut pas à se plaindre de sa conduite et, durant quinze jours, il ne tenta pas une seule fois de filer par l'ouverture de la haie du grand clos afin de prendre le sentier du bois.

Comment la chose advint-elle ? Fut-ce la Guélotte qui négligea un jour, en rentrant les vaches, de pousser le verrou de la remise ; fut-ce Lisée qui oublia de refermer la porte ? Toujours est-il qu'un matin, sur la paille où il se livrait à ses pensées, à ses rêves ou même à quelque somnolence parfaitement vide, Miraut sentit tout à coup sur son nez un courant d'air printanier qui le changeait notoirement de l'odeur de poussière et de renfermé qu'il respirait dans sa prison.

Surpris à bon droit, il se leva et vint à la porte qu'il trouva entrouverte. La détourner suffisamment n'était que jeu d'enfant pour lui qui savait presser les loquets et tourner les targettes et bientôt il fut dans la cour.

Le matin était très pur et très doux. Sa première

pensée fut de chercher pâture : il y avait longtemps qu'il n'avait fait une tournée détaillée et consciencieuse de ses cuisines et de ses recoins. Il visita quelques fumiers, mais c'était vraiment un trop beau matin de chasse. La tentation fut si puissante qu'il n'y résista pas et décida qu'il partirait pour la forêt. Il n'y partit point toutefois directement comme d'habitude. Il n'ignorait pas que certains bipèdes mal lunés pouvaient se mettre en travers de son désir et de sa volonté, son maître ou un autre : aussi garda-t-il prudemment, tant qu'il fut entre les maisons, l'allure flâneuse du quêteur de reliefs, mais dès qu'il fut hors du village, il mit bas le masque et, profitant de l'abri des murs pour n'être point aperçu, se dirigea au galop par les voies les plus directes, du côté du sentier de Bêche.

C'était là, on se rappelle, qu'il avait lancé son premier lièvre, il s'en souvenait toujours, lui aussi et d'autant mieux que nulle saison ne se passait sans qu'il n'y chassât un nouveau capucin, l'ancien étant à peine tué qu'un autre venait immédiatement s'y établir.

Miraut chassant seul et pour son compte personnel était beaucoup moins loquace et bruyant que lorsqu'il était en compagnie de Lisée ou de Bellone. Les abois qu'il poussait dans ce dernier cas et qui n'étaient au début que des marques de joie, d'espérance ou de colère, servaient encore et surtout à prévenir le ou les camarades et à donner au maître des indications. Dans sa tendre jeunesse, il avait été très chaud de gueule. Maintenant, calme, rassis, il dédaignait le verbiage inutile, les « ravaudages » sans fin et s'il avait encore, quand il trouvait un bon fret ou une rentrée intéressante, l'enthousiasme facile, il savait se contenir et fermer son bec lorsqu'il était utile de le faire. Depuis qu'il avait, pour avoir su se taire, pincé au gîte, dans une circonstance analogue, un jeune lièvre qui, trompé par son silence, n'avait point déguerpi à temps, il ne donnait plus qu'au lancer. Mais alors il en mettait, comme disait Lisée, et donnait à pleine gorge, donnait de tous ses poumons, car, déjà surexcité par le parfum très vif émanant des foulées du gibier, il était encore furieux de voir que celui-ci eût détalé avant l'heure et lui eût échappé, momentanément tout au moins.

Ce jour-là, sa tactique ne différa point de celle qui lui était devenue habituelle. Il connaissait le canton de son oreillard : il l'avait déjà lancé à deux reprises, une première fois à la fin de la saison de chasse où il l'avait débusqué du gîte, la seconde au pâturage, ce soir maudit où son maître s'en vint si malencontreusement l'interrompre dans son effort.

Comme la rosée était bonne, comme l'oreillard, depuis deux semaines tranquille et n'ayant aucune raison de se méfier, n'avait point trop entremêlé ses pistes avant de se remettre, Miraut ne mit pas dix minutes à le débucher et bientôt, devant la sonnerie de charge de son lancer, l'autre, vigoureusement mené, filait vers la coupe de l'année précédente dans le haut du bois du Fays.

Il est des lièvres, vraiment, qui portent malheur : celui-là devait en être.

C'eût été la veille ou le lendemain que Miraut se fût échappé qu'il n'aurait fort probablement rencontré personne dans sa randonnée ; mais ce jour-là, tous les gardes de la brigade de Martet et ceux de la brigade voisine, réunis sous les ordres de leur lieutenant, un garde général, se trouvaient dans la coupe de Longeverne pour le balivage annuel.

Dans les saignées pratiquées par Martet entre les tranchées, le chef, le calepin à la main, notait, selon les indications criées par ses subordonnés, les arbres à frapper du marteau et que les bûcherons devaient respecter au moment de l'abattage : les jeunes balivaux poussés bien droit, les chablis aux branches touffues, les modernes qui avaient été épargnés à la coupe précédente, il y avait quelque vingt ou vingt-cinq ans, et les anciens plus âgés du double ; quant aux futaies, marquées à part et arrivées vers soixante ou quatre-vingts ans à leur suprême développement, elles tomberaient sous la cognée avec les ramilles des arbrisseaux et toutes les pousses mal venues des différents sépages du canton.

Au premier coup de gueule de Miraut, tous s'arrêtèrent net et se réunirent.

Un chien qui chasse ! Il fallait qu'il en eût du toupet !

La chose paraissait énorme.

Martet immédiatement reconnut la voix, mais dans l'espoir que la chasse ne durerait pas longtemps et que Lisée, prévenu, viendrait rattraper son chien, il déclara qu'il n'était pas très sûr, que beaucoup de courants jappaient de cette façon, qu'il valait mieux, puisqu'on était en nombre suffisant, cerner le délinquant et lire sur son collier le nom de son maître.

Les gardes s'égaillèrent le long de la tranchée, écoutant attentivement. Comme le lièvre avait de l'avance, il passa quelques minutes avant Miraut, et le chef, qui le vit, appela aussitôt à lui tous ses hommes.

Miraut dans ce sillage odorant, bien frayé, facile à suivre, avançait à grande allure ; toutefois, comme il savait regarder et écouter, il vit et entendit les gardes qui formaient sur son passage un peloton trop compact et trop intéressé à sa besogne pour qu'il n'éprouvât pas quelque méfiance de cette rencontre inattendue.

— Le voilà, cria imprudemment le premier qui le distingua à travers les broussailles.

C'était plus qu'il n'en fallait pour confirmer la mauvaise opinion qu'il avait de ces gaillards à képis et à carnassières et, s'il ne rebroussa pas absolument chemin — car on ne lâche pas un lièvre aussi stupidement, — il prit un contour assez large pour passer hors de vue et de portée de ses guetteurs. Il est en effet assez difficile, même à une courte distance, de distinguer nettement sous bois un être qui court ou qui marche, surtout comme c'était le cas, quand il n'est pas de taille très élevée. Les gardes, dès qu'ils le virent tourner bride, s'élancèrent bien à ses trousses et coururent de son côté, mais il n'était déjà plus là et, rapide, avait passé sur leur flanc droit sans qu'ils le vissent ; deux minutes plus tard, l'aboi de poursuite reprenait derrière leur dos.

C'était un peu trop fort !

Furieux d'avoir été roulés, ils reprirent la piste en se guidant d'après la voix du coureur, décidés fermement, s'ils ne pouvaient le cerner, à suivre la chasse jusqu'à la remise du lièvre et à la capture du chien. Le jeune chef n'était pas le moins excité.

Par malheur pour Miraut, le capucin se fit rebattre, un quart d'heure après, l'entendant revenir au lancer, les forestiers prirent mieux leurs précautions, sifflèrent au lieu de crier, se dissimulèrent derrière de gros arbres et, lorsque le chien fut arrivé au centre du terrain qu'ils occupaient, ils se précipitèrent tous en chœur pour le pincer.

Surpris par leur irruption subite, le chasseur s'arrêta court un instant et, prudent, voulut battre en retraite, mais de côté et de partout les képis se montraient et il se retourna juste pour tomber entre les griffes du chef lui-même qui l'appréhendait vigoureusement au collier.

Miraut n'avait pas, comme pour Lisée, des raisons d'obéir à ce particulier qui manifestait à son égard des sentiments plutôt douteux; il le lui fit bien voir, montra les crocs, se secoua rudement, chercha pour mordre à atteindre la cuisse ou le mollet de son gardien. Mais il est difficile, quand on est tenu par le collier, d'agripper la main ou tout autre membre de celui qui vous a pincé, et Martet, accouru avec ses collègues, fut bien forcé de reconnaître le coupable; le nom d'ailleurs était lisible sur la plaque, le chien était pris et bien pris.

Pour ne pas qu'il pût continuer son tapage, scandaleux en l'occurrence, on l'attacha et l'on revint achever le balivage interrompu; ensuite de quoi, solidement encadré par ces deux brigades d'hommes des bois, Miraut, renâclant, tirant au renard, grognant et s'étouffant, fut remorqué bon gré mal gré jusqu'à Longeverne.

Lisée, qui s'était trop tard aperçu de la fugue de son chien, fut averti par les gamins du malheur qui allait lui tomber sur la tête et la Guélotte frémit de colère et de peur lorsqu'elle vit ce cortège de fonctionnaires, derrière un monsieur à dolman et suivi d'une importante escorte de moutards, ramener le délinquant à son domicile légal.

Lisée dut décliner au garde général ses nom, prénoms et qualité et l'autre lui annonça qu'il dressait procès-verbal.

— Pourquoi ne l'attachez-vous pas non plus ? lui reprocha-t-il, il y a des lois pour les chiens comme pour tout le monde ; je ne veux pas, absolument pas, qu'on entende chasser dans mes triages en dehors des époques réglementaires ; mes gardes ont des ordres formels, tant pis pour ceux qui seront pris.

« Il paraît d'ailleurs, ajouta sévèrement cet homme aimable, que ce n'est pas la première fois que cela vous arrive ; les notes retrouvées dans les dossiers de mon prédécesseur vous signalent comme ayant encouru d'autres procès-verbaux. Faites attention à vous si vous voulez ! »

C'était une menace non déguisée et la reconnaissance formelle que le chien et son maître étaient plus particulièrement signalés à la vigilance des forestiers.

Ils n'étaient pas encore à quinze pas, près de la fontaine, que déjà commençaient les lamentations farouches de la Guélotte.

— Ah ! mon Dieu ! nous sommes perdus ! Qu'est-ce qu'on va devenir ? Pour combien de sous en allons-nous être ? Et ça ne fait que commencer.

« Voilà, aussi ! Si tu m'avais écoutée quand le juge de Besançon t'en donnait cinq cents francs ! Au lieu de recevoir de l'argent, il faudra que nous en donnions, comme si on en avait de trop déjà.

« Ah ! cochon ! crapule ! sale charogne ! s'excita-t-elle, en courant sur le chien, le poing levé.

— C'est pas la peine de l'engueuler, il ne comprendra pas, interrompit Lisée qui, lui, n'avait pas le courage de gronder. A sa place, sais-tu ce que tu aurais fait ? Moi, j'aurais peut-être bien fait comme lui. J' sais ce que c'est que d'avoir envie d'aller prendre un tour Ah ! c'est malheureux, mais je vois bien que doréna vant il faudra que je l'attache. Pauvre Miraut !

— Oui, c'est ça, c'est bien ça ! Plains-le ! Comme si c'était lui et non pas nous et non pas moi qui soit à plaindre ! Une charogne qui n'entend rien, n'écoute rien, n'en fait qu'à sa tête et ne nous ramène que des misères et des calamités. Tu verras, oui, tu verras que ce ne sera pas tout ; je l'ai bien prédit quand tu me l'as amené que tu nous mettrais un jour sur la paille.

Lisée, la semaine d'après, fut cité à comparaître devant le tribunal correctionnel de l'arrondissement pour répondre du délit dont son chien s'était rendu coupable.

Il ne s'attendait pas à ce que le procès-verbal fût si salé. Le garde général, jeune et bouillant fonctionnaire, désireux de se montrer, de prouver son zèle, de se faire mousser, avait décrit avec force détails plus ou moins techniques et vaguement grotesques les ébats et évolutions du chien.

« Le vendredi 13 du mois d'avril, à dix heures

trente-quatre minutes du matin, au lieu dit la Corne du Fays, à environ trois cent cinquante-cinq mètres nord-nord-est de la troisième tranchée transversale, nous... accompagnés de... » Suivaient les noms de tous les forestiers présents.

Et c'était précis, détaillé, circonstancié. Le chien avait fui, puis avait fait rébellion, menacé, injurié, voulu mordre ; heureusement, le sang-froid dudit garde général... etc., etc.

Le président fut sévère, d'autant plus sévère que, malgré son tempérament rageur et sa méchanceté naturelle, il ne pouvait pas l'être toujours. Pour faire plaisir à quelques politiciens véreux, député de l'absinthe, sénateur cocu, maire failli, conseillers généraux gâteux, il n'appliquait fort souvent à des délinquants réels, chenapans avérés, fripouilles notoires, mais électeurs et électeurs influents, que des pénalités ridiculement anodines. Ici, il n'avait affaire qu'à un paysan, un paysan qui n'était recommandé par personne, car ces messieurs du chef-lieu de canton s'étaient prudemment effacés dès qu'ils avaient été informés du procès-verbal, un paysan qui chassait, qui avait le toupet de chasser, qui tuait des lièvres, comme si ce sport guerrier ne devait pas être l'unique apanage de lui, juge, de ses collègues, des autres autorités, piliers de la loi et du régime, fils et gendres de nobles marchands de mélasse ou de calicot, aristocratie républicaine, enfin, ayant du bien au soleil, des rentes, une situation.

Un paysan, autant dire un braconnier ! Ce fut tout juste s'il ne traita pas Lisée de vieux cheval de retour ; aussi écopa-t-il de l'amende la plus forte et sa note de frais fut, elle aussi, particulièrement soignée.

Et ce ne fut pas tout. Le soir même, le digne et grave et rigide magistrat faisait parvenir soit directement, soit par le canal de son cher et féal sous-préfet, aux gendarmes, aux maires et aux gardes de la région une petite note signalant le sieur Lisée, de Longeverne, comme braconnier dangereux, à surveiller étroitement, et son chien comme chassant en toute saison, nonobstant lois, décrets, arrêtés et règlements en vigueur.

Lisée paya sans mot dire : il savait ce qu'il en peut coûter dans ce charmant pays de France et sous ce joli régime de liberté, d'égalité et de fraternité, à dire ce que l'on pense, seraient-ce les plus grandes et les plus éclatantes vérités.

— Quand on est pris, on est pris, philosopha-t-il. Avec ces salauds-là, on n'est jamais les plus forts !

Et, songeant à ses amis plus durement éprouvés encore :

— Bah ! Plaie d'argent n'est pas mortelle ! Mieux vaut encore ça qu'une jambe cassée !

CHAPITRE IV

La vie à la maison redevint difficile pour Miraut. La patronne ne lui pardonnait pas les trente ou quarante francs prélevés sur le budget ménager pour payer l'amende et les frais de ce premier procès-verbal : il dut subir l'audition de véhéments discours, nourris d'imprécations, illustrés de coups de sabots, et Lisée, lui aussi, aux heures des repas et même à toute heure du jour, entendit plus d'une homélie qui, pour n'avoir rien que de très profane, n'en devenait pas moins assommante à écouter.

Il avait beau répéter à sa femme que les lamentations et les plaintes ne changeraient rien à la chose et que l'argent donné ne reviendrait pas au bas de laine; l'autre, qui craignait, à juste titre, que de nouvelles fugues ne provoquassent de nouveaux procès et de nouvelles amendes, cherchait par tous les moyens à décider le seigneur et maître à se séparer d'un serviteur aussi dangereux pour le bon équilibre du budget domestique. Mais il n'est pire sourd que celui qui ne veut pas entendre.

— Une fois n'est pas coutume, répliquait Lisée. Quel est celui qui, dans ce bas monde, au cours de son existence, ne s'est exposé une fois au moins aux rigueurs de la loi ?

« Ainsi moi qui suis pourtant un honnête homme et qui n'ai jamais fait de tort à personne, j'ai été un jour, devant le juge de paix, condamné à vingt sous d'amende pour tapage nocturne, et toi, toi-même qui gueules tant aujourd'hui, ne t'es-tu pas fait dresser procès-verbal pour avoir nettoyé des pissenlits sous le goulot de la fontaine et ne m'as-tu pas fait casquer huit ou dix beaux écus pour t'être prise de bec avec la femme de Castor ! »

Ces considérations qui rappelaient à sa conjointe quelques heures et circonstances pénibles de sa vie n'étaient point pour la réduire ni pour la calmer, attendu, ripostait-elle, que si par malheur on s'est trouvé obligé de verser de l'argent un premier coup, ce n'est point une raison pour s'exposer, de gaieté de cœur, à en donner une deuxième et une troisième fois.

On attacha Miraut pour qu'il ne pût se sauver ni sortir sans autorisation préalable. Tous les jours d'ailleurs, pour adoucir ce régime barbare et permettre au prisonnier de satisfaire à ses besoins naturels auxquels il ne vaquait pas à la maison, Lisée le détachait et le conduisait soit le long de la route, soit sur le revers du coteau, faire son petit tour hygiénique. Il ne lui permettait pas de s'éloigner à plus de dix pas, car, depuis qu'on interdisait au chien la rue, et plus encore la forêt, la tentation chez lui grandissait de se promener et le désir de courir et de chasser couvait et s'enflait aussi, plus que jamais, dans son cerveau.

Un jour, ce fut plus fort que tout. Impatienté, les muscles crevant du besoin de se détendre, les pattes ne tenant pas en place, après avoir longuement tiré sur sa chaîne, furieux il donna une brusque et si violente secousse qu'il la rompit net à quelques maillons du collier. Avec des précautions inouïes afin que ne le trahissent point les tintements du grelot, il ouvrit toutes les portes et, sans délai, fila vers la forêt.

Il ne faisait que de quêter encore et n'avait pas donné le moindre coup de gueule lorsque le garde Roy, qui descendait le sentier de Bêche pour couper au court et venir à Longeverne prendre les ordres de son brigadier au sujet du service, entendit son grelot.

Au rebours de Martet, lequel, malgré ses apparences sévères, son zèle intelligent et bien compris, représentait le fonctionnaire brave bougre et bon enfant, le garde Roy réalisait le type parfait d'imbécile méchant que le populaire a stigmatisé en disant de cette sorte d'individus : « C'est une belle vache ! » calomniant ainsi gratuitement une catégorie fort respectable, sinon très intelligente, de mammifères domestiques.

Roy, prudent, s'avança sous bois à pas feutrés et reconnut Miraut : il en frémit de joie. Cette fois il allait se signaler à son grand chef, dresser un procès-verbal qu'on ne ferait pas tomber comme beaucoup d'autres qu'il avait rédigés un peu trop bêtement, et faire plaisir aux autorités. Il songea à se saisir du chien et à le ramener au village, mais prendre Miraut n'était pas chose facile. L'intelligent animal, dès qu'il le vit, crocha sans hésiter et s'éloigna au petit trot en le regardant de travers. L'autre, rusant, voulut avec douceur l'appeler : « Viens, Miraut ; viens, mon petit », et il sortit même de son sac un morceau de pain qu'il lui tendit, croyant l'attirer par ce procédé un peu grossier.

Miraut regarda le personnage avec un mépris non dissimulé et ses yeux, clignotant vaguement sous ses paupières, avaient l'air de dire à Roy :

— Imbécile, pour qui me prends-tu ?

S'il eût su parler et qu'il eût connu les usages parlementaires, il eût certainement ajouté :

— Voyons, crétin, idiot, tourte, je ne suis pas électeur que tu puisses m'acheter pour un morceau de pain.

Furieux de cette attitude, Roy marcha, puis courut, puis galopa vers lui et Miraut accéléra un petit peu son allure, juste assez pour se maintenir à bonne distance. Quand l'autre qui s'égratignait, se déchirait et perdait son képi, renonça à la poursuite et s'arrêta, il fit halte lui aussi et, l'ayant encore bien regardé, se tourna un peu, leva la cuisse contre un tronc de foyard, lâcha en signe de parfait dédain et de profond mépris un jet soutenu, puis s'éloigna définitivement après avoir fait voler haut, dans la direction du fonctionnaire, les feuilles mortes sous ses pattes de derrière.

Roy, exaspéré, descendit sans perdre une minute à Longeverne et vint droit chez Lisée qu'il interpella insolemment :

— Dites donc, vous, voudriez-vous me montrer votre chien ?

— Vous-mon-trer-mon-chien ? scanda Lisée, et pourquoi voulez-vous voir mon chien ?

— C'est mon affaire. Je vous ordonne de me montrer votre chien.

— Vous m'ordonnez ! Elle est verte celle-là, par exemple : mon chien est à l'écurie, mais vous ne le verrez pas ; c'est une bête bien élevée et honnête et je n'ai pas l'habitude de la présenter à des grossiers et à des malappris.

— Ah ! vous ne voulez pas me le montrer ! J'sais bien pourquoi ; vous auriez du mal de l'exhiber.

— J'aurais du mal ! Il est là derrière cette porte ; mais vous ne le verrez pas ; ah ! non ! je vous défends bien de le voir, vous n'avez pas le droit d'entrer chez moi.

— Bon, c'est entendu ! Je n'ai pas le droit d'y entrer seul, mais je vais requérir le maire et nous allons bien voir.

Comme il l'avait annoncé, Roy s'en fut chercher le maire, et, au nom de la loi, le somma, pour verbaliser, de l'accompagner chez Lisée.

Celui-ci, bien que n'aimant pas les histoires, dut s'exécuter et Lisée, mis en demeure, alla ouvrir la porte de sa remise.

Sa surprise fut grande en apercevant la couche vide et la chaîne cassée. Il en pâlit. L'autre, en venant, avait dû rencontrer quelque part Miraut en forêt et toute cette comédie n'était que pour verbaliser avec fracas. Il ressortit très ému :

— Je ne savais pas, avoua-t-il. Il a cassé sa chaîne : tenez, venez voir, ce n'est pas de ma faute.

— Inutile, maintenant, triompha Roy ; je n'ai plus rien à voir. Monsieur le maire a entendu ; vous avouez que votre chien n'est pas chez vous et moi j'atteste que je l'ai rencontré, chassant au sentier de Bêche.

— S'il chassait, on l'aurait entendu, objecta Lisée.

— Je dis « chassant », affirma le garde ; je suis agent assermenté et vous n'allez pas me traiter de menteur : je note que vous avez mis la plus grande mauvaise volonté à en convenir et que j'ai dû recourir à l'autorité municipale pour accomplir mon devoir et faire mon service.

Presque au même instant, Miraut lançait.

Roy ricana :

— Vous l'entendez, vous ne nierez plus.

— Je n'ai jamais nié, répliqua Lisée, je ne savais pas et voilà tout.

— La cause est entendue, je m'en charge, menaça l'autre en s'en allant.

Quand la Guélotte connut l'affaire, la terrible affaire qu'elle apprit à la fontaine où elle lavait, pour l'heure, une savonnée, elle ne fit qu'un saut jusqu'à sa maison.

— Je te l'avais bien dit ! Je te l'avais bien dit, tempêta-t-elle.

Et les lamentations, les larmes et les imprécations reprirent, s'enflant, roulant, débordant sur la tête du chasseur.

Il n'était évidemment plus question de tuer Miraut qui avait une valeur marchande et dont on avait refusé une grosse somme d'argent, mais de chercher à le vendre.

— Tant que nous l'aurons, ce sera comme ça,

ajouta-t-elle. Nous n'échapperons pas ! Tu es signalé partout maintenant, on nous tombera dessus : il nous ruinera.

La chose était grave.

Lisée gronda son chien et le menaça quand il revint le soir avec un bout de chaîne pendant à son collier. Pour plus de sécurité, il lui remit le bâton tombant devant les pattes qui entravait sa marche et empêchait sa course.

Cependant, une rage, une frénésie de chasse semblait avoir saisi la bête. Malgré cette entrave, huit jours après il repartit, du côté du Teuré, cette fois. Mais en entrant dans le taillis il dut s'empâturer quelque part dans des fourrés, s'accrocher, enrouler l'entrave et la chaîne autour de branches et de souches et se constituer prisonnier lui-même de la forêt. Du moins, ce qu'on sut par la suite permit de supposer que les choses avaient dû se passer ainsi, car aucun témoin ne put jamais conter la chose et l'on ne retrouva que dix mois plus tard, entortillé parmi des souches, son collier plus qu'aux trois quarts pourri, avec la chaîne et le bout de bois. Miraut, pour se libérer, arriva-t-il à le casser ? Parvint-il, au prix de quels efforts, à retirer sa tête de l'ouverture étroite ? Nul ne sait ; toujours est-il que deux heures après son départ, sans collier ni entrave, la tête bien dégagée et le cou libre les gendarmes de Rocfontaine lui tombaient dessus au moment où il achevait de dévorer un jeune levraut qu'il venait de pincer après une courte chasse mouvementée.

Les gendarmes dressèrent un triple procès-verbal : premièrement, pour vagabondage ; deuxièmement, pour manque de collier ; troisièmement, pour chasse en temps prohibé. Néanmoins, malgré leurs efforts, ils ne purent ramener au village le chien qui s'échappa en leur laissant la tête et une épaule de gibier, mais leur témoignage suffisait et Lisée ne put nier, chacun ayant entendu Miraut.

Il est inutile de raconter en détail ce qui se passa dans le ménage. La Guélotte pleura, sanglota, hurla, engueula, rossa le chien et supplia son homme de se débarrasser de cette bête terrible, à n'importe quel prix, d'écrire sans retard au riche amateur qui, la saison d'avant, lui en avait offert une si belle somme.

Le chien les ruinait, il n'y avait plus un sou dans le ménage, il faudrait peut-être vendre une vache ou un cochon à demi engraissé pour payer les frais.

Cependant, Miraut rentrait, nullement craintif, parfaitement joyeux, comme un brave chien à qui sa conscience ne reproche rien et qui n'a fait que ce qu'il doit faire. Et Lisée grondait bien et gueulait un peu, mais sans conviction, car il tenait à cette bête et l'aimait malgré tout, et secrètement même l'excusait d'oser faire, quand cela lui disait, ce qu'il n'osait pas toujours faire lui-même.

On dut, pour remplacer le collier perdu, en retrouver un autre. Julot le cordonnier, en bon et consciencieux ouvrier, le confectionna avec du cuir choisi, qu'il cousit solidement, et, pour plus de sûreté cette fois, on attacha le chien tout en lui remettant une nouvelle entrave.

Mais la malchance, c'est la malchance ; les précautions les plus minutieuses ne prévalent pas contre elle et, quand le Destin vous a posé sur la nuque sa poigne de fer, il est inutile de regimber, il n'y a qu'à se soumettre et laisser les événements couler comme une onde mauvaise. Par une fatalité terrible, Miraut ne sortait, ne s'échappait jamais que les jours où les gardes et les gendarmes étaient en tournée du côté de Longeverne.

Et ce furent encore ces derniers qui, douze jours plus tard, le ramenèrent cette fois au village, entre eux deux, ainsi qu'un malfaiteur de grand chemin.

— Vous avez eu de la chance, que nous nous soyons trouvés là, eurent-ils le toupet de dire à Lisée. Sans nous, votre chien aurait bien pu crever où il était.

Ils racontèrent alors comment Miraut, arrêté de nouveau par son entrave et prisonnier dans un buisson, à moitié étranglé, avait attiré leur attention par ses plaintes et ses hurlements d'appel. Ils l'avaient, comme de juste, délivré, et, par la même occasion, pincé.

— Vous n'en serez aujourd'hui que pour un simple procès-verbal de vagabondage, déclarèrent-ils, touchés tout de même par cette déveine aussi persistante et enfin convaincus de la parfaite bonne foi et de l'honnêteté de Lisée.

Cette fois, à la Côte, ce fut de la démence et de la rage. La Guélotte parla de se pendre dans la grange ou de se noyer dans l'abreuvoir si la maison n'était pas débarrassée de ce fléau. Elle traita son mari de canaille, l'accusant des pires infamies, disant qu'il lui « suçait le sang à petit feu », qu'il voulait la faire mourir, qu'il était la risée du pays, que c'était une honte d'être aussi bête et bien d'autres choses encore.

— Tu vas, exigea-t-elle, écrire au notaire tout de suite et qu'il dise à son ami que Miraut est à vendre.

Lisée simula la défaite, griffonna une lettre qu'il partit immédiatement, affirma-t-il, mettre à la boîte, mais qu'il se garda bien d'envoyer, se disant qu'une fois la colère calmée et les événements un peu passés, l'autre n'y penserait plus. Cependant la Guélotte ne lâchait pas, elle s'étonnait de ne pas recevoir de réponse et Lisée, pour la faire patienter, émettait l'opinion que l'amateur était sans doute muni ou avait probablement changé d'avis à ce sujet.

Il commençait à se tranquilliser lorsqu'un beau jour, un homme du Val arriva au pays en voiture, mis son cheval à l'auberge, et demanda sa maison.

Il se présenta bientôt, et, après les salutations d'usage, aborda nettement le but de sa visite.

— On m'a dit que vous aviez un chien à vendre.

Lisée, une seconde, en demeura muet de stupeur, et il n'avait pas encore ouvert la bouche pour protester que déjà sa femme, en son lieu et place, répondait par l'affirmative. Il se ressaisit, protesta, déclarant que, si telle avait été un instant son intention, il avait depuis réfléchi et était revenu sur une décision prise un peu trop à la légère.

Sa femme pâlit et le fixa d'un air effrayant. Il sentit venir l'orage et se prépara à tenir tête.

— Avec quoi le paieras-tu, hurla-t-elle, ton dernier procès-verbal, dis, avec quoi ? Tu vendras une vache peut-être ; nous serons obligés de nous séparer d'une de nos meilleures bêtes ; nous nous priverons, je ne mangerai pas à mon saoul pour que tu conserves ici une charogne qui ne nous fait que des misères !

— C'est mon seul plaisir, répondit Lisée. Je n'ai pas besoin d'amasser, puisque nous n'avons pas de gosses et je ne me soucie pas de laisser des terres et de l'argent à tes neveux qui se ficheront de moi quand je serai mort.

— Oui, saoule-toi encore, et moi ici je crèverai de fatigues et de privations.

L'étranger, un peu gêné, essaya de s'excuser de la scène pénible qu'il provoquait en disant :

— J'en offrirais un bon prix.

— J'en ai refusé cinq cents francs, précisa Lisée, cinq cents francs, vous m'entendez bien, pas plus tard que l'année dernière.

— Ça t'a bien réussi, ragea la Guélotte ! Combien en offrez-vous ? demanda-t-elle au visiteur.

— Vous n'en trouveriez certainement pas la moitié à l'heure actuelle, affirma-t-il. D'abord, c'est un chien d'un certain âge et puis nous ne sommes pas à l'ouverture.

— J'attendrai, répondit Lisée, qui voyait là une occasion d'atermoyer.

— J'en donne trois cents francs tout de même, se reprit l'autre. Songez-y ! Pour un chien, c'est quelque chose.

— Lisée, supplia sa femme, changeant d'attitude et les larmes aux yeux, pour l'amour de Dieu, aie pitié de nous, aie pitié de moi ! Jamais tu ne retrouveras peut-être une telle occasion ; songe à la vache qu'il faudra vendre, dix litres de lait par jour ! Songe que ce ne serait sûrement pas tout, que les gardes t'en veulent, que les gendarmes t'épient, qu'ils nous feront tout vendre, qu'ils nous ruineront jusqu'au dernier liard.

— Vous en retrouverez un autre facilement, insista l'acheteur.

Une larme, qu'il essaya de refouler, monta aux yeux de Lisée ; il se moucha bruyamment tandis que l'autre concluait :

— Allons, topez là, et serrez-moi la main, c'est une affaire entendue. Allons boire un verre à l'auberge où j'ai laissé mon cheval.

CHAPITRE V

— Il faut au moins que vous le voyiez, afin qu'il vous connaisse déjà un peu pour partir ! Lisée va vous conduire à sa niche, proposa la Guélotte.

— Je le connais déjà, moi, répondit l'acquéreur.

Débarricadant les portes lentement, le cerveau lourd, sans penser, en homme accablé, Lisée arriva avec son compagnon à la remise où Miraut, attaché, sommeillait, son entrave au cou.

— Le voilà, annonça-t-il en le désignant du geste !

Et il s'approcha de l'animal qu'il caressa de la main et auquel il parla affectueusement.

L'étranger, le nouveau maître, suivait Lisée et ce fut sur lui que se porta d'instinct le regard du chien.

Tout d'abord, en apercevant Lisée, il ne s'était pas levé, se contentant de soulever la tête, de le regarder avec de grands yeux tristes et, ce qui témoignait chez lui de l'indécision, de frapper de sa queue, à coups réguliers et assez vifs, la paille de sa litière. Mais, dès qu'il aperçut cet autre humain, habillé différemment des gens qu'il avait coutume de voir, un chapeau sur la tête, un manteau sur le bras, l'inquiétude sourdement l'envahit. Une prescience vague lui dénonçait un danger et, Lisée restant malgré tout son protecteur naturel, ce fut vers lui qu'il se réfugia, vite debout, se frottant à son pantalon, lui léchant les mains et lui parlant à sa manière.

De même que les corbeaux et les chats chez qui la chose n'est pas douteuse et sans doute tous les grands animaux sauvages, les chiens ont un langage articulé ou nuancé et se comprennent entre eux parfaitement. Miraut se faisait également entendre de Mique, de Mitis et de Moute et ces derniers aussi lui tenaient assez souvent des discours brefs dans lesquels on se disait tout ce que l'on voulait se dire et rien que ça.

Sans que Lisée eût parlé, car s'il eût émis la moindre phrase relative à une séparation le chien, qui comprenait tout ce qui se rapportait à lui, l'aurait certainement saisie dans tous ses détails, il sentit, rien qu'à son air triste, de même qu'à la volonté de l'autre de se faire bien voir, qu'il y avait entre eux deux un pacte secret le concernant.

Instinctivement il fuyait les caresses de l'étranger, se contentant de le regarder avec des yeux inquiets, agrandis par la tristesse et l'étonnement.

Les compliments que l'autre lui adressa, pour sincères que les sentît Miraut, ne réduisirent point sa méfiance et il refusa froidement un bout de sucre qui lui fut tendu en signe d'alliance. Lisée ayant ramassé le morceau tombé le décida tout de même à le croquer, mais il le cassa sans enthousiasme et l'avala sans le sentir.

— Je vais toujours lui ôter l'entrave, décida l'acheteur qui s'était nommé M. Pitancet, rentier au Val.

Mais ce geste libérateur qui, pensait-il, lui concilierait les bonnes grâces et lui attirerait l'amitié du chien, ne réussit qu'à accentuer sa méfiance et à confirmer ses soupçons.

Le nez humide et les yeux brillants, il se collait de plus en plus aux jambes de son ancien maître qui ne se lassait de le cajoler, de le tapoter, triste jusqu'à la mort de la séparation prochaine. Après une dernière embrassade, une dernière caresse, on laissa Miraut sur sa litière et, pour régler définitivement l'affaire, les deux hommes se rendirent à l'auberge.

— Comment avez-vous su que mon chien était à vendre ? questionna Lisée.

— Ma foi, répliqua l'autre, à vous dire la vérité, je n'en ai été à peu près sûr qu'en arrivant à Velrans où l'aubergiste m'a confirmé la chose.

« Je vous avouerai toutefois que je me doutais bien qu'un jour ou l'autre vous seriez obligé de vous en débarrasser, car je me suis trouvé par hasard au tribunal à tous vos procès et je puis bien, entre nous, vous dire que les juges se sont montrés avec vous de fameuses rosses.

« Depuis longtemps je connais de réputation votre chien et, comme j'ai l'intention de chasser cet automne, je me suis dit : puisque tu n'es pas très habile ni très connaisseur, un bon animal au moins t'est nécessaire.

« C'est pourquoi, après votre dernière condamnation, j'ai décidé à tout hasard que je monterais jusqu'ici au-dessus. On m'a bien prévenu, à Velrans, qu'il serait assez dur de vous décider, mais que votre femme, elle, ne voulait plus entendre parler de le garder, et je suis venu.

— Mon pauvre Miraut ! gémit Lisée.

— Soyez tranquille, le rassura M. Pitancet : il sera bien soigné chez moi ; nous n'avons à la maison ni chat ni gosses et ma femme ne déteste pas les chiens.

— Une si bonne bête, reprenait Lisée.

Et pendant qu'ils vidaient une vieille bouteille en mangeant un morceau, le chasseur, dans une sorte d'enthousiasme sombre et désespéré, entamait l'éloge de son chien.

— Pour lancer, monsieur, il n'y en a point comme lui ; dès qu'il est sur le fret, il s'agit de faire bien attention, d'ouvrir l'œil et de se placer vivement. Il n'est pas bavard : une fois qu'il a averti par deux ou trois coups de gueule, on peut être sûr que, moins de cinq minutes après, il aura levé. Et pour suivre, pour suivre, ah ! ce n'est pas lui qui perdra son temps à des doublés et à des crochets, ah ! mais non ! Les lièvres ne la lui font pas, à Miraut ! Et quel que soit le jour, il lancera ! Et il faudra que votre oreillard soit bien malin, allez, pour qu'il ne vous le ramène pas.

Et Lisée continuait :

— A la maison, il vaut mieux qu'un chien de garde ; il sait reconnaître les amis, il ne fait pas de mal aux gosses et si un rouleur voulait jamais s'introduire, qu'est-ce qu'il prendrait ! Il le boufferait, monsieur, tel que je vous le dis.

« Ah ! penser que nous étions si bien habitués l'un à

l'autre et qu'il faut que nous nous quittions ; j'avais pourtant juré qu'on ne se séparerait jamais.

« Mais, monsieur, malgré la vieille qui n'a jamais pu le sentir, la rosse ! il trouvait moyen de venir me retrouver dans le lit de la chambre haute en ouvrant les portes. Car il sait ouvrir les portes, méfiez-vous si vous voulez : il ouvre toutes les portes quand ça lui dit ; c'est même comme ça qu'il s'est sauvé plusieurs fois. Mais, ne comptez pas qu'il vous les refermera ; non, fermer les portes, ce n'est pas son affaire ; une porte fermée le gêne, une porte ouverte ne le gêne pas et quand il est arrivé à ce qu'il voulait, lui, et à se faire plaisir, sauf votre respect, monsieur Pitancet, il se fout du reste.

— J'espère qu'il s'habituera assez vite : toutes les bêtes s'habituent au changement.

— Toutes, peut-être, mais pas lui. Miraut n'est pas comme les autres. J'ai eu bien des chiens dans ma vie, mais jamais, vous m'entendez, jamais je n'en ai eu un comme celui-là. Ah ! vous avez de la chance d'être en voiture, parce que vous pourriez vous brosser pour l'emmener à pied, vous ne seriez pas de sitôt au Val.

— Vous croyez ? douta M. Pitancet : avec du fromage, du sucre dont je lui donnerais un petit bout de temps en temps.

— Peut-être avec des autres, avec des jeunes, ça réussirait-il ; mais avec lui, ah la la ! Quand il a décidé quelque chose, il n'y a rien à faire ; il n'y a que moi qu'il écoute et mon camarade Philomen avec qui je chasse depuis vingt ans et aussi un peu l'ami Pépé, vous savez bien Pépé de Velrans celui qui tue tant de lièvres tous les ans. Les autres, rien à faire : souvent les grosses légumes de Rocfontaine sont venus chasser avec moi (les salauds et pas un ne m'a aidé dans mes procès) ; eh bien ! dès qu'il voyait, dès qu'il sentait que je n'étais plus avec eux, il ne moisissait pas en leur compagnie et il m'avait bientôt retrouvé. Il se ferait traîner, il s'userait les pattes jusqu'au genou, je veux dire jusqu'au jarret et vous lui arracheriez le cou plutôt que de le faire avancer. En voiture, il sera bien forcé de se tenir, mais je ne serai pas étonné si, une fois là-bas, malgré la distance, il se sauve et revient me voir.

— Ils reviennent presque toujours revoir leur premier maître, mais c'est l'affaire de quelques voyages et, s'ils sont mal reçus, ils se résignent vite à demeurer à leur nouveau logis, surtout s'ils y sont bien traités.

« Si d'aventure Miraut s'échappe avant d'être bien habitué au Val et qu'il retourne à Longeverne, vous le soignerez naturellement et je vous paierai ce qu'il faudra pour sa pension, mais je compte bien que vous ne ferez rien qui puisse l'encourager à recommencer.

— Ce me sera dur de le gronder, prévint Lisée, une bête avec qui j'ai passé de si bons moments et qui m'aime tant ! Mais c'est vot' chien maintenant et je ne le rattirerai pas.

— Allons le chercher, pendant qu'on mettra mon cheval à la voiture, décida M. Pitancet

Durant leur absence, Miraut qui s'était rassis, puis recouché sur la paille, songeait très inquiet, en proie à des pensées contradictoires, à des soupçons multiples et à des craintes terribles. Il appréhendait le retour de Lisée, non point pour lui-même, mais parce qu'il se doutait que l'autre s'attacherait à lui.

Pourtant, s'il lui avait voulu du mal, il n'eût pas tant attendu et du moment qu'il était parti, il ne reviendrait peut-être pas. Et qui aurait pu savoir les sombres pensées qu'il roula, les problèmes qu'il agita, et dont les manifestations extérieures se traduisaient juste par une inquiétude du regard, un froncement de paupières, des frémissements de mufle, de légers tremblements de pattes et l'obstination avec laquelle il regardait du côté de la porte.

Sa frayeur devint intense quand il perçut dans le sentier de l'enclos deux pas bien distincts qu'il reconnut aussitôt : celui de Lisée et celui de l'autre, et elle s'accentua encore quand le son de la voix de l'étranger ne lui permit plus le moins du monde de douter que c'était bien lui qui revenait. Il se leva tout droit sur sa couche, le cou abaissé au niveau des épaules, la tête allongée dans le prolongement du cou, et fixa plus intensément encore la porte de la remise qui s'ouvrit bientôt et livra passage aux deux hommes.

Lisée avait un air sombre et fermé qui contrastait avec la physionomie joyeuse de son compagnon. Derrière eux, la tête ricanante de la Guélotte apparut à son tour et Miraut nettement se sentit sacrifié et perdu.

Qu'allait-il lui arriver ? Il n'en savait rien encore, mais il craignait quelque chose de pire que la prison et de pire que les coups. Il craignait : la crainte, dans certains cas, est plus cruelle que le malheur lui-même ; elle faisait pour l'heure battre à grands coups le cœur du chien.

— Viens, mon petit, viens ! appela d'un air aimable M. Pitancet ; viens près de moi, voyons, et il lui tapotait le crâne tandis que Lisée détournait la tête pour cacher son émotion.

— Grand imbécile, ricana sa femme. Tu ne ferais pas tant de grimaces pour moi ! Ce n'est qu'un chien !

Cependant, M. Pitancet, ayant détaché Miraut, lui tendait un bout de fromage, pour bien faire connaissance, affirmait-il ; ensuite de quoi il le caressa de nouveau, le cajola, le câlina, le gratta sous les oreilles et sous le cou, l'invitant à le suivre au-dehors : Viens, mon petit !

Mais Miraut résolument tirait du côté de Lisée, le regardant de ses yeux agrandis et désespérés, et pleurant et suppliant à petits abois tendres et tristes.

Le chasseur ne résista pas : il s'accroupit devant le chien et longuement l'embrassa et lui parla :

— Il le faut, mon pauvre vieux, résignons-nous !

La résignation est une vertu chrétienne et n'était pas le fait de Miraut qui enfonçait plus que jamais son nez dans le gilet de chasse de son ami et de sa patte le grattait à vif partout où il trouvait un pouce carré de chair.

— Il vaut mieux, émit l'acheteur, que vous ne le caressiez pas tant.

— C'est vrai, convint Lisée : ce n'est plus le mien maintenant et je n'ai même plus le droit de l'embrasser. Emmenez-le, monsieur, emmenez-le ! ça me fait trop de peine et à lui aussi de prolonger plus longtemps les adieux.

— Si on peut être bête à ce point-là ! marmonnait la Guélotte.

Lisée lui jeta un coup d'œil terrible et elle jugea

prudent de se taire immédiatement non point tant par la crainte des coups que par l'appréhension de voir son mari revenir sur sa parole et défaire le marché.

On sortit. Mais, comme l'avait prévu Lisée, Miraut refusa obstinément d'avancer. Campé sur les quatre pattes, le cou tendu, il résistait de tous les muscles de sa poitrine, de tous les tendons de ses jarrets, de tous les ligaments de ses vertèbres, de toutes les griffes de ses pattes fichées violemment en terre.

— Allez, charogne ! grogna la Guélotte en le poussant par-derrière.

Il résista de plus belle, le fessier cintré, suffoquant et crachant parce que le collier l'étranglait de l'autre côté.

— Je vous prierai de me l'amener jusqu'à la voiture, demanda M. Pitancet ; pour qu'il n'ait pas peur et ne se doute pas trop, je prendrai par la route du village et vous par le verger.

Résigné à boire jusqu'à la lie le calice, Lisée reprit en main la laisse, tandis que l'acheteur, à grands pas, s'éloignait.

— Viens, mon petit Miraut ! appela-t-il.

Le chien avait suivi d'un œil farouche le départ de l'inconnu. Il vint se jeter dans les jambes de Lisée, jappotant et se tortillant, et le chasseur put l'emmener en passant par le sentier du clos.

Mais quand on arriva en face de chez Fricot et que Miraut revit l'homme auprès de la voiture attelée, une transe nouvelle le saisit. Il comprit tout et, regardant Lisée avec des yeux pleins d'un sombre et muet reproche, refusa de nouveau obstinément de faire un pas. Le patron, pour l'amener à la voiture, dut le prendre de force dans ses bras où il se débattait et le porter comme un enfant.

Sur une brassée de paille préalablement disposée à côté du siège, Lisée déposa Miraut, tandis que le conducteur, saisissant la corde, l'attachait très court et solidement au siège d'abord, au porte-lanterne ensuite, afin que le chien ne pût ni renverser le premier ni sauter et se tuer en cours de route en tombant malencontreusement sous les roues.

Pour qu'il ne vît point ces préparatifs et ces dispositions, Lisée durant ce temps l'entourait toujours de ses bras et l'embrassait en lui parlant.

Quand tout fut solidement arrimé, le nouveau maître, brusquant les adieux, serra la main de Lisée et fouetta vigoureusement son cheval.

Et Lisée resta là, immobile, muet, navré, sombre, désespéré, ne répondant rien aux gens qui l'interrogeaient, regardant stupidement s'éloigner et disparaître au loin cette voiture de malheur où son chien, son cher Miraut qu'il avait eu la lâcheté de vendre, hurlait ficelé et se débattait désespérément.

Cependant, à Velrans, Pépé, dont la jambe allait mieux et qui commençait à remarcher, faisait une petite promenade, se soutenant sur deux bâtons. Il suivait la route à petits pas, lentement. Entendant un bruit de voiture, il se rangea au bord de la chaussée pour la laisser passer et il vit, ahuri, un homme qu'il ne connaissait point, emmenant attaché un chien qui maintenant ne criait ni ne hurlait, mais qui avait un air tragique et lugubre et tournait invinciblement la tête dans la direction de Longeverne.

— Mais c'est Miraut, s'exclama-t-il, saisi tout à coup d'une sombre inquiétude. Qu'est-ce qui a bien pu se passer ?

Et il rentra chez lui, très agité, roulant toutes sortes de pensées, se demandant pourquoi on ne l'avait avisé de rien, tandis qu'à Longeverne, Lisée, couché sur son lit, le nez au mur, fermait les yeux, la tête bourdonnante, essayant en vain de dormir pour oublier un peu son chagrin.

CHAPITRE VI

Une bonne soupe, un bon coussin rembourré de laine, attendaient Miraut dans la maison de M. Pitancet, au Val.

Ne voyant plus Lisée, se sentant dans un pays inconnu, dans un milieu de gens inconnus, le chien apeuré se laissa, sans résistance, détacher et descendre de la voiture par son nouveau maître qui ne lui ménagea, en cette circonstance, ni les caresses, ni les bonnes paroles. Il le suivit fort docilement dans la cuisine puis dans la salle à manger, et dans diverses autres pièces encore car le patron voulut lui faire faire sans tarder le tour du propriétaire afin qu'il pût prendre, dès son arrivée, l'air de la maison.

Cette précaution n'était point mauvaise. Les bêtes sont naturellement curieuses et les sensations nouvelles sont habituellement un tout-puissant dérivatif à leur chagrin. Mais Miraut différait un peu de ses congénères. Morne, flairant à peine par politesse, il fit pas à pas la revue de l'appartement et revint à la cuisine où

M. Pitancet, devant sa femme qui le caressa un peu peureusement, voulut lui faire manger sa soupe.

Il l'amena devant une jatte appétissante, fleurant bon la graisse et le lait. Mais Miraut ne pensait guère à manger : il trempa le bout du nez dans le bouillon, renifla un coup, se retira d'un air dégoûté, s'essuya d'un coup de langue et regarda la porte.

— Pas de ça, mon vieux, protesta M. Pitancet. Tu voudrais filer ; tu as le mal du pays, je comprends ; mais ça passera. Allons, viens ici ; quand tu auras faim, tu mangeras : il ne faut forcer personne.

C'était l'heure du repas. Les époux se mirent à table, uniquement préoccupés du chien qu'ils trouvaient tous deux fort à leur goût, très gentil, bien élevé et qu'ils souhaitèrent voir très vite s'accoutumer à eux et à la maison. En vain, essayèrent-ils de le décider à avaler quelques morceaux de pain. Miraut les laissait tomber sans y toucher ; devant les bouts de viande, son intransigeance fléchit un peu tout de même, il les avala en les mâchant.

— Allons, espéra M. Pitancet, il s'habituera. Bien nourri, bien caressé, bien dorloté, quel est celui qui n'oublierait pas !

M. Pitancet jugeait un peu trop en homme : il ne connaissait encore guère Miraut.

Depuis qu'il avait franchi le seuil, toute l'attention du chien, tous ses désirs convergeaient sur une seule idée : sortir ; sur ce seul but : retourner à Longeverne.

Pour arriver à se faire ouvrir la porte, il simula, par la plainte accoutumée, un besoin pressant.

— Il est propre, approuva le patron ; conduis-le à l'écurie, il se soulagera tant qu'il voudra.

Mais Miraut refusa obstinément de suivre la femme à l'écurie.

— Il est sans doute habitué à aller dehors pour ces affaires-là, pensa M. Pitancet et il se disposa à l'y conduire mais après avoir prudemment passé une laisse dans le collier de la bête.

Cela ne faisait guère l'affaire de Miraut qui comprit que, pour l'instant du moins, son truc n'était pas bon ; mais pour ne point laisser soupçonner à ses geôliers son mensonge, il se soulagea abondamment ; il pouvait toujours se soulager d'ailleurs, peu ou prou, la vessie des chiens étant inépuisable.

M. Pitancet le complimenta et le ramena devant sa soupe ; mais décidément le chagrin était trop profond, l'estomac trop contracté et Miraut, se refusant à manger, vint s'étendre sur le coussin qui lui avait été préparé, simulant le sommeil. Toutefois, il ne pouvait entendre s'ouvrir et se fermer la porte de la rue sans relever vivement la tête et écouter avec attention.

— Petite canaille, menaça doucement et en souriant son nouveau maître ! tu cherches à filer à l'anglaise ; mais, sois tranquille, j'aurai l'œil et le bon !

Pour qu'il ne se sentît point trop isolé et perdu, pour l'habituer à leur présence, pour qu'il les connût et s'attachât plus vite à eux, les maîtres laissèrent dormir Miraut sur son coussin dans la salle à manger, laissant ouvertes les portes qui communiquaient avec leurs chambres respectives.

En le quittant, ils le caressèrent encore et le chien, se

laissant faire, les regardait de son air triste et très doux qui semblait leur dire : Je vois bien que vous êtes de braves gens et que la juponneuse d'ici vaut mieux que la Guélotte, mais laissez-moi partir tout de même.

Ils n'eurent garde, comme on pense, d'acquiescer à son désir.

Le lendemain, debout avant tout le monde, Miraut, seul, avait minutieusement inspecté la demeure et fait une très sévère revue des portes et fenêtres de la maison.

De la pièce où il se trouvait aucune évasion n'était possible ; il passa à la cuisine et essaya de faire de même qu'à Longeverne, jouer le loquet : mais les serrures de M. Pitancet, rentier, étaient plus compliquées que celles du père Lisée, paysan, et Miraut eut beau appuyer et tirer et pousser de toute façon, il n'arriva point à en pénétrer le secret.

Il flaira alors les meubles, les instruments divers, les ustensiles de cuisine et retrouva dans la terrine sa soupe de la veille. Son estomac délesté criait famine, il la lapa jusqu'à la dernière goutte, puis, ayant tout vu, tout senti, tout reniflé, tout sondé, il revint s'étendre sur son matelas et attendit.

M. Pitancet et sa femme, dès qu'éveillés, l'appelèrent ; il parut remuant la queue au seuil de leurs chambres, mais ne poussa pas plus loin ses témoignages et démonstrations. Eux, furent beaucoup plus prolixes de gestes et de mots et on le félicita tout particulièrement d'avoir si bien mangé sa soupe.

Comprenant parfaitement toutes leurs paroles, Miraut écoutait avidement. Il ne dissimula point sa satisfaction et piétina sur place tout joyeux quand son nouveau maître eut émis l'idée de l'emmener faire un tour et prendre l'air, et l'autre en fut tout attendri.

— Nous le tenons, affirma-t-il à sa femme.

Il s'habilla et après avoir, comme la veille, passé une laisse au collier du chien, ils sortirent tous deux. Ce n'était point ce qu'avait espéré Miraut, mais tout de même il était content de gagner la rue et de prendre contact avec le pays, ne serait-ce que pour s'orienter un peu, afin de n'avoir point à hésiter le jour où, débarrassé de ses liens, il pourrait enfin filer où il voudrait.

Ce nouveau village n'enthousiasma point Miraut.

Le Val, comme son nom l'indique, est situé dans une vallée, fort jolie d'ailleurs, bien que très encaissée. C'est un petit pays tout en longueur dont les maisons proprettes longent une rivière jaseuse au flot limpide et frais que hante une truite très rare et fort renommée. Quelques prairies en pente arrivent comme des torchons de verdure à la rivière, tandis que plus haut la côte, avec ses forêts et ses rochers, s'élève raide et escarpée, barrant l'horizon.

Le bruit de l'eau et le pont qu'il fallut traverser rappelèrent à Miraut un de ses plus mauvais souvenirs. Il hésita à suivre le maître, reniflant avec prudence l'odeur humide qui s'exhalait, écoutant ce chant monotone du flot sur les pierres qui l'avait déjà intrigué la veille et l'agaçait peut-être un peu.

Il examinait tout d'un œil soupçonneux ; il aperçut d'autres chiens qui le regardaient avec une curiosité méchante, qui aboyaient dans sa direction et le menaçaient et l'insultaient ; sans doute il ne les craignait guère, surtout avec le maître, mais cela l'ennuya ; il flaira des gens qu'il n'avait jamais sentis ni vus ; il aperçut des bois sur lesquels il ne possédait aucune notion. Il se demanda où il trouverait des lièvres et comment il les chasserait et quelles seraient leurs ruses et leurs passages et leurs cantons, et cela lui fit songer à ses chères forêts du pays de Lisée qu'il connaissait mieux que quiconque, hommes et bêtes, dont pas une venelle, pas un passage, pas un fourré ne lui étaient étrangers.

Il pensa que s'il devait vivre ici, il lui faudrait tout recommencer sa vie, apprendre à connaître ses maîtres et leur logis, les gens du pays, les gosses, distinguer les maisons amies des baraques hostiles ; qu'il lui faudrait étudier, canton par canton, pouce par pouce, tous ces bois, les sonder, les vérifier, les tarauder ; il se dit que cela était vraiment impossible, que sa tête chargée de souvenirs ne pourrait enregistrer ces nouvelles notions, qu'il était trop vieux, peut-être, que Longeverne était son pays, son domaine, qu'il ne pourrait vivre que là et qu'il devait y retourner.

Ce n'était point sans doute l'avis de M. Pitancet, lequel, en discours prolixes et convaincus, lui vantait le Val. Miraut ne l'écoutait pas, il continuait ses réflexions.

Cet homme qui, de force, l'avait transplanté ici, qu'était-il au point de vue chasse, le seul qui importait au chien ? Ah ! si c'eût été encore Philomen ou Pépé, des amis, des gens sûrs, mais connaissait-il la chasse, ce M. Pitancet ? Saurait-il se poster aux bons passages, était-il capable de tuer un lièvre ? Si c'était un maladroit et que le chien s'escrimât pour rien à faire courir les capucins ! Autant de questions nouvelles. Et il faudrait qu'il s'habituât aux manies de cet homme, à ses façons d'aller quand il avait déjà, lui, toutes ses habitudes, de bonnes habitudes, prises logiquement ainsi que sait les prendre un chien intelligent et rusé qui ne s'occupe pour cela que de son nez, de ses besoins et de son instinct de chien !

Non, Miraut voulait partir et ne rêvait qu'aux moyens de réaliser sa volonté.

Après avoir manifesté une vague velléité de suivre la route du côté de Longeverne, après avoir inutilement pris le vent et regardé vers le haut de la côte par-delà laquelle, très loin sans doute, s'étendaient ses forêts coutumières, il comprit que cette tactique était mauvaise et qu'il était nécessaire, pour arriver à son but, d'inspirer confiance à son nouveau patron.

Il savait déjà que la volonté des hommes, quand on la heurte de front, est irréductible, qu'on n'arrive à s'y soustraire que par ruse et dissimulation, mais qu'alors il est très facile de tromper ces êtres crédules, lesquels prennent toujours les chiens, dans l'impossibilité où ils sont de les comprendre et de les deviner, pour plus bêtes qu'ils ne sont réellement.

Docile à l'invite du maître, il retourna sur ses pas et le suivit partout où il plut à l'autre de l'emmener : dans le village, le long de la rivière et au bord du bois.

Sans en avoir trop l'air, Miraut donnait attention à tout, regardant, écoutant et surtout humant et reniflant. Il y eut des choses qui l'intéressèrent, mais l'ensemble lui parut mesquin et petit et toutes ces impressions nouvelles ne réussirent qu'à lui faire regretter davantage encore Lisée et Longeverne et à le confirmer dans sa résolution de retourner là-bas, coûte que coûte.

Il mangeait, dormait, se laissait caresser, témoignait même de la gratitude à ses patrons, battant énergiquement du fouet quand on partait en promenade, tant que M. Pitancet, un beau matin, après huit jours d'accoutumance, crut qu'il n'y avait plus de danger de la voir repartir et le libéra de l'attache.

Ils se promenèrent côte à côte, mais du premier coup d'œil Miraut avait bien vu que ceci était encore une épreuve et qu'à la moindre velléité de fuite il serait poursuivi et peut-être cerné et rattrapé. Aussi, dominant son désir de fausser compagnie à son gardien, il resta auprès de lui, obéit docilement, s'éloigna aussi peu qu'il le voulut, revint au premier appel lui lécher la main et continua deux jours cette comédie.

Elle réussit parfaitement et un après-midi, deux heures environ après la promenade, comme Miraut, simulant un besoin de pisser, demandait la porte, elle lui fut ouverte sans façon.

Il en profita pour rôder comme un flâneur autour de la maison, mais pressentant que, par un dernier reste de méfiance, on l'épiait peut-être, il vint se coucher sur le seuil et ferma les yeux.

Sa maîtresse qui vint pour le chercher, l'ayant aperçu dans cette posture, rentra aussitôt annoncer la chose à son mari, et lui affirmer :

— Maintenant, c'est bien le nôtre et il ne pense plus à Longeverne.

Cinq minutes après, il filait sans hésitation aucune, reprenant tout droit le chemin de son village.

Il ne suivit aucune route, aucune voie, aucun sentier ; il n'essaya point de se remémorer, pour le reprendre à rebours, le trajet suivi par la voiture lors de sa venue ; non, il alla le nez au vent, sûr de son fait, sûr de sa direction, tantôt au trot, tantôt au galop, jamais au pas, guidé par son flair souverain.

Lisée n'avait pu dormir la nuit du jour où partit Miraut. C'était un homme accablé : un de ses parents serait mort qu'il n'en aurait pas été plus triste. C'est que le chasseur, sans enfants et n'ayant point à se louer du caractère de sa femme, perpétuelle ronchonneuse, avait de tout temps reporté sur les bêtes, et particulièrement sur ses chiens qui le lui rendaient bien, toute l'affection dont il était capable. Miraut était pour lui comme un dernier-né, un Benjamin chéri pour toutes sortes de raisons, d'abord pour la difficulté éprouvée à le faire admettre au logis, puis pour ses qualités personnelles extrêmement rares et précieuses, enfin pour la gloire qu'il lui avait value, pour la réputation qu'il lui avait faite et aussi pour cette affection que, par réciprocité, le chien lui avait vouée lui aussi.

Sans l'avoir dit, il comptait bien le revoir, il était étonné qu'il ne se fût pas déjà évadé et se demandait, avec une pointe de jalousie, si une bête tant aimée pouvait vraiment l'oublier si vite.

La Guélotte, paysanne avare, rapace, qui ne voyait dans les animaux quels qu'ils fussent que des sources de revenu, ne pouvait comprendre cette affection, pas plus qu'elle n'admettait la passion de la chasse, divertissement coûteux, bon pour les désœuvrés tout au plus et les richards, puisqu'il ne rapporte rien, même aux meilleurs fusils.

Tout chasseur était pour elle un homme taré, une façon de pauvre d'esprit, puisqu'il entend mal ses intérêts. Si elle eût su ce que c'était, elle eût dit avec mépris que c'était une espèce de poète, de poète qui s'ignore souvent (heureusement !) et goûte d'instinct et puissamment et sans arrière-pensée d'image et de facture verbales, les joies de la solitude, la beauté âpre et sauvage de la nature parmi les décors perpétuellement changeants et toujours si frais et si beaux des champs, des forêts et des eaux.

Lisée, certes, aurait bien été incapable d'exprimer ses sentiments sur ce point et pourtant lorsque de bon matin, avant le lever du soleil, il partait pour la forêt dans l'espoir d'entendre chasser son chien, il n'eût pas échangé sa place pour un trône.

Toute la semaine, il traîna languissant, désœuvré, d'une pièce à l'autre, de la remise à l'écurie, du jardin au verger, bricolant un peu, incapable de se donner à quelque travail sérieux ou suivi, tandis que sa femme, triomphante, se moquait de lui et haussait les épaules, en silence toutefois, car si d'aventure elle se fût hasardée à aller trop loin dans cette voie, elle aurait pu craindre un éclat de colère dont son derrière et ses côtes eussent pu se ressentir fortement.

Cet après-midi-là, plus triste et plus sombre que jamais, le braconnier, devant sa maison s'occupait à scier quelques rondins qu'il avait récemment ramenés de la coupe et qui encombraient un peu le bas de sa levée de grange.

Courbé en deux, un pied sur le bois du chevalet, il tirait et poussait lentement la scie, d'un air accablé lorsque, tout à coup, sans qu'il s'y attendît le moins du monde, il sentit deux pattes brusquement s'appliquer sur ses reins en même temps qu'un aboi de joie et de tendresse, un aboi bien connu, retentissant, roucoulait à ses oreilles.

Du coup, il en lâcha la scie et le morceau de bois, et comme électrisé, avec la rapidité de l'éclair, il se retourna.

Miraut était là qui le léchait, se tordait, se tortillait, l'embrassait, lui parlait, lui disait sa joie de le retrouver, sa peine de l'avoir quitté, son ennui là-bas, sa longue attente, et lui aussi, fou de joie, s'était baissé et se laissait embrasser et entourait son chien de ses bras, le cajolant et ne trouvant à lui dire que ces mots d'enfant ou de mère :

— C'est toi, Miraut, mon vieux Miraut ! Ah ! mon bon chien, je savais bien que tu reviendrais ! C'est toi !

CHAPITRE VII

Cependant l'aboi de Miraut et son passage dans le pays n'avaient pas été sans être remarqués. La Guélotte, en train de sarcler le jardin qu'ils avaient en dehors du village, dans les clos de la fin dessous, fut avisée de l'événement par la Phémie qui accourut à elle, les bras levés, comme pour annoncer un grand malheur. Cette grande bringue pourtant, comme disait Lisée, n'avait plus rien à craindre pour ses poules, puisque, depuis fort longtemps, le chien avait renoncé à ce gibier stupide ; mais ils n'étaient toujours point camarades et elle avait conservé pour Miraut une haine farouche. La Phémie, donc, vint aviser la Guélotte de ce retour et de la joie non dissimulée de Lisée.

Immédiatement, craignant toujours pour la sécurité du marché et redoutant la restitution des trois cents francs, elle rentra à la maison afin de rappeler à son mari que le chien n'était plus à lui et lui remettre en mémoire les promesses qu'il avait faites à son acquéreur.

Elle les trouva tous deux, l'homme et le chien, dans

la chambre du poêle, en train de se caresser et de se tenir des discours réciproques qui devaient être d'ailleurs parfaitement inutiles.

Miraut était heureux : il ignorait ce que c'est qu'un marché ; du moment que Lisée le recevait bien, il pouvait croire que l'ère de la séparation était révolue et que c'en était fini du cauchemar du Val : l'arrivée de la patronne jeta une ombre sur sa joie et lui fit se souvenir qu'il avait toujours en elle une ennemie. Par politesse toutefois, par bonté de cœur, pour montrer qu'il ne gardait à personne rancune du méchant tour qu'on lui avait joué, il vint à elle et voulut la caresser, mais elle le repoussa brutalement en disant :

— Qu'est-ce qu'elle revient faire ici, cette sale charogne ?

Et s'adressant à son mari :

— Tu sais, ce n'est pas honnête ce que tu fais là. Tu avais promis à M. Pitancet de ne pas le rattirer s'il revenait et je me demande ce qu'il dirait s'il venait vous trouver ici tous les deux, comme des idiots, à vous faire des mamours. Tu as fait un marché avec cet homme, il t'a payé largement ; si tu agis de telle sorte que le chien se sauve toujours de sa maison, c'est comme si tu le volais.

— Si Miraut ne veut pas rester là-bas je ne peux pourtant pas... et puis, enfin, je ne suis pas allé le chercher, il est là ce chien et je ne veux pas le tuer puisqu'il n'est pas à moi. Il ne veut pas s'en aller tout seul ; les premières fois on est toujours obligé de venir les rechercher. D'ailleurs, si ce monsieur ne veut pas qu'il se sauve, il n'a qu'à le soigner et à mieux le garder.

— Tu vas lui écrire tout de suite qu'il revienne le reprendre le plus tôt possible, exigea la patronne.

— Ça ne presse pas, atermoya Lisée. M. Pitancet pensera bien qu'il s'en est venu ici, et il viendra le chercher sans qu'on ait à le prévenir.

— Eh bien ! si tu n'écris pas, c'est moi qui vais écrire. S'il allait rechasser ici, ce serait peut-être nous encore qui écoperions.

— Ecris, si tu veux, concéda Lisée : c'est trois sous de foutus tout simplement.

Le soir même, une lettre à l'adresse de M. Pitancet le prévenait de l'équipée de son chien, et le lendemain après-midi il remontait la côte avec son cheval et sa voiture.

Miraut avait écouté d'une oreille attentive la discussion : le nom de l'homme du Val, prononcé à plusieurs reprises, l'avait très inquiété ; pourtant, comme la patronne n'avait pas trop crié, qu'elle n'avait pas fait d'éclats, qu'elle ne l'avait ni chassé, ni battu, il put croire qu'elle consentait à sa réintégration au foyer et ne condamnait pas trop son retour.

Il eut, le soir, le plaisir de voir Philomen et Mirette qui, ayant appris son retour, vinrent lui faire une petite visite d'amitié et s'enquérir, chacun à sa façon, des péripéties de son voyage et de son arrivée.

Les deux hommes ne purent s'entretenir seul à seul : leur conversation se ressentait de cette gêne, car la Guélotte, soupçonnant entre eux — qui sait ? — peut-être un vague projet d'entente au sujet de Miraut, ne les quitta point d'une semelle et accompagna même son homme lorsqu'il reconduisit jusqu'au seuil le chasseur qui allait se coucher.

Lisée néanmoins avait dit son émotion et sa joie à voir que le chien ne l'avait point oublié et avait su, sans s'égarer, franchir les vingt ou trente kilomètres qui séparent la commune du Val du territoire de Longeverne.

Ils se souvinrent des beaux jours vécus, des grandes randonnées précédentes, des longues parties de jadis : on évoqua la mémoire de Bellone et de Fanfare ; on parla de la jambe de Pépé qui allait de mieux en mieux et, sans qu'on en eût soufflé mot, à la seule idée de la nouvelle séparation et du prochain départ du chien, on se sépara tout tristes.

Cependant Miraut dormait derrière le poêle, Moute d'un côté, Mique de l'autre, car Mitis, depuis quatre jours, tenté par le soleil et s'ennuyant au village, avait déserté la maison et vadrouillait, disait Lisée, à travers champs où il faisait une chasse terrible aux nids de cailles et aux compagnies de perdreaux. Les deux chattes étaient toutes contentes, elles aussi, d'avoir retrouvé leur camarade. Ils s'étaient parlé brièvement. La vieille Mique avait eu l'air d'interroger : Rron ? Miraut avait répondu : Bou ! et toute une histoire tenait dans ces syllabes lourdes de sens et profondément nuancées. On s'était fait des gros dos et des frôlements, on s'était donné des coups de patte et des coups de langue et l'on se trouvait heureux tout simplement.

Miraut se tranquillisait ; il passa une excellente nuit, une matinée meilleure encore, espérant l'heure où

Lisée l'emmènerait faire un tour par le village ou dans les champs.

Mais comme il s'étirait, du devant d'abord, du derrière ensuite, pour indiquer qu'il s'ennuyait, le pas terrible et qu'il ne connaissait que trop déjà, le pas de M. Pitancet retentit sur le pavé de la cour et le fit tressaillir d'étonnement et d'angoisse.

De saisissement, il n'aboya pas, mais comme pour chercher un refuge, il se précipita vers Lisée. A ce moment, la porte s'ouvrait et la voix du maître, souhaitant le bonjour à la Guélotte, retentit.

— Mon pauvre Mimi, s'apitoya le chasseur en posant sa main sur le crâne de son ami.

L'homme entra et le chien, en le voyant, eut un instinctif mouvement de recul. Pourtant comme il était impossible d'éviter la rencontre et que ce nouveau maître n'avait jamais été méchant pour lui, il ne fuit pas, s'approcha en rampant à son appel et, étendu à ses pieds, le regarda de ses yeux suppliants qui semblaient dire :

— Je t'en prie, laisse-moi ici, ou reste avec nous : je ne saurais m'accoutumer à habiter au Val.

M. Pitancet le caressa, lui reprocha doucement avec de petits mots d'amitié sa fugue hypocrite, et, sans rancune, lui offrit un bout de sucre. Miraut n'y toucha point et le laissa tomber, mais, reconnaissant tout de même de ce geste de générosité, il lécha les doigts du bourreau et se coucha docilement, comme résigné à son sort.

Miraut avait son idée.

Sans en avoir l'air, il guettait la porte et profita d'une

minute d'inattention pour gagner la cuisine ; malheureusement pour lui, l'ouverture du dehors était close et il ne put, agissant vite, avant qu'on ne le remarquât, que gagner la remise et l'écurie où il se disposa à se cacher habilement.

Lisée offrit un verre à M. Pitancet qui voulut à toute force régler la dépense de Miraut ; par politesse celui-ci accepta de trinquer, puis, la chose faite, il tira de sa poche une chaîne d'acier pour attacher le chien.

Le croyant à la cuisine, il l'appela ; mais Miraut ne vint point. Lisée, estimant qu'il obéirait mieux à sa voix, l'appela à son tour, mais il ne parut pas davantage.

— Il n'est pas sorti pourtant, affirmait la Guélotte : la porte n'a pas été ouverte ; il est sans doute allé dormir à la remise.

On s'en fut à la remise et l'on alla jeter un coup d'œil à l'écurie, mais pas plus à un endroit qu'à un autre on n'aperçut de Miraut ; on l'appela, on cria son nom : il ne répondit ni n'accourut.

— Sapristi, s'étonnait M. Pitancet, mais il est pourtant quelque part et si rien n'a été ouvert il ne peut être que dans la maison.

Pour être puissamment déduit, ce raisonnement ne faisait toujours pas retrouver le chien.

— Il est probablement monté à la grange, hasarda la Guélotte.

La grange fut visitée, explorée et sondée dans tous les recoins accessibles : Miraut n'y était pas.

— Il ne peut être qu'à la remise ou à l'écurie,

conclut la Guélotte qui, prise d'un soupçon, regardait d'un œil sévère son mari.

— Tu n'aurais pas ouvert la porte en allant à la cave, tout à l'heure ? demanda-t-elle.

— En fait de porte, je n'ai ouvert que celle de l'armoire pour prendre la bouteille de goutte, répliqua Lisée ; je n'ai pas quitté un seul instant M. Pitancet qui n'a pas voulu que je descende.

— Enfin, ce chien n'est pas rentré sous terre, tout de même. Il n'aurait pas eu l'idée de se cacher, émit ce dernier.

Lisée hocha la tête, indiquant par ce geste que Miraut était au contraire bien capable de cela et de tout autre chose encore, par exemple d'avoir réussi à prendre tout seul, et par des moyens de lui seul connus, la clé des champs. Il rappela le carreau cassé de jadis et l'on refit sur sa demande une minutieuse inspection des ouvertures qui n'amena rien de nouveau.

A la fin des fins, on se résolut à tenir en détail et dans tous les coins et recoins l'écurie et la remise.

On commença par l'écurie : on visita les crèches dessus et dessous, on retourna l'amas de paille entassée dans un coin ; on regarda entre le mur et la cage à lapins, sur la brouette, derrière les portes : nulle part on ne trouva trace de son passage.

Dans la remise l'inspection se continua minutieusement ; on bouscula toutes les caisses, on chercha dans tous les recoins ; tout avait été chambardé, il ne restait plus qu'un endroit qui n'avait pas été exploré mais il semblait impossible que le chien y fût. C'était un amas hétéroclite de vieilles planches et de vieux paniers, d'outils au rebut, de manches cassés, de vieilles hardes, de cuirs de jougs pourris, entassés au petit bonheur contre une vieille crèche, elle-même pleine de débris très antiques et sans aucune valeur.

— C'est idiot de penser qu'il est là derrière ou là-dessous, disait M. Pitancet. Qu'est-ce qu'il y foutrait et comment aurait-il pu s'y fourrer ? Un chat aurait déjà du mal à s'y frayer un passage.

Comme il n'y avait plus que cet endroit-là qui n'avait pas été mis à nu, on continua tout de même de le déblayer. Ce ne fut qu'à la dernière planche soulevée et quand on désespérait, qu'on découvrit bel et bien Miraut qui s'était réfugié là-dessous. Comment ? Au prix de quels travaux ? Il avait dû se faufiler, s'allonger, s'aplatir, se raser. Et il était là devant tous, couché vaguement, plutôt accroupi, rattroupé sur lui-même. Il n'essaya d'ailleurs point de feindre davantage et de simuler le sommeil : il n'était pas si stupide ; mais il se contenta de battre lentement son fouet et de contempler de son regard profond et si triste le trio qui le déterrait de là. Il eut pour Lisée surtout un coup d'œil impressionnant comme un reproche muet, un coup d'œil qui semblait lui demander raison de cet abandon, un coup d'œil tel que l'autre n'y put tenir et, laissant la Guélotte et M. Pitancet se débrouiller avec lui comme ils l'entendraient, le cœur chaviré d'une douleur plus vive encore qu'au premier jour, il alla par les rues du village comme une âme en peine et s'en vint échouer chez Philomen.

Quand il ne vit plus son vieux maître, quand il se

sentit seul, abandonné aux mains de ces deux êtres dont l'un le détestait, dont l'autre lui imposait l'exil, Miraut comprit qu'il n'avait pas de sursis à attendre ni de grâce à espérer. Il se laissa passer la chaîne et conduire à la voiture où, attaché de nouveau, il fut bientôt emporté au galop du cheval qui filait derechef sur la route du Val.

Lisée, entendant les grelots sonner dans le fracas des roues, eut un geste d'accablement :

— C'est plus fort que moi, affirma-t-il, mais je ne peux pas m'y faire, je peux pas me raisonner, une si bonne bête ! Bon Dieu que les hommes sont lâches et les femmes mauvaises !

— Quand Mirette fera des petits, je t'en élèverai un, offrit Philomen qui ne savait que trouver pour consoler un peu son ami.

— Merci, mon vieux, merci, non ! C'est Miraut, vois-tu, qu'il me faut ; je ne pourrais plus rien faire avec un autre.

A Velrans, Pépé revit encore passer la voiture fatale emportant Miraut qui sans doute le reconnut, car il jappa en passant : peut-être un adieu, peut-être un appel.

Le chasseur en fut tout retourné ; il avait interrogé des gens et avait appris l'histoire des procès-verbaux et la surprise de la vente.

En bon camarade, il se désolait de n'avoir pu rencontrer Lisée, car il se doutait des terribles étamines par lesquelles il avait dû passer avant de s'avouer vaincu et de céder.

— Peut-être aurais-je pu l'aider ? se disait-il. Pourquoi n'est-il pas venu me voir non plus ? Si c'étaient des sous qui lui manquaient, il n'aurait eu qu'à dire un mot ; j'ai toujours quelque part, dans un bas de laine, un cent d'écus de réserve en cas de malheur, que personne ne sait, pas même la bourgeoise, pour me tirer d'un mauvais pas ou pour obliger un ami.

Et il enrageait en pensant qu'il n'était pas encore tout à fait assez valide pour accomplir seul, aller et retour, le voyage à pied de Longeverne ; mais il se promit, dès qu'une voiture irait là-bas, de saisir l'occasion par les cheveux, d'aller demander lui-même des explications à son copain et lui offrir, s'il en était encore temps, ses services.

Miraut, assurément très triste d'être remmené au Val, n'était cependant pas aussi désespéré que le premier jour, car il avait au cœur le secret espoir de s'échapper encore et bientôt, surtout maintenant qu'il savait la manière de s'y prendre, et de revenir de nouveau à Longeverne.

Rien n'aurait su le distraire de ce projet ni personne l'empêcher de le réaliser. Un chien qui s'est mis en tête une idée n'en démord pas et Miraut était un vrai chien, un fameux chien, un sacré chien, comme on disait. Il se jura donc, chaque fois qu'il serait libre, de filer bon gré mal gré, de lasser la patience de son acheteur, de lui éreinter son cheval et de vaincre coûte que coûte l'indifférence ou la faiblesse de Lisée. Il n'habiterait qu'à Longeverne, cela seul était certain ; il y vivrait comme il pourrait, mais il resterait là et rien ni personne ne saurait l'en empêcher.

Ce fut pour cela qu'il n'opposa aucune résistance,

simula l'obéissance, rentra dans la maison du Val comme s'il revenait chez lui, accepta toutes les caresses et les rendit, mangea autant qu'on voulut, suivit docilement en promenade M. Pitancet jusqu'au jour où, bien convaincu de son accoutumance, le patron lui retira la laisse et le laissa libre dans la maison.

CHAPITRE VIII

Trois fois de suite il s'échappa et, sans hésitations, s'en vint revoir Lisée. Les trois fois son maître, s'étant aperçu presque aussitôt de sa disparition, et aussi patient et aussi entêté que lui, partit sans délai le rechercher. Il arrivait à Longeverne deux heures après le chien et invariablement le retrouvait dans la cuisine ou le poêle de Lisée. Rendu prudent par l'expérience du premier jour et craignant les ruses de l'animal, il l'enchaînait immédiatement pour le reconduire à l'auberge où il avait remisé sa voiture. Après avoir laissé à son cheval le temps de souffler un peu, de se reposer et de manger une avoine, lui-même se restaurant légèrement, il remmenait Miraut qui avait à peine eu le temps de voir le pays et, à deux reprises consécutives, n'eut même pas la chance d'apercevoir Lisée, absent du village ces jours-là.

A la troisième fugue il fut plus heureux ; mais craignant la Guélotte il n'était pas venu japper sous les fenêtres ; il s'était caché aux alentours attendant pour s'aventurer de voir son ami ou d'entendre son pas afin d'être bien sûr qu'il se trouvait à la maison et de ne pas avoir visage de bois.

Un instinct tout-puissant lui disait que malgré tout il ne devait pas désespérer de vaincre un jour sa résistance inexplicable. Après deux heures d'attente, sa patience fut récompensée et ce fut Lisée en personne qui sortit sur le pas de sa porte.

En quatre bonds il fut à lui et lui témoigna aussi follement qu'il put son affection et la joie qu'il avait de le retrouver enfin. Obéissant lui aussi à son cœur, sans réfléchir le moins du monde, Lisée lui rendait ses caresses et lui parlait avec amour lorsque M. Pitancet apparut tout à coup dans le sentier du verger.

Il vit toute la scène et, avant même de souhaiter le bonjour au chasseur, ne put sans une certaine aigreur lui marquer l'ennui qu'il éprouvait à faire tant de voyages consécutifs qui n'avaient pas de raison de finir.

— Vous m'aviez promis de ne pas le rattirer, ajouta-t-il, en saisissant prudemment le chien par son collier et en l'attachant de nouveau. Pourquoi le caressez-vous ? S'il sent que vous êtes avec lui et qu'il sera bien reçu, il reviendra toujours, il faut en finir une bonne fois. Là-bas, il est bien et a tout ce qu'il lui faut, il nous connaît, il commence à s'attacher à la maison : promettez-moi que, si jamais il revient, vous ne le recevrez pas, vous le gronderez et vous le renverrez en le menaçant du bâton. Vous comprenez bien que si je l'ai payé si cher, c'est pour l'avoir à moi, non pas pour qu'il revienne ici et que je fasse continuellement la navette entre les deux patelins. S'il en était ainsi, j'aimerais mieux y renoncer et que nous défassions le marché.

La Guélotte, arrivant à la cuisine, avait entendu les dernières paroles de l'acheteur. Une appréhension terrible la gagna que M. Pitancet ne redemandât les trois cents francs versés, et peut-être, mais très légèrement, quoi qu'elle en eût dit, écornés pour le paiement de la dernière amende. Et puis elle avait eu le dessus, elle ne voulait à aucun prix reprendre cette charogne à la maison. Ce fut elle qui fit la réponse.

— Vous avez bien raison, monsieur, tout ce qu'il y a de plus raison. C'est le vôtre et je vous l'aurais dit plus tôt sans la crainte de vous blesser, mais il vaut mieux, pour vous comme pour nous, que nous ne lui donnions plus rien à manger et que nous ne le laissions plus entrer, parce que, sans cela, malgré vos voyages et vos bons traitements qu'il ne mérite pas, il reviendra toujours.

— C'est donc entendu, conclut l'autre, et je compte sur vous.

— Pour ce qui est de moi, affirma-t-elle, vous pouvez être sûr et certain d'une chose, c'est que chaque fois qu'il approchera de ma cuisine, c'est du balai que je lui donnerai au lieu de soupe, oh ! sans lui faire de mal, soyez tranquille, je sais bien à quels endroits on peut taper. Quant à celui-ci, continua-t-elle en désignant d'un geste de mépris son époux, c'est une vraie andouille, ça n'a pas plus de nerfs qu'un lapin, mais j'arriverai bien à lui faire entendre raison.

Lisée, à cette apostrophe, commença par prier sa femme de fermer son bec et vivement, si elle ne voulait point savoir ce que pesait son poing ; ensuite, ne voulant pas passer aux yeux d'un étranger pour un homme d'une sensibilité ridicule, malgré sa profonde douleur et son envie de garder Miraut, il affirma à M. Pitancet qu'il n'aurait point à se plaindre de lui et que le chien ne trouverait plus asile dans sa maison d'où il le repousserait sans le battre.

M. Pitancet prit acte de cette déclaration ; il remercia le chasseur, dit qu'il comptait sur sa parole, sur son honnêteté et finalement remmena Miraut, lequel commençait à s'habituer à ces petits voyages et, ferme en ses desseins, se préparait d'ores et déjà à recommencer à la première occasion.

Cette occasion ne tarda guère.

Pour le règlement d'une vieille et importante affaire, M. Pitancet fut appelé pour quelques jours à s'absenter. Il partit après avoir recommandé à sa femme de veiller soigneusement à ne pas laisser s'échapper le chien, ce qui n'empêcha nullement ce dernier de casser sa chaîne, d'enfoncer un carreau et de revenir dare-dare à Longeverne où la Guélotte se réjouissait déjà de ne plus le revoir.

Lisée et sa femme étaient au jardin quand il arriva. Voyant son maître et ami, il n'hésita point à venir à lui malgré la présence de l'ennemie.

— Revoilà encore cette sale viôce, glapit-elle en le reconnaissant. J'espère bien cette fois que tu vas le recevoir de la belle façon, si tu n'es pas une poule mouillée comme tu le prétends. Tu sais ce que tu as promis à M. Pitancet.

« Allez, ouste ! fous le camp ! continua-t-elle en brandissant son râteau dans la direction de Miraut.

— Va-t'en ! ajouta Lisée au chien abasourdi de cet accueil, va-t'en !

Miraut, arrêté dans son élan, resta stupide devant ces injonctions, puis ne voulant point croire que c'était possible, il resta là sur place, le cou tendu, semblant interroger encore et demander des précisions.

— Veux-tu bien foutre ton camp, reprit la femme en s'élançant sur lui, tandis que Lisée — c'était la première fois — ne faisait rien, ne disait rien pour le défendre.

A quelque cinquante mètres de la maison, sur le revers du coteau, Miraut se retira et s'assit sans mot dire, regardant avec étonnement du côté du jardin, espérant toujours qu'un mot de Lisée, mettant un terme à cette comédie, le rappellerait enfin.

Mais Lisée, sombre et morne, ne fit pas un geste, ne proféra pas une parole et rentra à la cuisine sans même jeter un coup d'œil de son côté.

Le soir tomba et il ne le revit pas. Alors il vint rôder autour de la maison et aboyer sous les fenêtres pour qu'on lui ouvrît : ainsi agissait-il après les chasses et les promenades lorsqu'il trouvait portes closes.

— Je vais lui ouvrir, décida Lisée, on ne peut pas le laisser coucher dehors.

— Je te le défends, protesta la Guélotte, je ne veux pas qu'il remette les pattes ici ; ce n'est plus ton chien, tu n'as pas le droit de le recevoir ou bien tu n'es qu'un voleur.

C'était pourtant exact que le véritable maître de

Miraut, celui qui l'avait payé de ses deniers ou plutôt de ses billets bleus, lui avait interdit de l'accueillir désormais et qu'il avait promis de le repousser : il baissa la tête et s'alla coucher.

Mais il ne dormit point et il put entendre Miraut qui aboya longtemps. Las et affamé sans doute, il ne cessa ses appels que pour faire un tour par le village et chercher sa nourriture. Pourtant, le lendemain matin, quand la Guélotte ouvrit la porte, elle le trouva couché sur la levée de grange.

Elle se hâta de l'expulser en lui jetant des pierres et le chien, s'éloignant à regret, revint se poster au milieu du coteau à la même place que la veille, attendant Lisée, espérant toujours et quand même être recueilli.

Dès que le chasseur sortait, il se redressait, tremblant de tous ses membres, les yeux brillants, le cou tendu, attendant qu'il regardât de son côté pour multiplier ses supplications muettes et lui dire avec tout son cœur et toute son âme :

— Voyons, puis-je aller près de toi ?

Mais Lisée, bien que le sachant là, ne faisait pas mine de le remarquer et, le cœur serré, rentrait bientôt à la cuisine où l'accueillaient les sourires et les haussements d'épaules méprisants de sa femme.

Trois jours de suite, Miraut erra autour de la maison, aboyant, demandant asile, demandant à manger, rôdant la nuit par le village. Il s'acharnait, il espérait envers et malgré tout espoir et Lisée, lui aussi, vécut trois jours d'angoisses et de souffrances atroces, répondant à peine aux gens, voisins et amis qui lui parlaient de ce chien, louaient sa fidélité et s'extasiaient sur un attachement si tenace et si singulier à leurs yeux.

M. Pitancet, absent du Val, n'était pas venu chercher son chien, bien que la Guélotte, qui ignorait ce détail, eût écrit dès le second jour. Elle s'inquiéta un peu au début de ne pas le voir accourir aussitôt, puis, sa nature égoïste reprenant le dessus, elle se dit :

— Après tout, qu'il crève de faim ou qu'il lui arrive malheur, je m'en moque, ce n'est plus le nôtre.

Cependant, Miraut ne mangeant guère que de vagues rogatons ainsi que quelques saletés dénichées à grand-peine au hasard de ses recherches nocturnes par les fumiers et les ordures, rongé par un souci tenace, dévoré par le chagrin, maigrissait de plus en plus. Il était là, passant ses jours accroupi dans une attitude de sphinx miteux, car tant que la maison n'était pas fermée, que les lumières n'étaient pas éteintes, il attendait, espérant encore que son maître l'appellerait et le reprendrait. Son poil qu'il ne lustrait plus se hérissait, se collait, devenait sale ; il était crotté, boueux, minable, avait un air harassé, se levait à peine craintivement lorsque quelqu'un passait à proximité, fuyait les gosses qu'il connaissait, regardait tout le monde avec méfiance et marchait comme rattroupé, l'échine à demi cintrée, ainsi qu'un infirme ou un petit vieux.

Et Lisée se mangeait le sang, se disant que ce M. Pitancet n'était au fond qu'une brute et une sale rosse puisqu'il avait le courage ou la lâcheté de laisser ainsi une pauvre bête si longtemps à l'abandon.

— D'ailleurs, pensait le braconnier, reste à savoir si

maintenant Miraut se laissera remettre la main au collet. Chez nous, c'était facile, mais au milieu du communal, ce sera une autre paire de manches. Si, après cette saleté-là, le monsieur compte sur moi pour la chose, il peut se fouiller. Il s'arrangera avec la vieille puisqu'ils ont voulu manigancer l'affaire ensemble et je n'ai pas peur, malgré sa maigreur de squelette et sa fatigue, le chien n'en reste pas moins un fameux trotteur.

— Pauvre bête ! si ce n'est pas malheureux ! Ah ! je n'aurais jamais dû le vendre, ajoutait-il.

Voyant Lisée sortir et aller au village, Miraut efflanqué, à bout de forces, se leva quand même et s'approcha, résolu à faire une tentative encore et une suprême démarche.

Un combat affreux se livra en l'homme. Que faire ? Le nourrir, le laisser revenir ? Quelles scènes nouvelles à la maison ! Ce serait intenable ! Et l'autre, la brute du Val, pensait-il, avait sa promesse.

D'autre part, il sentit que si le chien venait jusqu'à lui, le caressait seulement, il n'aurait plus le courage de le renvoyer et, la mort dans l'âme, de loin, sans oser regarder, il fit un geste qui lui interdisait d'approcher davantage.

Miraut, qui ne le quittait pas des yeux, comprit et s'arrêta. Un immense désespoir de bête, un désespoir que les humains ne peuvent pas comprendre ni concevoir parce qu'ils ont toujours, eux, pour atténuer les leurs, des raisons que les chiens n'ont pas, le gonfla comme une voile sous l'orage. Il s'assit sur son derrière et regarda encore, regarda longuement Lisée qui, les jambes flageolantes et le dos rond, disparaissait au coin de la rue, derrière les maisons.

Longtemps, comme ahuri, ne semblant pas vouloir comprendre encore ni se résigner, il resta là, stupide, à mi-chemin. Et il vit Lisée revenir et il se redressa de nouveau, secoué d'un frisson, ému d'une espérance.

Le chasseur se redemandait ce qu'il ferait. La lutte en lui n'était pas finie. Peut-être allait-il céder à son cœur, à son sentiment, à son désir ; mais la Guélotte parut :

— Encore cette sale carne, hurla-t-elle, en ramassant des cailloux.

Et l'homme laissa faire.

Miraut comprit que tout était fini, qu'il n'avait plus rien à attendre ni à espérer et, ne voulant malgré tout point retourner au Val où il retrouverait pourtant la niche et la pâtée, ne voulant point déserter ce village qu'il connaissait, ces forêts qu'il aimait, ne pouvant se plier à d'autres habitudes, se faire à d'autres usages, il s'en alla sombre, triste, honteux, la queue basse et l'œil sanglant jusqu'à la corne du petit bois de la Côte où il s'arrêta.

Alors il se retourna, regarda le village et, debout sur ses quatre pattes, il se mit à hurler, à hurler longuement, à hurler au perdu, à hurler au loup, à hurler à la mort, ainsi qu'il avait fait autrefois aux heures tragiques de sa vie, comme jadis à Bémont lorsque l'avait recueilli Narcisse, comme naguère à Longeverne le soir où Clovis Baromé s'était tué.

Et sa plainte sonna comme un glas, et les autres chiens y répondirent, et tout le monde s'en émut, et c'était vraiment lugubre et désespéré.

CHAPITRE IX

En entendant les cris et les lamentations de son chien, Lisée de rage serra les poings, puis pâlit et, entre les dents, mâchonna un juron furieux ; toutefois, sous le regard haineux, sombre et féroce de sa femme, il se contint, plia quand même et se tut. Mais incapable d'écouter ainsi les manifestations de cette immense douleur dont il se sentait responsable, et navré à la pensée qu'une bête qu'il aimait tant allait crever misérablement de son attachement pour lui, lié par de terribles promesses, lié par la pénurie d'écus, il ne put tenir plus longtemps chez lui et, sans mot dire, fila à l'auberge noyer son chagrin dans l'alcool et le vin.

— Apporte-moi une chopine, commanda-t-il à Fricot, en entrant dans la salle de débit.

— N'est-ce pas ton Miraut qui hurle comme ça ? répliqua l'aubergiste. Vrai, son patron devrait bien venir le rechercher. On n'a pas idée de laisser ainsi souffrir des bêtes.

— Apporte-moi à boire, réitéra Lisée qui ne voulait

pas alimenter une conversation au cours de laquelle eussent éclaté sa colère, sa rage et sa douleur.

Lorsqu'un paysan tel que Lisée commence par demander une simple chopine, on peut être certain qu'il ne s'en tiendra pas là. Une chopine, c'est juste bon pour se mettre en train ; un gosier de buveur réclame plus que ça : les bistros campagnards ne l'ignorent point. Lorsque les clients, du premier coup, commandent deux ou trois litres, c'est qu'ils n'ont pas l'intention d'aller plus loin, qu'ils ont jaugé leur soif et ont déterminé ce qu'il faut pour l'apaiser.

Aussi, une demi-heure après, Lisée, plus sombre et plus désespéré que jamais, avait liquidé trois chopines ; au bout d'une heure, il en avait avalé six, et pourtant le chagrin dominait tout, l'ivresse consolatrice ne voulait pas venir et il souffrait comme un damné.

Tout à coup, la porte s'ouvrit et deux hommes entrèrent. Il ne s'en émut pas, ne bougea pas, ne tourna même pas la tête, absorbé qu'il était par ses pensées.

— Eh bien ! interpella l'un des arrivants, on ne dit même plus bonjour aux amis.

Lisée, dévisageant ses interlocuteurs, reconnut le gros et Pépé, son cher et fidèle Pépé, enfin valide, et son cœur, il ne sut pourquoi, s'emplit d'un espoir immense, tel le naufragé perdu en mer, qui aperçoit de son radeau les feux du bâtiment sauveteur.

— Mes pauvres vieux, c'est vous ! s'exclama-t-il.

— Oui, c'est nous, c'est moi, je fais ma première grande sortie aujourd'hui, déclara Pépé. Ah ! il y a pourtant longtemps, plus d'un mois que je désirais venir et que j'aurais voulu tout apprendre de ta bouche, mais cette sacrée guibolle m'immobilisait là-bas.

« Aujourd'hui le gros est venu me voir et je me suis dit qu'avec lui j'arriverais sûrement jusqu'ici et que si je me sentais trop fatigué pour le retour, Philomen me reconduirait avec sa voiture. Nous venons de passer chez lui : c'est lui qui nous a dit que tu ne devais pas être à la maison, mais ici, et nous sommes venus directement te retrouver.

— Mes pauvres vieux ! mes pauvres vieux ! balbutiait Lisée : vous l'avez entendu ?

— Oui, et il continue. Mais pourquoi l'as-tu vendu aussi, pourquoi ne pas nous avoir prévenus ?

— Il n'y avait plus le sou à la maison ; la vieille a tant gueulé qu'on allait être obligé de vendre une vache, que ce serait la misère, que ça continuerait, que ceci, que cela et j'ai cédé ; mais, mes vieux, si c'était à refaire...

— Si tu m'avais seulement envoyé un mot ! Pourquoi, bon Dieu ! n'être pas venu me voir ?

— J'ai été pris à l'improviste. Je ne me doutais pas que cet imbécile du Val monterait comme ça sans prévenir. Mais il nous est tombé dessus, a offert trois cents francs ; la femme m'a dit que j'étais un idiot, elle a entamé les lamentations et j'ai laissé faire. Je suis un lâche ! Ecoutez cette bête et dites-moi si elle ne vaut pas mieux que Lisée qui a osé la vendre.

— L'autre ne vient pas la rechercher ?

— Non ! ah c'est fini. Il va crever, mon Miraut, mon pauvre vieux Miraut !

— Si tu nous avais dit que ce n'était qu'une question d'écus, j'en ai toujours une petite réserve, et, bon Dieu ! si tu en as besoin aujourd'hui, je ne me suis pas amené sans ça !

— C'est trop tard, j'ai promis de ne pas le ramasser.

— Tu n'as pas juré de le laisser crever. Rembourse-lui le prix de son chien.

« Tiens, voilà cent francs. Si tu n'en as pas assez et si tu en as besoin encore, tu n'as qu'à dire, nous ne sommes pas des loups, cré nom de nom, et pour le remboursement, ne t'inquiète pas : je ne te demande pas de billet ; tu me les rendras quand tu pourras.

— C'est plus qu'il ne m'en faut avec ce qui reste, affirma Lisée. Ah ! tu as raison ! C'est ça ! Merci, mon vieux. Merci !

— Pour ce qui est de ta femme, commença le gros...

— Ma femme, nom de Dieu ! tu vas voir.

— En attendant, coupa Pépé, tu vas écrire sans retard à ton particulier du Val qui n'est qu'un salaud, soit dit entre nous.

Et séance tenante, Lisée tenant la plume, les trois amis, de concert, rédigèrent à M. Pitancet une lettre qui n'était pas dans un sac.

Là-dessus, les traits durcis, le front barré d'un pli têtu, les yeux flamboyants, Lisée se leva, décidant :

— Vous allez aller prendre Philomen et venir me retrouver à la maison ; je vais pendant ce temps arranger moi-même mes affaires.

— Bon ! Entendu, acquiescèrent les deux autres.

Et, marchant à grands pas, Lisée arriva chez lui, ouvrit brusquement la porte, traversa les pièces, allant au mur où était appendue sa corne de chasse qu'il décrocha vivement de son clou.

— Où vas-tu ? interpella sa femme, soupçonneuse, en le voyant repasser, l'instrument d'appel à la main.

— Ça ne te regarde pas !

— Ça ne me regarde pas, grand voyou, grand soulaud ! Essaie de la rappeler, cette rosse, et tu vas voir ! Ce n'est pas la tienne et elle peut bien crever. Tu es payé et je te défends bien...

— Si je suis payé, tu ne l'es pas encore, tu vas fermer ton bec et vivement, continua Lisée.

— Je ne veux pas que tu passes, s'époumona-t-elle, rouge de colère, se campant devant son mari et lui barrant le passage.

— Ah ! tu ne veux pas ! ah, tu ne veux pas ! sacré chameau ! Eh bien ! je vais te faire un peu voir et comprendre qui est-ce qui est le maître ici.

Et d'un violent coup de poing, appuyé d'une bourrade puissante, il l'écarta.

— Grande brute ! assassin, voleur de chien ! râla-t-elle en se précipitant, griffes dardées sur lui.

— Ah ! tu n'as pas compris encore et tu ne veux pas te taire, non ! Ce n'est pas assez de nous avoir fait souffrir comme des damnés, moi et cette brave bête, de le faire crever, lui, et de me faire blanchir en trente jours plus que je ne l'avais fait en dix ans ; ce n'est pas assez, il faut que tu sois la maîtresse ici, et que je plie comme un gosse et que j'obéisse comme un roquet ! Eh bien ! nous allons voir.

Et saisissant sa femme par le bras, il lui lança à toute volée une calotte terrible qui la fit pivoter sur elle-même et lui démolit le chignon. Elle voulut riposter, furieuse, mais lui, monté autant que le jour où il châtia l'empoisonneur de Finaud, saturé de vieilles rancœurs, farci de vieilles haines, redoubla de gifles et de coups de poing et de coups de pied, tapant comme un sourd, abattant le bras comme un fléau, lançant les jambes comme des bielles, criant, s'excitant, hurlant, tonnant, prouvant enfin qu'il était le maître et que ce qu'il voulait, nom de Dieu ! il le voulait.

— Dis voir encore un mot, menaça-t-il après cinq minutes d'une telle danse.

— Oui, oui, grande fripouille, assassin, lâche ! continua-t-elle ; mais ce disant, elle se sauvait au poêle, montait à la chambre haute, se barricadant en jurant que cette fois c'était bien fini et qu'elle s'en irait, oui, elle s'en irait...

— Attends seulement un petit peu, menaça Lisée, je vais te faire ton paquet !

Et il sortit, la corne à la main.

A peine arrivé sur le seuil, il emboucha l'instrument et rappela un long coup son chien qui, entendant ce son familier, s'arrêta net dans son hurlement.

Un nouvel appel pressant succéda au premier en même temps que la voix de Lisée criait presque aussitôt :

— Viens, Miraut ! viens mon petit ! viens vite !

Ahuri, mais plein de joie et d'espoir, Miraut sortit du bois et apparut à deux ou trois cents pas de là, hésitant encore après tant d'événements incompréhensibles, regardant de tous ses yeux, demandant si c'était bien vrai, et si cela ne cachait point encore une embûche.

— Viens, Miraut, répéta Lisée en frappant son genou de la main, geste qui lui était familier pour appeler son compagnon de chasse.

Miraut ne pouvait plus douter.

Allongeant comme un fou, de toute sa longueur, et jappotant, et pleurant, et riant, il arriva aux pieds de Lisée et s'y roula, lui lécha les souliers, les genoux, les mains, lui sauta au visage, lui peigna la barbe, lui parlant, ne sachant comment faire, comment se tordre et battre du fouet assez vite pour lui dire toute sa joie, tout son bonheur.

Et pour compléter cette joie, pour affirmer cette reprise, pour sceller cette réconciliation, voici que Philomen et Pépé et le gros apparurent encore, devisant joyeusement dans le sentier du clos.

Pépé avait mis leur ami dans le secret, lui avait annoncé la volonté de Lisée de garder le chien et d'en rembourser le prix au richard du Val qui ne reparaissait pas. Tout à l'heure, ils lui avaient écrit une lettre tapée où, entre autres choses plus ou moins dures, Lisée disait que Miraut était à bout, prêt à crever, qu'il serait lâche et criminel de laisser mourir une si bonne bête, que le chien et lui ne pouvaient se passer l'un de l'autre, que c'était folie de croire que Miraut pourrait s'habituer à un autre maître, que l'expérience des derniers jours le prouvait mieux que n'importe quoi et que, dans le courant de la semaine, lui, Lisée, irait reporter à M. Pitancet les trois cents francs que ce dernier lui avait remis comme prix de Miraut.

Le chien naturellement les reconnut tous et leur fit fête à eux aussi, mais il revint de nouveau à son maître.

— Pauvre vieux ! il crève de faim ! Dire que j'ai pu le laisser jeûner si longtemps : viens manger, mon petit.

« Asseyez-vous un instant, vous autres, demanda-t-il à ses amis. »

Et il prépara immédiatement au chien qui le suivait comme son ombre, ne le quittait pas d'une semelle, ne cessait de lui japper, de lui miauler des mots d'amitié, une bonne, plantureuse et réconfortante gamelle de soupe.

Miraut était tellement content que, malgré sa misère, il y toucha à peine d'abord, trempant le nez, avalant une goulée, puis regardant de nouveau son maître comme s'il eût craint encore qu'il ne l'abandonnât.

— N'aie pas peur, mon beau, n'aie pas peur, rassurait Lisée. C'est fini maintenant, nous ne nous quitterons plus.

Et pour qu'il arrivât à manger sa pâtée, il dut délaisser quelques instants ses amis et rester à côté de lui à lui parler et à le caresser, à lui faire des discours et des protestations, jusqu'à ce qu'il eût fini.

Les trois témoins étaient très émus.

— Entrez, mes vieux, entrez donc, invita Lisée, nous allons boire une bouteille. Ce ne serait pas la peine si un jour comme aujourd'hui on ne buvait pas au moins un bon coup.

— Ce n'est pas de sitôt qu'il repartira maintenant chasser tout seul, annonça Pépé en désignant Miraut.

Cette aventure-là, mon ami, aura eu du moins l'avantage de l'assagir et de le corriger de ce défaut qui n'en serait pas un sans les gardes et les cognes. Tu verras, prédit-il, que maintenant il ne te lâchera plus : après une pareille secousse, tu pourras aller avec lui n'importe où, à la foire ou ailleurs, il ne risquera pas de se perdre.

On entra au poêle et Lisée, après avoir prié ses amis de s'asseoir, apporta sur la table du pain, des couteaux, des verres et une assiette de gruyère; ensuite il descendit à la cave, toujours suivi du chien, et en remonta d'abord deux bouteilles poussiéreuses.

— Coupez du pain, et prenez du fromage, invita-t-il.

Ils ne se firent point prier et l'on causa de tout ce qui les intéressait, tandis que Miraut, les deux pattes sur la cuisse de Lisée, le mufle humide, les yeux langoureux, écoutait gravement ses amis deviser et mangeait de temps à autre des bouts de pain et des couennes de fromage.

On parla des foins qui poussaient dru, des fruits qui nouaient bien, de la moisson qui s'annonçait belle; on parla du gibier qui pullulait dans le pays, des compagnies de perdreaux qu'on connaissait, des nids de gelinottes qu'on savait et des lièvres surtout, des lièvres que tout le monde voyait.

— C'en est tout « roussot », affirmait Philomen, et ce n'est pas malin à comprendre : on en a tué si peu l'année dernière. Il n'y a guère que Lisée qui ait fait à peu près une chasse convenable, mais toi, Pépé, avec ta quille en morceaux tu n'as rien pu faire et le gros non plus et moi, ça me faisait saigner le cœur d'aller à la chasse parce que, chaque fois, cela me faisait penser à ma pauvre Bellone.

— Cet automne nous ferons tous ensemble l'ouverture, proposa Pépé ; le gros viendra coucher la veille et on la fera sur Velrans. C'est moi qui ai amodié la chasse communale et comme je suis le seul fusil, il y a encore plus de gibier là-bas que sur Longeverne et sur Rocfontaine.

— Mais ta femme, interrompit Philomen, comment a-t-elle pris la chose ?

— Comment elle l'a prise ? Eh bien, mon vieux, elle a pris tout simplement quelque chose pour son grade ! Ne voulait-elle pas m'empêcher encore de rappeler Miraut ? Une sacrée grande charogne qui a toujours voulu me mener par le bout du nez, dont je n'ai jamais pu rien obtenir par la douceur et la bonne volonté ; non, je n'ai jamais rien pu faire, ni acheter quelque chose sans recevoir des observations ou subir des reproches. C'en est assez. Je lui ai fichu une danse dont elle se rappellera, je l'espère, et tu sais, je suis prêt à recommencer à toute occasion, fermement décidé à ne pas me laisser marcher dessus, et la première fois, oui, la première fois qu'elle nous embêtera, moi ou Miraut, gare la trique et les coups de chaussons.

— Où est-elle ? s'inquiétèrent les amis.

— Que sais-je ? à la chambre haute, probablement, en train de ruminer je ne sais quoi. Elle m'a menacé de foutre le camp ! Qu'elle s'en aille bien au diable, si elle veut ! Mais je suis bien tranquille de ce côté et il n'y a pas de danger qu'elle me débarrasse de sa sale gueule.

— Il vaut mieux tâcher de s'arranger, émit Philomen. Je dirai ce soir à ma femme de venir la voir, de la raisonner, de lui faire comprendre...

— Si elle y arrive, mon vieux, interrompit Lisée, si elle peut lui faire admettre ce qu'elle ne veut pas saisir, cette sacrée sale tête de mule, je veux bien qu'on me coupe... tout ce qu'on voudra et te payer les prunes à Noël.

— Tout arrive pourtant par se tasser à la longue et par s'arranger, philosopha Pépé.

« Le garde, les gendarmes, le père Martet qui est un brave homme finiront par oublier, s'ils ne l'ont pas déjà fait ; une préoccupation chasse l'autre, d'autant que, je te le répète, Miraut ne se mettra plus dans le cas de se faire dresser contravention pour courir les lièvres sans toi.

— Il suffit qu'il marche toujours bien quand nous serons tous ensemble, ajouta le gros pour dire quelque chose lui aussi.

— En tout cas, gronda Lisée, parlant très haut de façon que sa femme elle-même pût entendre ; en tout cas, reprit-il, la main posée sur la tête de son cher ami et compaing de chasse retrouvé, comme que je sois pauvre, n'aurais-je plus qu'une croûte à partager avec lui, advienne ce qu'il voudra, tant que je serai ici et vivant, mon chien y restera avec moi, et merde pour ceux qui ne seront pas contents !

DU MÊME AUTEUR

Aux Éditions du Mercure de France

DE GOUPIL À MARGOT, *prix Goncourt 1910.*

LA REVANCHE DU CORBEAU

LA GUERRE DES BOUTONS.

LE ROMAN DE MIRAUT.

CORRESPONDANCE *(1901-1915).*

LES RUSTIQUES.

LA VIE DES BÊTES.

MÉLANGES.

COLLECTION FOLIO

Dernières parutions

1545.	Roger Vrigny	*Un ange passe.*
1546.	Yachar Kemal	*L'herbe qui ne meurt pas.*
1547.	Denis Diderot	*Lettres à Sophie Volland.*
1548.	H. G. Wells	*Au temps de la comète.*
1549.	H. G. Wells	*La guerre dans les airs.*
1550.	H. G. Wells	*Les premiers hommes dans la Lune.*
1551.	Nella Bielski	*Si belles et fraîches étaient les roses.*
1552.	Bernardin de Saint-Pierre	*Paul et Virginie.*
1553.	William Styron	*Le choix de Sophie,* tome I.
1554.	Florence Delay	*Le aïe aïe de la corne de brume.*
1555.	Catherine Hermary-Vieille	*L'épiphanie des dieux.*
1556.	Michel de Grèce	*La nuit du sérail.*
1557.	Rex Warner	*L'aérodrome.*
1558.	Guy de Maupassant	*Contes du jour et de la nuit.*
1559.	H. G. Wells	*Miss Waters.*
1560.	H. G. Wells	*La burlesque équipée du cycliste.*
1561.	H. G. Wells	*Le pays des aveugles.*
1562.	Pierre Moinot	*Le guetteur d'ombre.*
1563.	Alexandre Vialatte	*Le fidèle Berger.*
1564.	Jean Duvignaud	*L'or de la République.*

1565.	Alphonse Boudard	*Les enfants de chœur.*
1566.	Senancour	*Obermann.*
1567.	Catherine Rihoit	*Les abîmes du cœur.*
1568.	René Fallet	*Y a-t-il un docteur dans la salle ?*
1569.	Buffon	*Histoire naturelle.*
1570.	Monique Lange	*Les cabines de bain.*
1571.	Erskine Caldwell	*Toute la vérité.*
1572.	H. G. Wells	*Enfants des étoiles.*
1573.	Hector Bianciotti	*Le traité des saisons.*
1574.	Lieou Ngo	*Pérégrinations d'un clochard.*
1575.	Jules Renard	*Histoires naturelles* suivi de *Nos frères farouches, Ragotte.*
1576.	Pierre Mac Orlan	*Le bal du Pont du Nord* suivi de *Entre deux jours.*
1577.	William Styron	*Le choix de Sophie,* tome II.
1578.	Antoine Blondin	*Ma vie entre des lignes.*
1579.	Elsa Morante	*Le châle andalou.*
1580.	Vladimir Nabokov	*Le Guetteur.*
1581.	Albert Simonin	*Confessions d'un enfant de La Chapelle.*
1582.	Inès Cagnati	*Mosé ou Le lézard qui pleurait.*
1583.	F. Scott Fitzgerald	*Les heureux et les damnés.*
1584.	Albert Memmi	*Agar.*
1585.	Bertrand Poirot-Delpech	*Les grands de ce monde.*
1586.	Émile Zola	*La Débâcle.*
1587.	Angelo Rinaldi	*La dernière fête de l'Empire.*
1588.	Jorge Luis Borges	*Le rapport de Brodie.*
1589.	Federico García Lorca	*Mariana Pineda. La Savetière prodigieuse. Les amours de don Perlimplin avec Bélise en son jardin.*
1590.	John Updike	*Le putsch.*
1591.	Alain-René Le Sage	*Le Diable boiteux.*
1592.	Panaït Istrati	*Codine. Mikhaïl. Mes départs. Le pêcheur d'éponges.*

1593.	Panaït Istrati	*La maison Thüringer. Le bureau de placement. Méditerranée.*
1594.	Panaït Istrati	*Nerrantsoula. Tsatsa-Minnka. La famille Perlmutter. Pour avoir aimé la terre.*
1595.	Boileau-Narcejac	*Les intouchables.*
1596.	Henry Monnier	*Scènes populaires. Les basfonds de la société.*
1597.	Thomas Raucat	*L'honorable partie de campagne.*
1598.	Mika Waltari	*Les amants de Byzance.*
1599.	Pierre Gripari	*La vie, la mort et la résurrection de Socrate-Marie Gripotard.*
1600.	Annie Ernaux	*Les armoires vides.*
1601.	Juan Carlos Onetti	*Le chantier.*
1602.	Louise de Vilmorin	*Les belles amours.*
1603.	Thomas Hardy	*Le maire de Casterbridge.*
1604.	George sand	*Indiana.*

Impression Bussière à Saint-Amand (Cher),
le 20 septembre 1984.
Dépôt légal : septembre 1984.
1er dépôt légal dans la collection : juillet 1978.
Numéro d'imprimeur : 2221.

ISBN 2-07-037046-1. / Imprimé en France.
Précédemment publié par le Mercure de France
ISBN 2-7152-0115-X

34512